Cita en Lasal del Varador

Eduardo Balestena

ISBN-10: 1-63065-117-6
ISBN-13: 978-1-63065-117-6

PUKIYARI EDITORES
www.pukiyari.com

A mi familia, por todos los años difíciles,
los momentos sin esperanza y la inexplicable fuerza
que nos permitió volver a ser felices de nuevo.

A Silvia Filler, René Armando Izús, Enrique Elizagaray, Guillermo Enrique Videla, Jorge Enrique Videla, Jorge Lisandro Videla, Bernardo Goldemberg, Norberto Daniel Gasparri, Jorge Alberto Stoppani, María del Cármen Maggi, Eduardo Adolfo Soarez, Juan Manuel Tortosa, Ricardo Emilio Tortosa, Roberto Sammartino, Jorge Osmar Del Arco, Emilio Azorín, Juan Manuel Crespo y Roberto Ricardo Wilson, secuestrados y asesinados en Mar del Plata por la Concentración Nacional Universitaria (CNU).

Agradecimientos

Un agradecimiento a Rubén Alfredo Viaro y Pablo Víctor Tello —quien me recomendó basarme además en el libro de Daniel Cecchini y Alberto Elizalde Leal— de la Hemeroteca del Museo Emilio Mitre, de Mar del Plata. Ellos, con gran compromiso, llevan a cabo una importante labor en pos de rescatar los diversos aspectos de la historia de Mar del Plata.

Prefacio

Las implicancias de todo lo relativo a la Concentración Nacional Universitaria (CNU) están muy lejos de agotarse en el ensañamiento de sus crímenes: engloban a una época, a quienes actuaron entonces y después, al escenario político y sus manifestaciones y a la independencia del derecho o su subordinación a demandas de tal naturaleza que van más allá de su ámbito.

Escrita y reescrita una y otra vez, elaborada en capas sucesivas, ampliada y objeto de incesantes revisiones, enmendada, suprimida, vuelta a escribir, esta novela en algunos momentos me resulta abrumadora, en otros, asfixiante.

La pregunta que surge es acerca de la naturaleza y la función del género y establece el interrogante acerca de si la novela debe responder a una construcción de límites formales, precisos, destinada a producir el placer de la lectura o si, por el contrario, a veces resulta imperativo que se convierta en otra cosa, más cercana a la vida real, una exploración que requiere tanto de la narrativa como del ensayo. Opté por esto último porque así surgió desde el principio —la formulación inicial en tres partes es lo único que no cambió— y porque los dos términos (narración y reflexión sobre todo lo narrado) me parecieron inescindibles y si algo singulariza a la novela es ir más allá de sus propios límites y convertirse en un postulado acerca del género, tratar de aprehender la vida y la muerte y para eso valerse de todos los recursos posibles, aunque, en pos de tal propósito, deba dejar de ser enteramente narrativa.

Así, esta novela-ensayo recrea, con elementos ficcionales, hechos históricos y desarrolla una versión libre de distintos sucesos que la narración vincula a ellos. Hay nombres y circunstancias, verdaderos y ficticios, que no necesariamente se corresponden a acontecimientos, personas o instituciones reales y hay episodios enteramente ficcionales; respecto a ellos, cualquier semejanza con personas reales es pura coincidencia.

La línea del tiempo de los acontecimientos históricos fue tomada del minucioso dictamen del Dr. Juan Manuel Pettigiani, Procurador Fiscal Federal ante el Tribunal del Juicio, en los Juicios por el Derecho a la Verdad.

Varias de las cuestiones jurídicas surgen de distintas resoluciones de mérito y de la sentencia definitiva; el material de archivo corresponde a las publicaciones citadas, particularmente del *Diario La Capital de Mar del Plata.*

Han sido puestos en clave de ficción hechos que figuran en el dictamen fiscal y los acontecidos en La Plata fueron extraídos de *El terrorismo de Estado antes del golpe,* de Daniel Cecchini y Alberto Elizalde Leal (*Miradas al sur,* 2013), una extensa y exhaustiva investigación sobre la CNU de La Plata.

Otras fuentes fueron los artículos: "La ciudad, zona liberada", *Diario La Capital, Mar del Plata*, 09.XII.11; "Hace 40 años asesinaban a Silvia Filler en la Universidad"; *Diario La Capital, Mar del Plata*, 09.XII.11; "De Tacuara a la guerra declarada", *Diario La Capital, Mar del Plata*, 9.XII.11; "La Universidad en tiempos agitados", *Diario La Capital, Mar del Plata*, 10.XII.11; "Secuestro y muerte de Coca Maggi", *Diario La Capital, Mar del Plata* 11.XII.11.

Eduardo Balestena

Índice

PRIMERA PARTE

Ullúa y la CNU.
"...a vos también te vamos a matar"

*Donde se relata la historia de Eduardo Ullúa
y la CNU, de sus crímenes
y de cómo Ullúa se convirtió en Keyser Söze*

*"¿Tanta muerte hay en el mundo? ¿Hay tanta?
-El mundo está lleno de muerte".*
—Howard Fast *Espartaco*, cap. VII,
Sexta Parte, pág. 270.
Ediciones Eneas, Buenos Aires, 1956.

I

Todo lo que tengo de esa época y todo lo que tengo de ahora son recortes: del pasado y del presente. Eso y preguntas, muchas preguntas que necesito hacerle a ella. Por eso, apenas lo supe, decidí dejar todo e ir a verla.

Seguramente a mí me va a contar, sin omitir nada, cómo fue cada hecho, cada momento, cada etapa de su vida con él: el cinco por uno; Coca Maggi; los floristas; Flipper y Mirta Masid, las drogas, las armas y tantos otros capítulos ocultos sobre los que nunca me atreví a preguntarle y que quedaron allí, en ese subsuelo de las cosas no dichas, inexplicables, prohibidas.

No me atreví porque sé que es una de las personas que más me quiere y a las que yo más quiero y que por eso no se podía hablar de nada de esa época, para no arruinar nuestro vínculo y porque nuestra mayor cercanía fue de mucho después, cuando ella estaba "en la lona".

Aquello, todo aquello sucedió cuando yo tenía entre dieciséis y veinte años y las imágenes, como un rompecabezas, van armándose en una pintura de la que siempre falta algo, algo que es esencial.

***

Anticipándose a los demás y cuando probablemente nadie siquiera sospechase lo que iba a suceder, gracias a una cuestionable exención de prisión, Ullúa pudo escaparse y desaparecer por años.

Los personajes desfilan en la línea de reconocimiento al estilo *The Usual Suspects* mientras el nombre de Keyser Söze inspira terror porque se trata de alguien que no se sabe si está o no y que puede aparecer en el momento y en las circunstancias más inesperadas; que puede burlar toda vigilancia y asesinar —por medios inimaginables— a cualquiera, ya que es capaz de las crueldades más grandes, pero a quien no se le ha vuelto a ver y ya no se le conoce la cara y así, Keyser Söze permanece fijado en mi memoria tal como cuando lo conocí, en 1971, como novio de mi prima Gilda, poco antes de que hubiera participado de la muerte de Silvia Filler, una estudiante de arquitectura de dieciocho años que había ido a una asamblea.

En la puerta de embarque, en ese momento de liviandad que sobreviene luego de haber despachado el equipaje y pasado los controles, cuando queda por delante sólo la espera, los últimos mensajes y un libro, mi memoria iba tratando de rescatar las imágenes, las voces, la vida de entonces y aquello no visible de la de ahora.

Aquellos recuerdos se superponían a lo que leí en todas las resoluciones judiciales que pude conseguir, pero faltaban piezas, circunstancias y explicaciones.

Encontré una buena ubicación frente a uno de los enormes ventanales. No había aún casi nadie. No estaban las bandadas de chicas de San Isidro o de los *countries*, con esa forma de hablar tan característica, que a veces todo lo inundan con sus relatos interminables, frívolos, acerca de todos los rincones del mundo; no había equipos deportivos ni hombres de negocios hablando fuerte por sus celulares. Se podía leer, se podía pensar todavía.

Más allá de la ventana reinaba un largo 747 de Air France. Su tripulación pasó frente a mí con el aire distante que tienen todas las tripulaciones, con sus comandantes canosos con saco cruzado, camisa blanca, corbata azul o negra y las insignias doradas, que viven en un mundo tan diferente, que se vuelven a Francia, que saldrán en otro vuelo. Deben haber volado todos los aviones imaginables en su larga carrera y ser capaces de comandar un enorme 747 con carga y pasajeros y llevarlo al confín del mundo, lo mismo que un monomotor en un día calmo de sol, mientras que uno hace una vida con suerte rutinaria y debe luchar, a duras penas, por sobrevivir y no ser aniquilado.

Con un inmenso sentimiento de beatitud abrí el libro que había llevado, que llevo siempre, ese del cual raramente me separo y al cual, como a los de Marguerite Yourcenar, acudo cuando necesito luz o consuelo: una edición de *Espartaco* de Howard Fast, en rústica, de 1956. Aun con las fallas gramaticales de una mala traducción y las de tipeado de una mala edición el texto se impone y prevalecen la belleza y la sabiduría para desplegar las circunstancias y piezas que elige para contar una historia tan extensa, más allá de todas las palabras, una historia con tantas implicaciones y emociones y hacerla a la vez tan íntima. Todo comienza también en un viaje. A partir de ese viaje se despliega algo terriblemente poderoso, por su belleza, su eficacia narrativa y por contar algo que no podría serlo de ninguna otra manera.

¿Y cómo debería ser contado esto, que tiene tantas líneas tenues, tantos afluentes con datos muchas veces parciales, contradictorios o inexactos, también siguiendo una narración que empieza en algo lateral y que sigue por ese camino bordeado por las más de seis mil cruces con los cuerpos de lo que quedaba del ejército de esclavos sublevados, entre Roma y Capua?

Quizás debiera comenzar con la primera vez que vi a Keyser Söze, sin imaginar todo lo que iba a significar, en nuestra vida y en la historia.

Fue una vez en la cocina de la casa de mis tíos, cuando mi prima nos presentó a su novio. Tenía un *Montgomery* color natural, era bajo, de ojos grandes y vivaces y enormes bigotes negros. Hablaba muy seguro, como dando una lección de cada cosa y pronto nos divirtió con lo ocurrente que era. Ya no sé precisar en qué momento fuimos conociendo algo de todo los demás.

Era muy entrador, se la pasaba haciendo chistes y comentarios graciosos y mi papá decía: «Qué educado que es este chico, que saluda a cada uno, viene y te da un beso».

En ese helicoide que gira en el tiempo el siguiente recuerdo es cuando mi tía le contó a mi papá que mi prima había entrado llorando (cosa difícil de creer), arrojándose a la cama y hundiendo el rostro en la almohada. Keyser Söze estaba en el grupo de la CNU que había asesinado a Silvia Filler.

***

"Hay constancia de que ya a mediados del mes de marzo había sido abierta nuevamente al tránsito la carretera que va de la Ciudad Eterna, Roma, a la de Capua, que aunque era algo menor no era por eso menos hermosa."

Howard Fast, "Espartaco". Primera Parte, Capítulo I, pág.7

La gestación de la CNU —y el reclutamiento de sus cuadros— se remontan a 1967 en el Instituto Cardenal Cisneros de La Plata, donde daba clases el padre Enrique Eugenio Bartolomé Lombardi, muy cercano al arzobispo de La Plata, monseñor Plaza. Fue allí que tuvo lugar el adoctrinamiento llevado a cabo por el profesor Carlos Alberto Disandro, graduado en letras y doctorado en lenguas clásicas, docente por concurso en la Universidad Nacional de La Plata; fue discípulo en el Colegio Monserrat de Córdoba del filósofo fascista Nimio de Arquin y se convirtió en un peronista acérrimo, con estrecho contacto con Perón durante su exilio y con militares y policías.

Predicó algo que le escuché a Ullúa: "La decadencia de occidente", una decadencia contra la cual, igual que los falangistas en *Soldados de Salamina*, cabía a un grupo de elegidos luchar para salvar a la civilización occidental y cristiana de las garras del judaísmo y la sinarquía internacional y de lo satánico de ideas de avanzada como las expuestas en el Concilio Vaticano II.

A las reuniones de Disandro con Lombardi asistirían luego el jefe del Distrito Militar La Plata, coronel López Osornio, uno de cuyos hijos fue miembro de la CNU, el jefe del regimiento 7 de infantería, coronel Roque Carlos Presti, Patricio Fernández Rivero —quien fue el máximo dirigente—y otros miembros de la CNU de La Plata.

En la Parroquia San Roque, donde oficiaba el padre Enrique Eugenio Bartolomé Lombardi, eran guardadas las armas de la CNU —se trataba de una verdadera Guerra Santa— y la filtración de Enrique Fernández Rossi, un doble agente, hijo de alguien cercano al arzobispo y su testaferro en el Banco Popular de La Plata, que venía de una familia de derecha pero que formaba parte de las Fuerzas Argentinas de Liberación, descubierto y asesinado por la CNU, hizo que las sacaran de allí. Las FAL querían dar un golpe y llevarse esas armas[1].

El enemigo infiltrado en la juventud era el caos de la sociedad moderna —postulaba Disandro en sus clases ante las fuerzas de la Policía de la Provincia de Buenos Aires—, que sobrevenía al no existir una contención religiosa ni un rumbo claro; un caos favorecido por las ideologías nocivas: ese era el enemigo contra el cual había que luchar.

Entonces estudiante de letras, Patricio Fernández Rivero, máximo jefe operativo de la CNU en La Plata y miembro de la conducción nacional, dijo en una disertación, en diciembre de 1972, en el Instituto

---

[1] Daniel Cecchini-Alberto Elizalde Real, *La CNU – El terrorismo antes del golpe*, "El arsenal de Dios", pág. 91. Miradas al Sur. Buenos Aires, 2013.

Cardenal Cisneros, con motivo de la celebración de la ascensión de María: "...no es sólo la presencia en los ejércitos de Belgrano, San Martín y tantos otros; es la unión sagrada de milicia y religión que habla en [...] una guerra justa". La de ellos era eso, una guerra justa y santa[2].

"Un conspicuo dirigente nacionalista, ultraderechista, católico, tradicionalista, anticomunista y simpatizante declarado de los modelos corporativistas exhibidos en las sociedades nazi-fascistas" (así lo define el informe de la Dirección de Inteligencia de la Policía de la Provincia de Buenos Aires del 10 de septiembre de 1985). Con mucha razón, una de las defensas alegó que gran parte de la acusación se basó en informes de inteligencia de dependencias tan tenebrosas como la DIPPBA.

Desde el comienzo, los vínculos entre la CNU de La Plata, más extensa y con una mayor cantidad de crímenes en su haber (hay registro del asesinato de sesenta y un personas, pero El Indio Castillo, quien comandaba el grupo de tareas dijo haber matado a ciento diez y Gastón Ponce Varela, uno de los más conspicuos integrantes de esos grupos, muerto por los Montoneros, manifestó haber asesinado a "más de noventa zurdos") y de Mar del Plata fueron estrechos, como también lo fueron con la policía, el sindicalismo ortodoxo y las llamadas "fuerzas de seguridad". Patricio Fernández Rivero había perdido el brazo izquierdo en un accidente, acerca del cual Rodolfo

---

[2] Daniel Cecchini-Alberto Elizalde Real, ob. cit. "El discreto encanto de ser facho" pág. 130, apartado "Advocación, con María y a los tiros", pág. 136.

Walsh tituló en el número del 22 de junio del diario
Noticias, del cual era editor, "El extraño caso del
Torino volcado"[3]. El 20 de junio de 1974 en el barrio
de Palermo iba en un Torino robado que llevaba
colocadas chapas patentes de otro auto robado (un
Citroën). El Torino era conducido por Alberto Fiscina,
de veintidós años; también iban Juan José Pomares, de
veintitrés, Carlos Alberto Iriarte, de la misma edad e
Hilda Disandro, pareja de Fernández Rivero y sobrina
del latinista, también de veintidós años. Fiscina iba a
ciento ochenta kilómetros por hora por la avenida
Lugones. No disminuyó la velocidad ante una curva y
pronto perdió el control del auto, que comenzó a dar
tumbos hasta quedar con las ruedas hacia arriba.
Fiscina murió en el acto, Iriarte unos días después, e
Hilda Disandro salió vacilante del auto y comenzó a
caminar, avanzó unos ochenta metros y un conductor
que se detuvo la llevó a la guardia del Hospital
Fernández. A Fernández Rivero debieron amputarle el
brazo izquierdo.

Pese al hermetismo, pronto se filtró la
información de que llevaban un verdadero cargamento
de armas (granadas, rifles, pistolas y una escopeta
Itaka) y así fue publicado en *Crónica, La Nación y La
Prensa,* que difirieron en la enumeración de las armas.
En un primer momento, con la intervención de la
comisaría número 23, tuvieron la calidad de detenidos,
siendo colocada una custodia policial en el hospital. La
situación se agravó al descubrirse que se trataba de un

---

[3] Daniel Cecchini- Alberto Elizalde Leal, ob. Cit. "El extraño
caso del Torino volcado", pág. 172.

auto robado con chapas patentes de otro, también robado.

Sin embargo, al siguiente día, con el jefe de la Policía Federal, comisario Villar, ya en antecedentes, no fue suministrada ninguna información acerca de la existencia de armas ni de que se trataba de un auto robado. El juez interviniente, Alfredo Muller, calificó la causa como "accidente fatal y lesiones". La custodia policial fue levantada y, tras permanecer internado, Fernández Rivero regresó tranquilamente a su casa. Así, la historia no registra de dónde venían ni a dónde iban, a quién iban a matar o de dónde habían sacado las armas los representantes del ejército de María en su guerra justa.

El 20 de junio de 1973 Fernández Rivero, con otros miembros de la CNU, entre los que estaba Ullúa, participó de la Masacre de Ezeiza.

Los vínculos de la CNU de Mar del Plata y la de La Plata entre sí y con las fuerzas policiales y los sindicatos arrancan desde su origen: Disandro vino a disertar a Mar del Plata, junto con José Ignacio Rucci, el líder sindical, el 16 y 17 de agosto de 1971.

"En lo que respecta a la CNU, se caracterizó por ser un grupo minoritario, carente de consenso y desempeñándose como 'unidades operativas de choque, siendo típicas sus irrupciones en los claustros universitarios, armados de cadenas, elementos punzantes y armas cortas y largas, con la intención de producir el lógico temor e interrumpir los actos eleccionarios en los Centros de Estudiantes o clases dictadas por universitarios de orientación ideológica opuesta...". El informe de la división de inteligencia

policial, tan citado como base de la imputación de quienes juzgaron a la CNU, no dice nada de las zonas liberadas.

II

El primer hecho grave de la CNU en Mar del Plata fue el asesinato de la estudiante de arquitectura Silvia Filler el 6 de diciembre de 1971.

"Era una asamblea masiva, el aula magna de la facultad estaba saturada de gente... hay un grupo de gente que considerábamos de la CNU que genera unas discusiones y alguien de ellos sale y en poco tiempo llega lo que es esa patota, que venían armados... empiezan a disparar con armas, ahí en el lugar donde estoy yo. No sé si nos caemos, nos tiramos, se produce toda una debacle... una dispersión y ahí es donde se toma conciencia de la situación de que habían herido a Silvia Filler", se lee en la declaración de Carlos Alberto Cervera, Juicios por el Derecho a la Verdad, 7.V.07.

El Centro de Estudiantes de Arquitectura quería una enseñanza menos académica, más horizontal, distinta a la que venía desde la noche de los bastones largos, de Onganía, cuando la mayoría de los profesores de la Universidad de Buenos Aires (UBA) fue cesanteada y tuvo que exiliarse. Muchos proyectos fueron desarticulados y se perdieron grandes investigaciones, nunca retomadas. El estudiantado quería una enseñanza más democrática y horizontal.

En ese contexto, una vez no se les ocurrió mejor cosa que intentar romper la clase del profesor Chamorro, que —según el Centro de Estudiantes— tenía que ver con el modelo de enseñanza que imponía el Gobierno de la Revolución Argentina, pero de los ciento sesenta alumnos quedaron quince que se negaban a irse. Entonces dos alumnos, San Martín y Torrado, tiraron una pastilla de Gamexane y cuando se alejaron fueron interceptados por algunos de la CNU y los llevaron al rectorado, en San Luis y la Diagonal Juan Bautista Alberdi. El rector Carlos Pantín ordenó al decano que los expulsara. El decano le respondió que no se podía sin la intervención del Consejo Académico, pero Pantín lo presionó. Eso produjo el conflicto en el alumnado. No se podía permitir la expulsión. El 3 de diciembre los alumnos decidieron hacer una asamblea el siguiente lunes.

"Asesinan a una estudiante en la Universidad Provincial" es el titular de la edición del 7 de diciembre de 1971 del *Diario La Capital de Mar del Plata* que, pese a que el ataque se produjo aproximadamente a la hora veinte, le dio un tratamiento muy amplio, con muchas fotos y testimonios que evidencian la preocupación de tratar seriamente el hecho y el trabajo contra reloj para sacar la edición al día siguiente.

La foto de mayor tamaño muestra a un grupo grande en la Clínica Central, donde *"una multitud se agolpa en la acera de la clínica donde moría, poco después de recibir el disparo, la joven inmolada".* Se produjo desorden cuando muchos se dirigieron a la Cigarrería Piantoni, ya que Ernesto Carlos Piantoni, líder de la CNU fue visto en la universidad. Otras fotos muestran los bancos y el piso ensangrentado.

"Otros cuatro alumnos resultaron heridos de bala durante una asamblea en arquitectura" (entre los que se menciona a José Fiscaletti, Marcos Chueque, Oscar Alberto Ibarra). *"Las versiones señalan a grupos perfectamente identificados como nacionalistas".*

La asamblea, de unos trescientos cincuenta estudiantes, comenzó a la hora 18:30 y el ataque fue aproximadamente a las 20.

"El Ministro Arturo Mor Roig ordena investigar exhaustivamente los sangrientos hechos de la Universidad Provincial", reza un titular.

Corres mató a Sivia Filler con su arma reglamentaria de policía; él y Gómez, del Sindicato de Gastronómicos, formaban parte de un grupo de choque del peronismo de derecha y la Confederación General del Trabajo (CGT). Ella estaba sentada en la tercera fila de la gradería, frente a la puerta.

En el caos que sobrevino luego del ataque *"la redacción de La Capital, minutos después de producidos los graves hechos en la Universidad Provincial, fue escenario de un continuo desfile de afligidos padres. Algunos exigían justicia, otros se interesaban por el estado de los heridos. Fue una explosión, una forma de desahogarse... por eso me pregunto ¿la barbarie se ha entronizado?".*

Según los testimonios recogidos por el diario, la asamblea transcurría pacíficamente cuando Beatriz Arenaza entró y fustigó al orador, quien le contestó; uno de los hermanos Raya hizo una señal con el brazo hacia afuera y se produjeron explosiones y el estallido de bombas de humo y otras tipo molotov. Los compañeros de Arenaza quisieron atacar al orador; aparecieron entonces Gómez, Corres y los otros. Los alumnos que estaban cerca de las puertas trataron de cerrarlas para *"prohibirles el paso"*. Fue allí, cuando parecía que iban a poder cerrar las puertas, que empezaron los disparos. Los de la CNU —como lo harían en Ezeiza— ocuparon el escenario y cuando la situación alcanzó su mayor confusión y violencia lo abandonaron *"corriendo y cubriendo su retirada a tiros. Algunos de ellos llegaron a la calle empuñando aún sus armas"*.

En la esquina había un patrullero y algunos de los estudiantes informaron al personal policial acerca de lo que había pasado. Por toda respuesta, subieron las ventanillas de las puertas del patrullero.

Hubo una absoluta inacción policial esa noche. A Luis María Rafaldi, un destacado patinador, le dispararon hacia las piernas durante el caos que sobrevino al ataque.

Al saberse el viernes que habría una asamblea estudiantil el lunes para tratar la expulsión de los alumnos San Martín y Torrado, los de la CNU decidieron que la romperían. Beatriz Arenaza tomó contacto el sábado con Oscar Corres, su primo, convocando a una reunión de representantes de ambos grupos —estudiantes afines a la derecha y CNU— para planificar el rompimiento. Corres fue entonces a un departamento en la Galería Peláez Aller, que era de otro primo, Roberto Rodríguez, quien estaba a punto de egresar como cadete del colegio militar. Allí planificaron el rompimiento y a ese mismo lugar, en compañía de Raúl Viglizzo, se llevaron proyectiles y las cápsulas servidas de las armas con las que dispararon.

En los días siguientes, el asesinato sigue ocupando los titulares y la información es ampliada, a la vez que se suman numerosas manifestaciones de repudio.

Entre todo eso se destaca una pequeña nota escrita por Ernesto Carlos Piantoni expresando su sorpresa por las versiones que indican que estuvo allí (encabezando el grupo y alejándose rápidamente al producirse el ataque) negando su presencia en el lugar, pero sin lamentar los hechos.

Según el comunicado del Centro de Estudiantes de Arquitectura: *"No es una novedad el estado de irregularidad en que se desarrollaban los cursos de nuestra facultad ni que los estudiantes tuvimos que asumir responsabilidades que no asumieron las autoridades en cuanto a tareas de organización. Tampoco lo es el antagonismo que los movimientos estudiantiles produjeron en un pequeño grupo de compañeros. Lo que nunca supusimos es que se llegara a un desacuerdo por cuestiones académicas a organizar el asesinato de ayer por la tarde".* Y enuncia la conjetura: *"Alguien financió sus actividades. Se los vio reunidos en el Departamento de Mantenimiento de la universidad, cuyo jefe, Juan Carlos Yeni, era desde hace años una 'eminencia gris'"*.

Décadas más tarde, no constituye una afirmación más sino algo central: ¿fue el Estado el que financió estas operaciones? ¿Se trata de hechos de determinadas personas que usaron de su posición en el Estado o de un plan?

La CNU y los sectores de derecha venían actuando ya, oponiéndose a que se llevaran a cabo concursos limpios para docentes y amedrentando a profesores y alumnos. Sus procedimientos eran la amenaza, el insulto, y fueron tomando la forma de los grupos fascistas que los respaldaban: docentes y alumnos recibían anónimos, amenazas. *"El crimen no fue el resultado de individuos o grupos aislados sino fruto de una escalada de violencia, pensada y planeada, en la que están vinculados distintos organismos"*, sigue explicando en su comunicado el Centro de Estudiantes.

Para el tratamiento que estos hechos tuvieron más de cuarenta años después —es decir, los delitos de lesa humanidad que forman parte de un ataque sistemático y generalizado contra una población civil— es importante que ya, el 7 de diciembre de 1971 se señalara que la vinculación de estos grupos entre sí —policía, universidad, sindicatos— surge de: a) La pertenencia de Corres —hijo de un oficial de gendarmería— a la policía, en la Unidad Regional IV; b) Que Rodríguez fuera cadete del colegio militar; c) Gómez delegado gastronómico; d) Piantoni cabeza de la organización derechista Tacuara e ideólogo de la

CNU; y e) la pertenencia de Arenaza y Viglizzo a la CNU.

El 12 de diciembre es levantado el secreto sumarial y se conocen los nombres de los detenidos: Oscar Héctor Corres, Raúl Viglizzo, Oscar Calabró, Horacio Raya, Eduardo Aníbal Raya, Beatriz Arenaza, Ricardo Cagliolo, Marcelo Arenaza. Más tarde son detenidos Carlos Rodolfo Cuadrado y Martha Susana Bellini. El 23 de diciembre se les recibe declaración a Alberto Dalmasso y Raúl Rogelio Moleón, mientras siguen prófugos Juan Carlos Gómez, Eduardo Delgado, Ricardo Scheggia, Ernesto Macchi, Silvia Martín, Mario Durquet y Eduardo Ullúa.

A partir del asesinato de Silvia Filler los miembros de la CNU fueron individualizados. El juzgamiento en aquella oportunidad es importante para el que hubo posteriormente porque ya entonces fue valorada la pertenencia de los miembros al grupo y el grado de participación, al menos referido a ese hecho, que puede ser un indicio de la que pudieron tener en los posteriores. La CNU no es una construcción actual ni ideológica. Ya entonces, por otro juez, otro fiscal y en otras circunstancias, estaba plenamente configurada.

Un reportaje del *Diario La Capital* al padre de Silvia Filler en esos días lo muestra tratando de mantenerse sereno al decir que espera *"que la muerte de (su) hija sirva para la paz y no como instrumento político"*, *"no puede juzgarse a la juventud por sólo diez asesinos"*. Otra nota muestra los desórdenes que se produjeron durante una misa para la estudiante, oportunidad en que hubo ochenta detenidos. Una pancarta enuncia: *"Silvia Filler, otro asesinato policial del régimen"*: el crimen, postula, es el producto de un estado de cosas.

También se informa que siguen los operativos antisubversivos en Córdoba y, el 29 de diciembre, que Lanusse afirma no tener inconveniente en conversar con Perón.

Las páginas de espectáculos muestran fotogramas de *"Muerte en Venecia"*, de Luchino Visconti, recientemente estrenada, con Dick Bogarde, Bjorn Anderson y Silvana Mangano. También de Olinda Bozán, Raúl Lavie y Mabel Manzoti, en *"Los ángeles de Vía Veneto"*. *"Un asesinato político como tema de un film dirigido por Boisset"*, enuncia otra nota.

En esos días se informa que la multitud recibió entusiasmada a Isabelita en Ezeiza.

La carta de un lector expone su total desacuerdo con los puntos de vista del padre Mugica, que en esos días vino a dar una conferencia en Mar del Plata sobre "El movimiento del Tercer Mundo".

El diario trae, en el formato de entonces, más grande, muchas noticias y secciones fijas: moldes para hacer ropa, la columna "Opinión del pediatra" del doctor Pablo Grande sobre "Infancia y Educación", "La Grafología y su destino", por Héctor Rivas, o el horóscopo del Profesor Waffman.

Para enero de 1972 empecé a trabajar de cadete en el Hotel San Roque, de Buenos Aires entre Alberti y Rawson y en un quiosco cercano un gran titular de la primera página del *Diario La Capital* informaba la muerte de Maurice Chevalier. Me encuentro en la hemeroteca con aquel mismo número del 2 de enero, que en la primera sección informa que el juez Hermenegildo Martijena dictó la prisión preventiva para los detenidos por el caso Filler por los delitos de homicidio calificado y lesiones a los imputados mencionados y a José Luis Piatti y Eduardo Ullúa. No es posible saber en qué momento se presentaron o fueron detenidos; sí las constancias que los situaron en el lugar del hecho y las circunstancias en que fueron vistos y por quiénes. Tomadas de la Resolución de Mérito, la edición de *La Capital* de esa fecha las enumera detalladamente.

En razón de transcurrir el mes de feria interviene como tribunal de alzada la Cámara Penal de Morón, que confirmará la prisión preventiva.

El juez valora las distintas constancias y señala que *"el núcleo agresor se concentraba en una casa vecina, ubicada en Juan Bautista Alberdi 2621, donde se armaban de barrotes de hierro, cadenas y otros elementos contundentes, además de armas de fuego y bombas de estruendo y de humo, armas de fuego en al menos dos de los imputados"*. El domicilio es el de Delgado, prófugo al día de hoy. En eso, la versión judicial difiere de los testimonios recogidos por el diario en el sentido de que la concentración previa fue en el departamento de Roberto Rodríguez. Cabe concluir que la reunión donde el CEAU —grupo estudiantil afín a la derecha— y la CNU resolvieron romper la asamblea fue en el departamento de Rodríguez, que la reunión previa al ataque fue en el de Delgado y que llevaron las vainas servidas al departamento de Rodríguez después del ataque, momento en el que Ullúa, Dalmasso y Moleón se tomaron un taxi para ir a la casa de Piantoni.

En esos días, el *Diario La Capital* informa que el almirante Coda pasa a ser jefe de la Armada en lugar de Gnavi y, en un titular destacado, de la tragedia en un balneario de Quilmes, donde diecisiete personas murieron y tres desaparecieron por la crecida del río. El 5 de enero dinamitan un local del peronismo en Buenos Aires. También se informa que el fiscal Pedro Hooft se excusaría de intervenir en la causa, posiblemente porque su hermano Eduardo era el defensor de Corres, el asesino de Silvia Filler.

Algo que se puede comprobar investigando en los diarios es el sesgo de las resoluciones judiciales, que no mencionan muchos de los ataques registrados en un contexto que ya en 1971/72 era de mucha violencia. Lo que tenemos de las cosas que pasaron tanto tiempo atrás es una vaga impresión, luego de ellas sucedieron muchas más que también están muy lejos y que generaron nuevas impresiones. Aquel mundo va quedando más y más atrás, con un contorno borroso pero aún firme; sin embargo, de pronto, en esas grises páginas encuadernadas vuelve todo ese mundo pasado y lo hace de manera precisa, con contornos regulares, con todo lo que habíamos olvidado y con aquello que ignorábamos y nos sorprende que fuera tan violento y plano al mismo tiempo y se siente que nada que no sean esos diarios es capaz de ayudar a reconstruirlo, que lo demás —lo que dicen resoluciones y testigos— es sólo como una de esas maquetas con las cuales los arquitectos intentan dar una idea de algo mucho más grande.

Encontrándose prófugo, junto con Delgado, Ernesto Macchi y Dourquet, Gómez estuvo en el acto de recepción de Isabelita en Ezeiza.

En esos días, hay una nota del Clan Stivel con fotos de una hermosa Bárbara Mujica, Federico Luppi, Carlos Carella y David Stivel. El programa *Cosa Juzgada* fue quizás el primer exponente de televisión documental.

La policía intensifica la búsqueda de los prófugos del caso Filler, el Ejército Revolucionario del Pueblo (ERP) se adjudica el millonario robo al Banco Nacional de Desarrollo y la Cámara Penal de Morón confirma la prisión preventiva de los novios de mis primas y de los otros catorce imputados.

En aquella época mi sufrido tío llevaba a mi prima en el Ami 8 gris a visitar a Ullúa a Olmos.

Hijo de un personaje incierto, sobre quien contaba historias, siempre risueñas, hablaba de él como si fuera un extraño, llamándolo con un apelativo; conocimos mucho a la madre, que tenía otros dos hijos, pero no recuerdo si los dos eran chorros. De uno estoy seguro de que lo era y también de que actuó en la represión.

***

De a poco la puerta de embarque se va poblando de argentinos que van a Madrid, Barcelona y otros destinos. Una bandada de chicas de San Isidro —delgadas y verborrágicas, parecen todas fotocopiadas, se acerca peligrosamente, pero por suerte sigue de largo para la puerta donde sale el vuelo de Lufthansa. El mundo de hace cuarenta años debe resultarles tan ajeno como las formas de vida en Marte.

III

*"La cruz había sido tallada en madera fresca
de pino y... desde que el terreno se hundía
detrás del lugar, emergía enhiesta, solitaria,
formando ángulo contra el cielo mañanero,
tan alta e impresionante...
que difícilmente se advertía el cuerpo desnudo
del hombre que colgaba de ella".*
—Howard Fast "Espartaco" Primera parte,
cap. II, pág.9.

Aquel asesinato fue sólo el comienzo de la CNU que, tras un compás de espera de dos años, volvería a entrar en acción con cosas menos casuales y más cruentas que el asesinato de Silvia Filler y con una zona liberada mucho más grande.

Yo tenía diecisiete años cuando ganó Cámpora y en casa ese triunfo se vivió con mucho temor. Las cosas que mis padres me habían contado del miedo y del ocultamiento con el que vivieron las presidencias de Perón me marcaron a fuego y me di cuenta de que algo terrible sucedería a la larga. Para trabajar en un hotel durante un verano mi mamá fue forzada a afiliarse al partido peronista. Mi papá, empleado del juzgado de paz, era obligado a ir a los actos partidarios: Bres, el ordenanza, controlaba que estuvieran todos los empleados e informaba de las ausencias al partido. También le ordenaba a mi papá festejar su cumpleaños, el 26 de julio, con las persianas bajas y sin hacer ruido, ya que era el aniversario de la muerte de Evita. De manera condescendiente, le permitía hacer su celebración. También contaban cosas que muchos hoy día desconocen: de los libros de lectura, con las imágenes de Juan Domingo y Eva Perón y aquellos noticieros de propaganda que postulaban que al aprender a hablar los niños debían decir Perón, antes que mamá o papá, porque "Perón es Dios".

Tras la amnistía que Cámpora dispuso el mismo 25 de mayo de 1973 en que asumió, Ullúa apareció como si nada hubiese sucedido, aunque, más tarde, aludió a la injusticia que había debido padecer. Con todo eso y no sé por qué —porque lo sabíamos peronista y violento, valga la redundancia— todos le fuimos creyendo, incluso cuando adivinábamos, íntimamente, que no se le podía creer. Y de a poco sucedió ese mecanismo, silencioso y sutil, que todo lo permite: el de ir aceptando, el de encontrar alguna justificación, fingir que no había sucedido nada, un mecanismo en el cual para evitar vaya a saber qué y favorecer vínculos que deberíamos desechar, se termina actuando contra las convicciones más profundas.

Qué solos debieron sentirse los padres de Silvia Filler cuando, como una humedad o un líquido corrosivo, la indiferencia y la impunidad se fueron colando hasta formar un caudal mucho más grande, una corriente que llevó a los de la CNU que habían matado a su hija a ser personajes notorios, a no sólo vivir en la impunidad sino a seguir matando. Y más tarde, durante décadas, tampoco se los persiguió. Corres, su asesino, no sólo fue liberado con la amnistía de Cámpora sino que siguió persiguiendo a opositores, se recibió de abogado y escaló a importantes cargos durante el gobierno peronista: en 1975 fue asesor letrado de la Subsecretaría de Asuntos Universitarios de la Nación cuando Aguilera era subsecretario. Otros miembros de la CNU de La Plata siguieron en estratégicos cargos hasta el 2011.

Jorge Casales, compañero de militancia de Pacho Elizagaray en la Universidad Católica se había ido de Mar del Plata a la sede de la misma universidad en Santa Fe. Próximo a rendir la última materia el vicario Sirotti —que se entrevistaría en 1975 con Isabel Martínez con motivo del secuestro de Coca Maggi— le dijo: «Te tengo que sacar de Santa Fe porque hace dos días te vinieron a buscar y hace como una semana que llamaron de la Subsecretaría de Asuntos Universitarios de la Nación preguntando por vos». Casales debió exiliarse de nuevo para no ser detenido o asesinado, como Roberto Sanmartino o Pacho Elizagaray. Luego Corres, su perseguidor, pasó a la Dirección Nacional de Migraciones y desde 1987 a 2007 fue docente en la Universidad Nacional de la Patagonia San Juan Bosco, donde se desempeñó sin ser nunca molestado.

La persecución no sólo continuaba, sino que no tenía límites, era favorecida por el Gobierno, la Justicia y la propia Universidad y quienes la llevaron adelante no sólo lo hicieron impunemente, sino que permanecieron en la impunidad durante décadas, las mismas en que las familias de las víctimas habrán dejado de vivir para permanecer eternamente confinadas en los inexpugnables muros de su dolor.

La de Silvia Filler y la amnistía era otra etapa de la Revolución Argentina; luego, cuando la cúpula militar decidió reemplazar el presidente Levingston y nombró a Lanusse, hubo cambios significativos en la orientación de algunas políticas, con mayores libertades públicas y el Gobierno levantó proscripciones políticas, un proceso que llevarían al Gran Acuerdo Nacional, con el objetivo de llamar a elecciones, pero evitando el retorno de Perón.

Al producirse el llamado a elecciones para el 25 de marzo de 1973 fue con la condición de que el ex dictador debiera residir en la Argentina antes del 25 de agosto de 1972. Al ser inhabilitado de ese modo el caudillo nombró a su delegado personal, Héctor Cámpora, ex presidente de la Cámara de Diputados en su primera presidencia.

En casa había una vieja radio Hartman a válvulas que mi abuela compró usada en 1934 (la segunda mujer de mi papá se quedó con ella, como todo lo demás). Ahí escuchamos los resultados de las elecciones, un aplastante 45,5 % de los votos. Un afiche mostraba la figura del dentista de San Andrés de Giles con una camisa marrón y una sola y gran palabra: "Lealtad". Era su único mérito, la lealtad a un dictador en el exilio. La "democracia" nacía ya viciada: no era una declaración de principios, no era una proclamación de igualdad de todos los ciudadanos para ser gobernados por un sistema que garantizara esa igualdad: sólo era la obediencia al designio de alguien que, en los años 30, había visto en Europa a Hitler y Mussolini, en cuyos "ideales" reconocía los suyos. *"Quedé deslumbrado"*, dijo Perón en un reportaje que le hizo el periodista Bernardo Neustadt en el exilio de Puerta de Hierro.

El discurso de asunción de mando de Cámpora, me acuerdo, duró tres horas interminables de palabras huecas y rimbombantes para un Gobierno que duró sólo dos meses.

El gabinete en sí ya era una bolsa de gatos: José López Rega (un cabo de policía que había acompañado a Perón en Puerta de Hierro) como ministro de Bienestar Social; sus enemigos, Esteban Righi como ministro del Interior y Juan Carlos Puig de Relaciones Exteriores.

Esa misma noche del 25 de mayo la izquierda le arrancó a Cámpora la amnistía para los presos políticos, pero Ullúa y los de la CNU no eran presos políticos, estaban procesados —ni siquiera condenados— en una causa en trámite en el juzgado a cargo del juez Hermenegildo Martijena por delitos comunes, en la cual se había llegado a la acusación fiscal. No obstante, salieron lo mismo. Como se dice, una amnistía amplia y generosa, que puso en libertad a lo que poco después se convertiría en una fuerza de choque. Su siguiente intervención tendría que ver, casi exclusivamente, con sus conexiones con el aparato sindical y el peronismo ortodoxo.

El mayor sostén de Cámpora era la Juventud Peronista, vinculada a los Montoneros, pero tenía una escasa representación en la Cámara de Diputados y se propuso hostigar a la derecha. Para eso comenzaron a tomar hospitales, escuelas, bancos. En Mar del Plata tomaron el Instituto Nacional de Epidemiología.

En esa primera época había miembros favorables a los Montoneros en el Gobierno de Cámpora —Puiggrós y Kestelboim— que además tenían un contacto fluido con Puig, Righi y Taiana, ministro de Educación y con los gobernadores afines a la izquierda.

Los grupos de derecha pugnaron por hacerse fuertes en el ámbito parlamentario, en el Ministerio de Bienestar Social, en el de Comunicación y en la Justicia Federal.

"Ahí viene Hitler por el callejón, buscando judíos para hacer jabón", canturreaba mi prima en un asado. Ullúa hablaba de *El judío internacional*, de Henry Ford. No era el único. Los judíos conformaban una cofradía secreta y tenebrosa que, sin que los incautos lo supiéramos, estaba dominando al mundo; y originariamente el distintivo de *Dodge brothers* era la "temible" cruz de seis puntas.

Cuando Ullúa y Piatti llegaron una vez a la casa de mis tíos, por algún cumpleaños, de ellos o de mis primos, hicieron unos movimientos raros: se agacharon poniendo cosas debajo de la cama. Eran armas—y de las grandes— y estaban ahí, al alcance de cualquiera de nosotros.

Para unas fiestas Ullúa y Piatti aparecieron con unos cohetes que parecían bombas. Ullúa se burlaba de los que tiraban cohetes que hacían "pin, pin", decía, alzando levemente el brazo y describiendo con la mano una pequeña curva y agregó: «Después vinimos nosotros con un arsenal y empezamos a tirar, bum bum, retumbaban y los pibes desaparecieron».

Mirábamos unas revistas *Así* (de aquellas con enormes titulares sensacionalistas y grandes fotos, si eran de hechos de sangre, tanto mejor) en la cocina de lo de mis tíos luego de la Masacre de Ezeiza y mi primo Guillermo se quedó observando intrigado una de las fotos: mostraba a alguien idéntico a Ullúa en el palco, al costado derecho de la foto, con anteojos ahumados similares a los Ray Ban, con una ametralladora en la mano. Mi primo tenía doce años en ese momento y Ullúa se acercó y le murmuró: «No digas nada».

Según ilustran varias fotos de la edición del *Diario Clarín* del 21 de junio de 1973, Perón es despedido la víspera de su partida para la Argentina por el dictador Francisco Franco, que lo abraza efusivamente.

Las tensiones entre la Juventud Peronista y los grupos de derecha estaban condenadas fatalmente a estallar en Ezeiza, durante el acto en el cual se daría la bienvenida al ex dictador que llegaba del exilio.

Se dice que la multitud de cuatro millones de simpatizantes que se dio cita para recibirlo fue la mayor concentración popular que tuvo la Argentina hasta entonces. Desde el exilio, Perón incitó la violencia de las Fuerzas Armadas Peronistas y al mismo tiempo convalidó a la derecha. Como no podía ser de otra manera, pronto comenzó el enfrentamiento a balazos, desde el palco controlado por la derecha. De ese lugar era la fotografía de Ullúa con una ametralladora.

***

—…

—Estuvimos acreditados en el palco del Puente el Trébol —en la intersección de Ricchieri y la ruta 205— desde muy temprano para cubrir la noticia para el diario.

—…

—Lo que vimos fue que desde el martes a la noche el sector sindical, la Unión Obrera Metalúrgica (UOM) y la Juventud Sindical Peronista ocuparon los lugares de privilegio y que desde allí luchaban por mantener para ellos los primeros trescientos metros y vigilaban que no se acercaran las columnas con carteles de la Juventud Peronista, la Juventud Universitaria Peronista, las Fuerzas Armadas Revolucionarias, Montoneros… Eran como mil civiles armados, algunos con metralletas. Habían puesto un vallado. No sólo era el grupo que estaba en el palco, sino los que se encontraban en el Hogar Escuela Evita.

Para las ocho de la mañana la derecha tenía controlada toda la extensión en un radio de quinientos metros. El día estaba soleado. Fue un alivio para los que habían dormido toda la noche al sereno. Los médicos, llamados por los altavoces, atendían desvanecimientos, intoxicaciones y hasta un parto.

—…

—La columna sur, de la izquierda y las organizaciones populares, eran mucho más grandes de lo que Osinde, el encargado de la seguridad del acto, se había imaginado y cuando se acercan al palco les ordenan dividirse por dos vías, porque superan en número a los del palco, pero empiezan a abrirse paso a cadenazos. Entonces Leonardo Favio, el conductor del acto, que ve todo eso, hablando por los altoparlantes, pide que la multitud se mantenga en sus puestos e invita a ensayar "el recibimiento que le daremos a Perón". En un momento, bajamos del palco con el fotógrafo buscando hacer notas desde la parte que daba a la General Paz y vemos que está Osinde con varios otros más y que iban llegando unas ambulancias verdes de la UOM de las que bajaban armas. Nos quedamos atónitos y pensamos que algo iba a pasar.

Era una multitud realmente imponente, un verdadero mar de gente que se perdía en la distancia, sin dejar nada por cubrir y eso que no se podía ver todo desde ese lugar. Muy cerca estaba el Comando de Lisiados Peronistas, el Coro Contemporáneo del Teatro Colón y la Orquesta Sinfónica Nacional, mientras, había obreros armando la caseta blindada para Isabel, López Rega y Perón. Edgardo Suárez, a eso de las 14:10 de la tarde anunció por el micrófono: «Ya hay dos millones y medio de compañeros... Jamás nadie en la historia de la humanidad recibió un homenaje así».

A las 14:30 Favio pide a los portadores de los carteles y las pancartas que las bajaran, para poder tomar notas gráficas, porque hay un gran letrero de los Montoneros, que pretenden llegar a la parte delantera del palco y el sector sindical no va a permitir eso, pero no acatan ese pedido y lo reiteran desde el palco. Entonces, de la parte derecha, es decir desde el sudeste y en la misma trayectoria que recorre el puente El Trébol, se escucha una descarga de metralleta que da contra las maderas y los caños de construcción, seguida de abundantes disparos de armas automáticas y revólveres que responden (era una fiesta en la que todos parecían estar armados). En medio de esa multitud, de inmediato los disparos son contestados por los encargados de la seguridad ubicados en el palco. Para las 14:35 el intercambio de disparos es muy nutrido y todos, los periodistas y los ocupantes de las casetas de transmisión nos tiramos al piso. En medio del tiroteo, desde la caseta de transmisión se le pide a la gente que no se mueva de su sitio, no caiga en pánico ni haga el juego a los provocadores.

—...

—El tiroteo no cesa, aunque se va convirtiendo en asaltos intermitentes que van bajando hasta llegar a las 15:20, hora en que se recupera la calma. Pero al levantarnos pudimos ver por primera vez que en el lugar desde donde procedían los disparos se estaba quemando un auto y que al costado de la casilla de transmisión había una granada sin estallar... De pronto el sistema de amplificación se interrumpió: habían cortado los cables. Los del Hogar Escuela de inmediato pensaron que la izquierda había tomado el palco y dispararon hacia allá. Al pie del palco había gente que parecía estar cuerpo a tierra, ni nos imaginábamos que en realidad estaban muertos.

—...

—El intercambio de disparos es entre grupos de la juventud sindical, que responde al sector gremial y las FAR y Montoneros. Se calman un poco, pero a la vez exhiben armas. La gente se había concentrado en la autopista y no se iba esperando a que Perón aterrizara en Ezeiza. Seguían, en medio de los disparos, con la esperanza de verlo. Muchos venían desde muy lejos, algunos durmieron allí, otros en el autódromo, donde a la noche no pudimos entrevistar a nadie por el operativo de seguridad de Osinde, que no nos permitió entrar.

…Los locutores vuelven a transmitir y tratan de conseguir que el público se serene y a las 16:15 se escucha la orden perentoria de que los francotiradores que están en los árboles bajen de inmediato, amenazándolos con emplear "las vías más enérgicas" si siguen allí apostados. Entre el olor a pólvora, el ruido de los estampidos de los disparos y los gritos era una pesadilla que estaba en todos lados… Cuando se están recibiendo los informes de bajas de los auxiliares, los encargados del orden del palco impiden la comunicación y arrancan y destruyen los papeles y el material fotográfico: ellos lo que querían era eliminar la resistencia. La confusión es tal que se tirotean entre miembros de un mismo grupo. Nos volvemos a tirar al suelo en el palco.

Luego la intensidad baja, pero no se había recuperado de nuevo la calma cuando a las 16:35 se produjo una nueva corrida y otro intercambio de disparos, aparentemente por parte de los mismos grupos. De pronto, se distingue que en un monte, a un centenar de metros del palco, en dirección sudeste, comienza un tiroteo muy nutrido. Así fue, se calmaba un poco para luego intensificarse.

—…

—La columna sur se reagrupa, es Nel, el que participó en 1963 del asalto al Policlínico Bancario, que se da cuenta de la estrategia de Osinde. Se pone en su Jeep, a cien metros del palco. Mientras, los del Hogar Escuela se suben a los árboles y disparan desde allí. Eran ellos los francotiradores que se veían. En el palco piensan que eran de la izquierda y a su vez les disparan: Simona (de los Montoneros) le dispara a Chavarri, el de gendarmería que estaba en la seguridad del palco, y a su vez su gente les dispara a Simona y los suyos. Los grupos del Hogar Escuela creen que la columna sur tomó el palco y disparan al palco. Nel y Simona caen en el fuego cruzado.

Entonces los del palco salen de cacería de francotiradores —que eran del Hogar Escuela—, matan a algunos y llevan a otros al Hotel Internacional, donde los torturan. También llevan a jóvenes que habían ido capturando en unos Dodge 1500 azul marino de la Municipalidad de la Ciudad de Buenos Aires al Hotel Internacional. En el camino los reventaban a culatazos y se dijo que a muchos luego los arrojaron desde las ventanas del hotel hacia el patio interno, donde fueron amontonándose. Quien detuvo eso fue Leonardo Favio. Las ambulancias del Ministerio de Bienestar Social también salieron, pero con gente armada, eligiendo a qué heridos socorrer y a qué otros rematar. Cuando llegamos al Hotel Internacional me encuentro con un colega (Eduardo Tarnossi) que me dice que vio un ómnibus de la Policía Federal que había llevado a la banda de música y pensó que podía volverse con ellos. «Iluso fui», añade luego, «el ómnibus estaba lleno de muertos, ahí era donde se llevaron a los muertos».

En lo peor del tiroteo, el avión que lleva a Perón sobrevuela Ezeiza. Cámpora anuncia la suspensión de acto por culpa de "elementos que están en contra del país", y luego se informa que Perón va a aterrizar en la Séptima Brigada Aérea de Morón...y, a las 16:55, se ordena por la red de altavoces que nadie hiciera uso de sus armas (más vale tarde que nunca) y lo repiten una y otra vez. Recién ahí la gente se empieza a ir. Unos para Plaza de Mayo, otros a Olivos porque se decía que Perón estaba allí.

—...

—La Juventud Sindicalista revisaba todos los autos, incluyendo los nuestros, los de los periodistas... Pero igual todo el mundo parecía estar armado. Todos armados, de facciones distintas, la derecha ocupando el palco, yo no sé qué esperaban que pasara...-

***

Según la versión oficial hubo trece muertos y doscientos ochenta heridos, pero nunca se supo con certeza el verdadero número de muertos, que fueron muchos.

La derecha había concebido el acto como un modo de ganar más poder y eliminar a sus enemigos de izquierda. Luego del enfrentamiento, Cámpora perdió poder y la pugna entre la derecha y la izquierda se agudizó, precipitando la renuncia de Cámpora, que motivó que el 13 de julio jurara como presidente provisional el yerno de López Rega: el avance de la derecha se consolidaba en el Gobierno y lo haría de allí en más sin que nada ni nadie lo pudiese detener.

Osinde tuvo que renunciar, pero ni López Rega ni nadie del sector sindical fue imputado por la masacre. Al contrario, López Rega logró consolidar un poder mayor y desplazar a Cámpora.

La derecha había conseguido imponerse.

"El expresidente, que acaba de poner fin a dieciocho años de exilio, tiene además de la satisfacción de reinstalarse en su patria, ese cometido de lograr que las transformaciones requeridas se operen en orden, que la unidad y la paz se vean selladas definitivamente entre los argentinos. Ya hay algunas declaraciones de él, bastante explícitas, donde se traza ese objetivo". (Del editorial del *Diario Clarín*, 21 de junio de 1973, el día después al de la Masacre de Ezeiza).

***

«Comenzamos el embarque del vuelo 6845 de Iberia con destino final Madrid. Rogamos a los pasajeros frecuentes, las familias con niños pequeños y los pasajeros de clase *business* acercarse al mostrador. Los pasajeros de los grupos uno, dos y tres serán llamados cuando deban embarcar».

***

Con la renuncia de Cámpora fue intensificándose el cisma que separaba a tres polos de poder: uno era el de José Ber Gelbard, el ministro de Economía; otro el de José Ignacio Rucci, el secretario general de la Confederación General del Trabajo, gran amigo de Patricio Fernández Rivero, jefe de la CNU La Plata, y Lorenzo Miguel, líder de las sesenta y dos organizaciones; y el restante estaba dado por los ultraderechistas que rodeaban a Perón. Este último prevalecería definitivamente con su muerte y triunfaría en la pugna por el poder hasta 1975, cuando el Gobierno "popular" hizo el primer ajuste neoliberal de la política argentina con el "rodrigazo", que terminó con el ideal del estado de bienestar como meta última de la agenda pública.

La historia registra (como es posible ver en la película *La República perdida*) la escena en que Lastiri no podía colocarse la banda mientras el narrador acotaba: *"A Lastiri la banda no le queda bien"*. Una de sus primeras medidas fue remover a Righi y a Puig del gabinete.

Tras una pugna por el poder dentro del movimiento, fue proclamada el 4 de agosto de 1973 la fórmula Perón-Perón, mediante la cual se postulaba la candidatura a vicepresidente de Isabel Martínez, de quien se decía que había sido una cabaretera a quien Perón conoció en el exilio y que dio lugar al chiste: *"Perón cumple, Eva Perón dignifica e Isabelita copera"*.

La alternativa anteriormente barajada fue la de la fórmula Perón-Balbín, pero la Convención Radical, liderada por Raúl Alfonsín, quien luego sería el primer presidente de la democracia, se opuso al pacto entre radicales y peronistas.

La purga de elementos izquierdistas no alcanzó a la cúpula del Ejército, cuyo comandante en jefe era el general Ramón Carcagno, quien poco después dirigió el arma en el Operativo Dorrego, en el cual, junto a sectores de la Juventud Peronista llevaron a cabo tareas de ayuda social para las víctimas de las inundaciones en la provincia de Buenos Aires.

La fórmula Perón-Perón obtuvo el 61,5 % de los votos en las elecciones del 23 de septiembre de 1973.

"Jura por segunda vez/ y late en cada corazón/ la esperanza de que no haya dos sin tres", el viejo versito de propaganda de 1952 se hacía realidad y el dictador juraba por tercera vez, todas ellas elegido por mayoría y todas ellas conduciendo al desastre.

Inmediatamente dio continuidad a los ministros de la derecha confirmados por Lastiri y dispuso el alejamiento de Carcagno. Fue allí que, indeclinablemente, comenzó a conformarse la disposición de poder en el Ejército que llevaría al golpe militar.

A veces hay un punto secreto que, sin que nadie lo note, va precipitando las cosas, algo que no es crucial en sí mismo pero que junto a otras circunstancias termina siendo muy importante. Sucedió que una dolencia pulmonar hizo temer por la vida de Perón y, ante el avance de la derecha, previendo la eventualidad de la muerte del líder, Carcagno se reunió el 21 de noviembre de 1973 con los dirigentes montoneros para llevar a cabo una intervención cívico-militar si eso pasaba.

Temía que ante tal eventualidad la derecha se consolidara, como lo hizo después, bajo la pantalla de Isabel. Cuando Perón se enteró, rápidamente lo sustituyó por Anaya, un profesionalista estricto. Buscaba acercarse al Ejército que, a partir de allí, asumió que debía intervenir en la lucha antisubversiva. Hasta entonces lo hacía la Policía Federal.

Esta intervención creciente del arma encontraría forma en los decretos de 1975 que significaron que el poder fuera trasladándose hacia el sector militar.

En enero de 1974 el ERP intentó copar el Regimiento C10 de Azul. Su jefe, el coronel Arturo Gay, fue asesinado, junto con su esposa y un soldado; y el segundo jefe de la unidad fue secuestrado. Su cadáver apareció luego, con huellas de la tortura que sufrió. Como siempre sucede, los golpes de la izquierda terminan fortaleciendo a la derecha y Perón culpó en parte al gobernador de la provincia, Oscar Bidegain, quien renunció, siendo reemplazado por Victorio Calabró, el vicegobernador, que era de extracción sindical, es decir: de derecha. Ello fue decisivo en la actuación de la CNU en La Plata y Mar del Plata, ya veremos por qué.

El primero de mayo Perón habló desde el balcón de la Casa Rosada y culpó a la izquierda de la violencia, lo que produjo el retiro de los Montoneros de la Plaza de Mayo.

La izquierda pasaba a la clandestinidad con el propósito de intensificar su lucha violenta.

El 11 de mayo fue asesinado, en Villa Luro, el padre Carlos Mugica, quien, enrolado en la Teología de la Liberación, había participado del Mayo Francés y viajado a Bolivia para reclamar la libertad de Regis Debray y la entrega del cadáver del Che Guevara y que después del Cordobazo decidió vivir en la villa. Fue asesinado por la Triple A pero cabe la posibilidad de que lo haya sido por los Montoneros ante el propósito del religioso de profundizar su actividad misionera en las villas en lugar de acordar con Firmenich en enfrentar a Perón con las armas. La violencia engendra la violencia y hayan sido los Montoneros o la Triple A, lo cierto es que una reacción surgiría para alimentar el circuito.

"Ayer Rucci, hoy Mugica, ¿mañana? Es cuestión de elegir a la víctima y apretar el gatillo. De nada sirven la ley ni las instituciones. Estamos al arbitrio de los encapuchados, los dueños de la libertad y la muerte. Por momentos es un ping pong trágico entre activistas de ultra de un lado y de otro... los extremos se tocan", escribió Horacio de Dios en la revista *Gente* del 11 de mayo de 1974.

La idea de crear un cuerpo de choque de extrema derecha surgió de López Rega ya en octubre de 1973, cuando llamó a Salvador Paino, jefe de Prensa del Ministerio de Bienestar Social y le dijo que quería crear una fuerza que actuara por células. Su actividad surgía ya desde antes de la muerte de Perón y parece difícil de creer que él no supiera de su existencia.

La violencia extrema era el modo de resolver las cosas, tanto de la derecha como de la izquierda, que decidió combatir a un gobierno peronista elegido por más del 60 % de los sufragios y que llevó un tipo de lucha cada vez más violenta, que forzó al Gobierno a decretar el estado de sitio por tiempo indeterminado el 7 de noviembre de 1974.

***

No sé si ya trabajaba en el Juzgado aquella tarde que estábamos con mi papá en lo de Barba, viendo alguna de las motos que tenía para arreglar y el Stutz que había conseguido cuando sentimos gritos, disparos una frenada y corridas. Un Falcon de lujo gris metalizado se detuvo justo enfrente de lo de Barba, donde vivía una señora italiana, y de él bajó un hombre de pelo rubio corto y ondulado —también otros, pero a ese lo vi claramente— y comenzó a dispararle a alguien que iba huyendo y que se había refugiado en la entrada de una casa. De pronto salió corriendo hacia Olazábal y el resto lo persiguió. Lo alcanzaron en el porche de una casa en Olazábal y allí lo mataron, casi delante de nosotros.

***

"El pueblo argentino ha dado muestras suficientes de madurez, tal como lo prueba el pronunciamiento del 11 de marzo. De una u otra forma la unidad y la paz serán recuperadas y consolidadas para la familia argentina, que, así, podrá trabajar en favor de la transformación del país, de la erradicación del atraso y de la injusticia". (Del editorial del *Diario Clarín*, 21 de junio de 1973, el día después de la Masacre de Ezeiza).

***

En el mostrador seguía el embarque, los últimos mensajes, las últimas llamadas, y pronto comencé a atravesar el pasillo levemente descendente hacia el avión, ese tránsito previo a once horas de viaje que es el momento en que ya nos sentimos afuera aunque aún no nos hayamos ido, ese sentimiento que se presenta también en otras circunstancias de la vida pero que en las de los viajes es un sentimiento feliz, lleno de expectativas.

La gente transitaba los largos pasillos de la cabina, colocaba el equipaje de mano en las gavetas, avanzaba lentamente buscando su ubicación y una vez hecho eso lanzaba una mirada alrededor, como queriendo corroborarla, y se instalaba.

Mi asiento estaba en una fila de dos, ante una ventanilla, y apenas acomodado el morral con los libros y la documentación me senté, contemplando las luces del aeropuerto, con *Espartaco* en mis manos. Aunque no lo leyera necesitaba sentirlo, necesitaba ese contacto con algo perdurable y hondo, una historia que se abría a episodios y todos conducían a una visión que la contaba desde distintas perspectivas y pensé que en esta historia también había muchas perspectivas, una era la del tiempo, otra la de los implicados y otra la de la historia: lo que había ido pasando con ellos y la manera en que había ido pasando. Todos, o casi todos, habían terminado por caer. Finalmente no triunfaron y fueron incapaces siquiera de predecir lo que les pasaría.

***

"Las muchachas no podían apartar sus ojos del hombre muerto que pendía del crucifijo. En ese momento estaba directamente sobre ellas, desnudo, ennegrecido por el sol, picoteado por los pájaros y ellas no dejaban de lanzarle rápidas miradas… 'Este es simbólico, por así decirlo' manifestó el hombre

gordo. No lo miren... como algo humano u horrible. Roma da y Roma quita". (Howard Fast "Espartaco" Primera parte, cap. II, pág.11).

El enemigo nunca es humano y sus sufrimientos no importan porque merece morir, pensaba recordando cuando hablaban de "los bolches o los judíos". Basta instalar la creencia de que alguien es un enemigo o una amenaza para quitarle no sólo su vida sino, en otros grados (como veremos) sus derechos, negar su historia y convertirlo en un sobreviviente que, como todos los sobrevivientes, sobrevive solo.

La guerrilla urbana comenzó a extenderse, haciéndose más violenta, distanciándose de la voluntad de los votantes y de todo mecanismo representativo para obedecer nada más que a su propia lógica. Al hacerlo solamente logró el rechazo de la ciudadanía y que la derecha, que comenzaba a operar desde el poder, se hiciera también más violenta.

***

"Pero es legítima la esperanza que despierta la presencia del líder justicialista, su ascendiente sobre diversos sectores del país puede hacer más rápido y menos traumático ese reencuentro. Y esa armonización de fuerzas, unidas a la aplicación de un programa que el país tiene en claro, goza de todas las posibilidades de éxito.

Ya Perón ha dicho que viene como prenda de paz. Hoy como nunca su presencia debe tener ese significado. Por eso su regreso es un acontecimiento que abre muchas esperanzas y al que no pueden ser indiferentes ninguno de los argentinos —como dijimos, tanto amigos como adversarios... Se cumplió entonces un hito importante, es de esperar que al final del camino la Nación realice sus objetivos". (Del editorial del *Diario Clarín* del 21 de junio de 1973, el día después al de la Masacre de Ezeiza).

***

El 1° de julio murió Perón y fue reemplazado por Isabel Martínez. A partir de ese momento López Rega se valió de su ascendiente sobre ella y comenzó a aislarla en un grupo minúsculo de allegados y a extender una estructura paraestatal.

En la cúpula de la Alianza Anticomunista Argentina (Triple A) estaba el jefe de la custodia del Ministerio de Bienestar Social, Juan Ramón Morales; el responsable de la seguridad de la presidente, Rodolfo Almirón —expulsado de la fuerza, vuelto a reincorporar por López Rega y nombrado comisario por la presidente— y los comisarios Villar y Margaride, jefe y subjefe de la Policía Federal.

La formaban unos cien hombres, muchos dados de baja deshonrosamente de la policía, y la organización fue concebida para actuar en células, de ese modo y gracias al apoyo del peronismo ortodoxo tradicional, se volvió incontrolable. Varios de sus integrantes (como el teniente coronel Jorge Osinde en la sección de deportes, o Jorge Conti, un locutor televisivo, en prensa, o Salvador Paino) también desempeñaron funciones en el Ministerio de Bienestar Social.

Recuerdo el gesto de asentimiento, la exclamación sonriente y satisfecha, de Piatti cuando mi papá, con cierto resquemor, dijo: «Ahora están las tres A».

Fueron numerosas las células: Comando Rucci de Mendoza; Comando Peronista Lealtad; la CNU y otros. Eran grupos que contaban con el sostén o con la tolerancia del Gobierno, o al menos del Ministerio de Bienestar Social, y los hechos que llevaban a cabo, como el del atentado al rector normalizador de la UBA, Pablo Laguzzi, el 7 de septiembre de 1974, prácticamente no eran investigados y quedaban impunes. Como cuando Michel Corleone –en *El Padrino*- ve alejarse del Alfa Romeo a uno de sus guardaespaldas y luego el auto estalla. Ese día, curiosamente, al rector le fue quitada la custodia policial, momentos antes de que fuera colocada en su domicilio una bomba que mató a su hijo de cinco meses. Así eran sus golpes y así sus exigencias que requerían la inmolación de un bebé de cinco meses, paso aceptable para alcanzar ese nirvana de un mundo libre de zurdos, ciertos o presuntos.

Tanto el descontento general como la presión de la derecha determinaron la renuncia de Gelbard.

Amenazas y asesinatos se multiplicaron. Ullúa se burlaba de Norman Brinski —"zurdo y judío"— y decía que corría por la pista haciendo señas para que se detuviera el avión con otros amenazados que se exiliaban y poder subir. Muchos otros actores —como Héctor Alterio y Luis Politti— e intelectuales —como

Osvaldo Bayer— debieron exiliarse por las amenazas de las Tres A. Oscar Cardozo Ocampo tuvo que escribir y grabar rápidamente la banda sonora de *La Patagonia Rebelde*, que Fernando Ayala y Héctor Olivera debieron filmar y editar contra reloj por estas amenazas.

Sólo entre julio y septiembre de 1974 hubo doscientos veinte atentados de la triple A —un promedio de tres por día—, sesenta asesinatos y veinte secuestros.

El primer atentado firmado por la Triple A fue en noviembre de 1973, contra el senador radical Hipólito Solari Yrigoyen, quien se había opuesto a una ley gremial que favorecía al sindicalismo ortodoxo. Lorenzo Miguel lo declaró enemigo número uno de la clase obrera y unos días después estalló una bomba en su auto, en el estacionamiento del Congreso y resultó gravemente herido.

El 31de julio de 1974 asesinaron al diputado peronista Ortega Peña y además de los senadores radicales Hipólito Solari Yrigoyen y Eduardo Angeloz fueron condenados a muerte varios diputados, cuyos nombres fueron difundidos en una lista. Asesinaron a cuatro militantes peronistas en La Plata, a tres en Quilmes, al vicegobernador cordobés Atilio López, ex secretario de la combativa Confederación General del Trabajo del Cordobazo y, entre otras muchas víctimas más, a Silvio Frondizi, al ex ministro y dirigente radical Arturo Mor Roig, así como a David Kraiselburd, director del *Diario El Día* de La Plata. Fue profanada la tumba del general Aramburu, asesinado por los Montoneros en octubre; asesinado el jefe de la Policía

Federal, comisario Villar; secuestrado y asesinado, a fines de febrero de 1975, John Patrick Egan, cónsul honorario de Estados Unidos en Córdoba. El Ejército Revolucionario del Pueblo atacó la Fábrica Militar de Villa María, donde murió su director, el teniente coronel Larrabure y el Regimiento 17 de Infantería Aerotransportado de Catamarca, inició en el último trimestre del año la ejecución indiscriminada de miembros del Ejército y hacia el final del año mató en Tucumán al capitán Humberto Viola y a su hija de cinco años.

La guerrilla siguió asesinando indiscriminadamente a personal castrense y atacando unidades militares en 1975: el Batallón de Arsenales de Rosario, el Batallón de Arsenales de Monte Chingolo, en lo que fue la acción de mayor magnitud de los Montoneros, que desató terribles represalias por parte de la CNU en La Plata sobre personas previamente "marcadas" [4] y la Comisaría Segunda de Mar del Plata. Esto último tendría repercusiones en la ciudad, en esa época y mucho después.

Los Montoneros y el ERP comenzaron una guerra de guerrillas en Tucumán: *"Dijo Anaya que el Ejército cumplió con lo que el pueblo le había reclamado ante los restos del capitán Héctor Cáceres, muerto por la Guerrilla en Tucumán"* (el 14 de febrero de 1975), dice el *Diario Clarín* del 17 de febrero de ese

---

[4] Uno de los asesinatos fue el de Miguel Rave, de diecinueve años, torturado, asesinado y colgado de un alambre de un puente (Daniel Cecchini-Alberto Elizalde Leal, ob.cit., "A Patulo lo hicimos nosotros", pág. 203.

año. La edición del 20 de febrero informa sobre operativos de ayuda comunitaria a la población.

De uno y otro bando la actividad se intensificaba: el 21 de febrero de 1975 el *Diario Clarín* informa del hallazgo en San Justo, por parte de la Policía Federal, de una "cárcel del pueblo": un sótano de cuatro metros por dos, con una cama y un baño químico y publicaciones de izquierda. Hubo ocho detenidos.

En Mar del Plata, la sede del Partido Socialista de los Trabajadores sufrió atentados de la Triple A en mayo de 1974. El doctor Candeloro, abogado de los gremios más combativos y querellante en el caso Filler, recibió amenazas permanentes durante ese año y debió abandonar la ciudad. Los integrantes de la Asociación Gremial de Abogados denunciaron que no se trataba de un hecho aislado, sino que formaba parte de los ataques y asesinatos de los doctores Martins, Delarroni, Ortega Peña y Curuchet por la Triple A. El hostigamiento de los dirigentes gremiales, señaló el doctor Eduardo Salerno, socio de Candeloro (desaparecido en "La Noche de las Corbatas", en 1977), era permanente. Tales circunstancias y otras, como la desaparición de Roberto Wilson, trabajador del Frigorífico San Telmo, indicaban que se pretendía una supresión de quienes buscaban la defensa de los trabajadores.

Luego de la declaración del estado de sitio, el 7 de noviembre de 1974, la derecha intensificó sus ataques y fueron detenidos los doctores Begue, Fertitta y Romanín, y la doctora Intelisano y se produjo el allanamiento del estudio de los doctores Candeloro y Salerno, integrantes de la Gremial de Abogados, que había sido creada a fines de la década de 1960 para actuar en defensa de los intereses de los trabajadores, que sufrían detención y tortura, cuyas denuncias fueron ignoradas por la Justicia: ello sucedió en casos como los de Eduardo Néstor Soarez, detenido con Julia Giganti el 12 de mayo de 1975; Isabel Carmen Eckert, detenida el 15 de julio de 1975; Carlos Alberto Cervera, arrestado el 26 de junio de 1975, y Elena Arena y Gregoria Marín, secuestradas el 14 de noviembre de 1975. La desintegración de la Asociación Gremial de Abogados significó eliminar la única valla que existía contra un poder político que contaba con herramientas legales.

La doctora Teodori, hija de un militar de la Armada, que actuaba alternativamente como jueza subrogante y defensora oficial, visitó a Soarez en Sierra Chica. Iba con el fiscal Demarchi. Soarez quiso denunciar ante ella la tortura que había sufrido y ella le contestó: «Acá no me vengan con denuncias, vos sos un montonero, qué denuncia ni qué denuncia, agradecé que estás vivo y no me vengan con denuncias».

Sentado frente a una pequeña mesa en ese cubil gris con un ventiluz veía a Demarchi, serio, de pie al lado de la mesa y a Teodori, baja, con ese cabello negro dividido por una raya al medio y ese rostro oval, de piel áspera y ojos rasgados. Él entonces le habló del asesinato de su padre por la CNU. Tuvo que vencer el miedo para decirlo frente a Demarchi. Ella entonces pegó con la palma de su mano en la escueta mesa de madera y dijo: «Tu papá colaboró en el intento de fuga, así que qué otra cosa pretendías que se hiciera. Él colaboró con eso y bueno, son las reglas del juego».

***

Yo buscaba huir de casa todo lo que podía y los sábados me iba al juzgado. No había nadie. Ponía SODRE o Radio Municipal y seleccionaba una de las causas para sentencia que había estudiado y, una vez que la conocía bien, de a poco elaboraba el borrador: los resultandos, los considerandos, la calificación, el fallo y corregía el texto. Si estaba bien y quedaba tiempo, lo pasaba en limpio y se lo dejaba a Ana María Teodori, quien actuaba como jueza subrogante. Ella me quería mucho y yo a ella. Le debía el cargo. Nunca me objetó un proyecto y nunca nos revocaron una sentencia. Una vez salimos a hacer una diligencia en mi Citroën con la mujer fatal de la secretaría. Teníamos que tomarle declaración testimonial a alguien en Caisamar. A la vuelta, como solía suceder, se rompió el soporte de uno de los tensores de la suspensión y el 2CV se cayó de un lado. Ana María nos rescató y me pagó el arreglo porque yo no tenía un mango y, mucho después, cuando hice la colimba, habló con Caridi, el jefe de la agrupación para hacerme salir en la primera baja. Yo estaba noveno en el orden de mérito, igual saldría en esa primera baja, eso le dijo Caridi. Pero ella tuvo ese gesto conmigo. Salió de ella y siempre se lo agradecí.

En la colimba veíamos a Caridi enormemente alto, con esa cara que era un mascarón de proa de madera oscura, extendido hacia arriba. El casquete, redondo y rígido como un silo verde, lo hacía todavía más alto. Desfilamos ante él. Hacía subir y bajar el dedo índice como si le ordenara a Dios descender para ver lo mal que desfilaban los efectivos, mientras flexionaba y estiraba fuertemente una pierna, pegando el pie en el piso. Nos amonestaba y ahora, cuando yo entraba al despacho de la jueza subrogante no parecía tan alto allí, donde estaba mansamente sentado ante ella que era la que hablaba, le invitaba al cine. Ella lo retaba. No podía vivir en el cuartel, tenía que salir un poco.

Pasaron décadas y cuando la procesaron nos encontramos y me agradeció que la saludara. «Muchos me dan vuelta la cara», me dijo. Poco después murió.

***

La doctora Teodori llegó en su Opel K 180 a la Brigada de Investigaciones, a tomarle declaración a Isabel Carmen Eckerl, quien estaba detenida e incomunicada allí. Según la versión de Eckerl, Teodori había tenido demorados a sus padres veinticuatro horas en el juzgado a fin de presionarla para que diera nombres. Aquella mañana volvió a pedírselos o, más bien, exigírselos, y según la detenida, la agredió verbalmente y la trató muy mal. Era ríspida muchas veces y carecía de toda elegancia para decir las cosas y disfrutaba de esa brusquedad. Dice Eckerl que estuvo de acuerdo en darle nombres y comenzó a mencionar a los de la CNU. Ella entonces la interrumpió violentamente diciéndole: «Sos una mentirosa, hija de… Esos son amigos míos, no tuyos».

En aquella época en blanco y negro a veces las cosas eran así, lo eran a un punto en que usábamos los formularios para hacer órdenes de allanamiento como borrador, escribiendo en el reverso.

La violencia crecía y todo lo que intentaban hacer por la fuerza para combatirla sólo se traducía en que cada vez había más violencia.

No podía ser de otra manera con una Justicia que no era un dique para contener la ilegalidad, sino un modo de producirla y tomar eso como un estado de cosas normal.

Entre mediados de 1974 y 1975 la Casa Blanca redujo a la mitad el número de diplomáticos en la Argentina y el 60 % de los ejecutivos extranjeros dejaron el país debido a los ciento setenta secuestros que hubo ese año.

A la violencia e inestabilidad se sumaba el problema económico, que se agravó cuando, debido a la influencia de López Rega, Gómez Morales fue desplazado del Ministerio de Economía y nombrado en su lugar a Celestino Rodrigo, cuyo violento ajuste fue de enorme significación en el problema social, económico y político y en la evolución de los hechos en ese momento. El 27 de junio de 1975 se produjo la primera gran manifestación contra un Gobierno "popular" elegido por abrumadora mayoría de sufragios y el poder de López Rega, que descansaba solamente en la influencia que tenía sobre Isabel Martínez, presunta alternadora devenida en presidente, comenzó a resquebrajarse. El déficit de la tesorería ascendió el 84,5 % con respecto a 1974, alcanzando a 2.971 millones de pesos, informa el *Diario Clarín* del 20 de febrero.

La CNU actuó entonces como un grupo de intimidación ante el crecimiento de la protesta social,[5] contra las organizaciones de trabajadores que habían surgido y que venían resistiendo la persecución que se produjo luego de la declaración del estado de sitio. Fue en ese contexto en que, como represalia por el asesinato de Ponce (un miembro de la CNU de La Plata), la agrupación asesinó a seis estudiantes y dirigentes en lo que llamó la operación "Once por Ponce", que fue una clara advertencia a los sectores que demandaban reivindicaciones ante la política del gobierno.

No obstante, el 11 de julio de 1975, en este contexto de crisis y protesta social, cuando el Gobierno se vio obligado a restablecer la vigencia de las paritarias, que había dejado sin efecto para fijar los aumentos por decreto, el oscuro secretario de Perón y cabo de policía, convertido en comisario general por decreto, astrólogo, organizador de la Triple A y hombre de confianza del dictador tres veces presidente, abandonó el país junto a los miembros más prominentes de la Triple A, que dejó de "operar" de manera orgánica y subsistió hasta que, por la serie de decretos que reguló la actividad, el Ejército pasó a llevar a cabo las operaciones represivas contra una parte de la actividad violenta. Mientras tanto, dejó actuar impunemente a las células que subsistían de la Triple A, entre ellas la CNU.

El 5 de octubre la organización Montoneros atacó el Regimiento 29 de Infantería de Formosa.

---

[5] Daniel Cecchini-Alberto Elizalde Leal, ob cit. "Sembrar el terror… la represión parapolicial como herramienta para detener las protestas obreras y estudiantiles", pág. 219.

Mataron a diez soldados conscriptos, el subteniente Masaferro y a un suboficial y perdieron a dieciséis guerrilleros. Sólo consiguieron robar dieciocho fusiles FAL y un FAP.

Isabel Martínez pidió una licencia entre el 5 de octubre y el 6 de noviembre de 1975 y el presidente del Senado, Ítalo Argentino Luder, ejerció la función de presidente y dictó los decretos 2770; 2771 y 2772, de 1975, dejando en manos de las Fuerzas Armadas la misión de "aniquilar" a la violencia terrorista de izquierda. El anterior decreto 261 les daba a las Fuerzas Armadas esa facultad solamente en Tucumán. Los decretos de octubre la extendieron a todo el territorio. Era una respuesta al ataque de los Montoneros y una luz verde tanto a la represión que comenzó en esa época como a la que vino después.

El proceso, que había comenzado con el nombramiento de Anaya, se consolidaba con la situación económica y con el ascendiente que ganaban las fuerzas armadas. Un ejemplo es que quienes acompañaron a Isabel Martínez en su descanso en Asconchinga, Córdoba, fueron las esposas de Videla, Masera y Agosti, los miembros de la futura junta militar que derrocaría a la presidente.

Para cuando eso sucedió la CNU había llevado a cabo casi todos sus asesinatos.

Numa Laplane ocupó el lugar de Anaya el 27 de agosto de 1975. Era partidario de la subordinación del poder militar al Gobierno, pero fue reemplazado por Jorge Rafael Videla, un general que no era partidario de esa subordinación.

Luego de los decretos de octubre, parte de la CNU comenzó a actuar con el Ejército, en la Subzona Militar 15, con asiento en la hoy AADA 601. Keyser Söze fue el jefe del comando. Como tal, viajaba cada diez o quince días a Junín, Bahía Banca o Córdoba a "llevar paquetes" (según el testimonio de Orestes Vaello, quien también formó parte de la agrupación). Los miembros de la CNU que no colaboraron con el Ejército, como Granel y Asaro, fueron secuestrados (según el testimonio de Susana Salerno). Hay testimonios (el de Jorge Eduardo Britos y la esposa del doctor Battaglia) que ubican a Ullúa y Demarchi en la Jefatura de Agrupación. También mencionan a Daniel Ullúa; uno de los hermanos de Keyser Söze, que participó en las sesiones de tortura de Jorge Eduardo Britos; y se refieren además a la colaboración de Cincotta, Delgado, el "Mudo" de la Canale —en cuyo estudio jurídico Ullúa "trabajó"—, Cafarello y Durquet, quienes pasaron a formar parte de Inteligencia del Ejército (valga el oxímoron). Según los testimonios de Amílcar González y Pónsico, De la Canale intercedió ante el comisario Acuña del Destacamento 9 de Julio, donde estaban detenidos, para que recibieran un mejor trato.

Dos frases me quedaron grabadas de la colimba. Una fue cuando el sargento primero, encargado de la batería dijo: «Acá tuvimos que levantar como a mil tipos», sin diferenciar la época de la dictadura de la inmediatamente anterior. La otra fue del principal, mi jefe en la Oficina de Justicia de Personal, en el GADA Mix 602, cuando al hablarle de Ullúa y de mi prima los recordaba. Entonces dijo, poniendo la mano derecha en posición vertical y haciendo un movimiento de subida y bajada con el antebrazo: «Tu prima sí que era brava». No sé qué habrá querido significar con eso, pero yo recordaba que ella andaba con un revólver cromado, de caño corto, en la cartera.

Los secuestros de Elena Arena, Gregoria Martín y otros militantes del peronismo de base, en noviembre de 1975, por el Ejército son una muestra de la colaboración de la CNU —que los había marcado— con la fuerza. Fueron secuestradas y luego llevadas a la Base Naval, la Comisaría Cuarta y el Destacamento 9 de Julio —todos lugares clandestinos de detención que dependían de la Subzona Militar 15— y procesadas por infracción a la Ley 20.840, de Seguridad Nacional, con intervención de la Justicia Federal.

Según Vaello, la CNU había "dependido" hasta entonces del Ministerio de Bienestar Social (que ironía), el conocido criminal Aníbal Gordon era el jefe de zona. Luego, con los miembros que aún quedaban, pasó a depender directamente de las autoridades militares, que habían "arreglado" con Fernández Rivero, el jefe nacional del grupo.

En La Plata, el coronel Presti, jefe del "área de operaciones", le advirtió al "Indio" Castillo, jefe de la CNU, quien tenía muchas muertes en su haber, que se fuera a su casa que ya lo iban a llamar, pero esa misma noche el grupo no sólo asaltó una casa sino que intentó secuestrar, por su cuenta, a Juan Carlos Arias (alias "Vaca"), un integrante de la Alianza de la Juventud Peronista. Iban esa noche en tres autos, con las cosas robadas (joyas, un televisor y hasta un teléfono antiguo) pero al llegar a la casa de la víctima fueron sorprendidos por una patrulla Policial y del Ejército y detenidos. En el allanamiento posterior —en una quinta alquilada por El Indio— encontraron varios autos que usaban en las operaciones, todos robados, y una gran cantidad de armas.[6]

En Mar del Plata no sucedió algo así, pero Granel y Asaro fueron detenidos por el Ejército: la CNU ya no actuaría por su propia iniciativa. Las SA se habían convertido en las SS y trabajaban junto con la Gestapo, como informa la Dirección de Inteligencia de la Policía provincial) DIPPBA.

También los informes de Inteligencia Policial (valga nuevamente el oxímoron) ubican a estos personajes como parte del aparato represivo del Ejército, que no tenía experiencia en "hacer inteligencia". Cafarello pasó luego a desempeñarse en el Destacamento de Inteligencia 102 de La Plata.

Cuando el doctor Begue intentó hacer gestiones por los miembros de la asociación Gremial de Abogados que habían sido secuestrados, llegó a entrevistarse con el coronel Cúneo que le nombró a Cincotta y Demarchi como miembros de una organización de superficie del aparato represivo. Los abogados secuestrados fueron llevados a La Cueva, donde actuaban Ullúa y Nicolella.

***

---

[6] Daniel Cechini-Alberto Elizalde Leal, ob. cit. "Fierros al por mayor", pág. 54

Todos los elementos estaban reunidos, se potenciaban mutuamente, involucraban a distintas fuerzas, dentro y fuera de la "legalidad", hacían formal e informal la represión. Sólo faltaba que los militares detentaran todo el poder.

"El reloj de las Fuerzas Armadas está detenido en la cuenta regresiva", amenaza Deheza, el ministro de Defensa, en un titular de *La Capital* del 17 de marzo. Mientras, Balbín clama cordura diciendo: *"Todo enfermo tiene cura cinco minutos antes de la muerte"*, para agregar: *"Hay tiempo todavía"*.

La mayoría de los titulares del 18 de marzo da cuenta de la violencia fuera de control: *"Un policía muerto en grave atentado"*; *"El país asiste a un recrudecimiento del crimen"*; *"Habrían intentado colocar una bomba a Isabel"*.

En un recuadro se informa la muerte de Luchino Visconti.

El 20 de marzo sale una solicitada del sector gremial con motivo de cumplirse el año del asesinato de Piantoni.

La nueva Ley de Defensa Nacional contempla la pena de muerte y, en un apartado, surgen imputaciones sobre el manejo de los fondos de la Cruzada de la Solidaridad Justicialista.

Los asesinatos y ataques siguen los días subsiguientes: el 22 de marzo se informa el ataque a la Guardia de Infantería Bonaerense; el asesinato del dirigente gremial de los azucareros Atilio Santillán, y la realización de numerosos procedimientos del Ejército en los barrios.

El 24 de marzo de 1976, con las Fuerzas Armadas controlando de hecho todo el país a partir de comienzos del año, se produjo el golpe de Estado. *"Cayó el gobierno de Isabel"*, informa *La Capital*, así como su arresto en El Messidor.

La dictadura militar comenzaba formalmente.

Esa mañana estábamos varios en la vereda del Juzgado Federal. Había un movimiento completamente distinto en las calles. El golpe había sido recibido con alegría y alivio por todo el mundo y, una vez más, los militares aparecían como salvadores del caos.

Yo había entrado como meritorio al juzgado en diciembre de 1974, luego de haber sido practicante en provincia durante un año y medio —me propuso la doctora Teodori, quien era secretaria— y en 1975 Ullúa —está de más decir que no había hecho una carrera judicial previa— fue nombrado oficial segundo de la Fiscalía. Era el mayor de los cargos menores, uno con el que se podía vivir y habitualmente se llegaba a él luego de comenzar por el más bajo y ascender en los siguientes.

***

El juzgado estaba en una casa de departamentos en propiedad horizontal. Había dos edificios, el principal, con cuatro departamentos con dependencias donde había tres secretarías y se encontraba el despacho del juez y, al final de un patio, el edificio trasero, de dos pisos y una escalera externa. En la planta baja funcionaba la fiscalía y la defensoría en un primer piso a donde se llegaba por una escalera externa.

También allí estaba el departamento del ordenanza y casero.

Ese pequeño edificio en propiedad horizontal sería, durante 1975 y la primera época de la dictadura, un escenario muy importante para la CNU y para todo lo que sucedió durante esa época.

Muchos acontecimientos tuvieron lugar o se cerraron allí. Muchos nombres que desfilarían décadas más tarde pasaron por ese pasillo central del edificio y, aunque no se reflejara de una manera que fuera posible de ver, las manchas de sangre que bañaron ese patio y ese edificio permanecieron indelebles para algunos y sorprendieron a otros, que creyeron que esa época había quedado definitivamente atrás y que nunca pensaron que su poder fuera a declinar y, menos aún, de haberlo hecho, nunca hubieran podido siquiera imaginar lo que les sucedería.

Igual que esos países fundados con contingentes de presidiarios, el juzgado fue poblado por ex policías, oscuros empleados y funcionarios de procedencia incierta —uno de ellos del Camarón, esa cámara federal con competencia en todo el país que era abiertamente inconstitucional— y un juez estanciero que tenía en el escritorio un retrato autografiado de Perón.

De piel mate, ojos claros, fríos y penetrantes, una barba cerrada y un cabello oscuro con grandes entradas, inmaculado en sus trajes azules, con una voz perentoria, seca, y que se expresaba con pocas y cortantes palabras, el fiscal Demarchi —nombrado en el cargo por el decreto número 1.257, a quien muchos testimonios vinculan como uno de los miembros más poderosos de la CNU— reinaría en la fiscalía federal hasta 1976 y, como vasallos obedientes, los otros de la agrupación: Ullúa y Justel. Ese sería el lugar de encuentro de todo un río de personajes, fronterizos, atemorizantes, que desfilaban por la fiscalía, presidida por el retrato de Rosas, que era como una unidad básica; igual que el de un conventillo, el patio siempre estaba lleno de gente que iba y venía: Piero Asaro, Marcelo Arenaza, Miguel Landín, y tantos que hoy son carátulas.

Era peligroso —atestigua el doctor Battaglia— ir a la fiscalía, donde sus integrantes estaban armados (es cierto porque yo lo vi), donde además del trato desconsiderado existía el riesgo de ser "marcados".

Todo eso sucedía en 1975, cuando los hechos de los que vamos a hablar acontecieron.

IV

«Bienvenidos al vuelo 6845 de Iberia, miembro de la Alianza One World, seguidamente la tripulación les hará una demostración de los dispositivos de seguridad con los que está equipado este avión... Este avión cuenta con ocho salidas de emergencia... ante una falta del suministro de oxígeno mascarillas caerán... si quiere ayudar a otra persona primero ajuste su mascarilla...».

***

Para aquella época mi prima Gilda, que tras su egreso del instituto Minerva, que recibía a aplazados con tres o más previas y que había comenzado la carrera de terapia ocupacional para dejarla poco después, comenzó a "trabajar" en la Universidad Provincial, igual que la esposa de Cicero, uno de los jueces que intervino en "los Juicios por el Derecho la Verdad" y que fue socio de Cincotta, quien, como Demarchi y Aguilera, formaron parte de la cúpula de la Universidad en la época de la nacionalización, cuando estaba totalmente dominada por la derecha.

La Universidad Católica funcionaba en el Pasaje Catedral, era una de las varias universidades privadas que habían sido abiertas a partir de 1959 y, en aquellos momentos, se buscaba su fusión con la Universidad Provincial, una fusión que, finalmente, significó el alejamiento, por amenazas y despidos, de todo su personal.

En esa época de transición el obispo de Mar del Plata, monseñor Eduardo Pironio, participaba de las ideas de la Teología de la Liberación. En la provincia, el gobernador Bidegain era afín a la izquierda peronista.

Monseñor Pironio había propuesto como rector de la Universidad Católica al doctor Hugo Amílcar Grinberg, reconocido defensor de presos políticos, como decana de Humanidades a la licenciada María del Carmen "Coca" Maggi y como secretario general al doctor Daniel Antokoletz, desaparecido durante la dictadura militar. Rendí examen con Coca Maggi y Antokoletz nos dio clase, nos dijo que había ganado la beca Fullbright. Una vez fue al juzgado por algo, debió ser un *habeas corpus*.

Por su parte, el senador Carlos Elizagaray, quien representaba a la Juventud Peronista, participaba en el proceso de integración pero tanto la llegada de Calabró a la gobernación de la provincia como la de Ivanissevich al Ministerio de Educación de la Nación y la de Otalagano como interventor de la universidad, hizo que ante el avance de la derecha más ortodoxa y violenta el proceso de unificación de las universidades también fuera violento.

Con la renuncia de Bidegain, luego del ataque a la unidad de Azul y con la asunción como gobernador del sindicalista Victorio Calabró, el escenario cambió radicalmente, dándole a la CNU un rol de grupo de choque y eliminación de líderes y trabajadores que participaban en reclamos laborales o se oponían a los intereses de la Unión Obrera Metalúrgica. El nuevo gobernador designó como rector de la Universidad Provincial a Antonio Arrighi. Coca Maggi que, por delegación de Grinberg desempeñaba funciones de secretaria general, se enfrentó con Arrighi en el proceso de nacionalización de las universidades Nacional y Católica. Arrighi le puso como condición nombrar como decano de la Facultad de Derecho de la Universidad Católica a Jorge Aguilera: la CNU ganaba un espacio institucional importante en un ámbito cuyo proyecto educativo era opuesto al de la derecha peronista: era un desembarco.

Del mismo modo que sucedía en el resto del país, la Juventud Universitaria Peronista tomó entonces la Facultad de Derecho de la Universidad Católica como manera de "protegerla" frente al avance de la derecha. El estudiantado fue coaccionado para apoyar la toma. La sensación de caos era la misma que se vivía en el resto del país.

Las presiones para lograr la integración fueron intensificadas: a raíz de esas presiones, y de una conversación con amenazas grabada por Coca Maggi, Arrighi fue cesanteado —mayo de 1974—, pero, lejos de disminuir su poder, pasó a desempeñar los cargos de interventor de la Universidad Nacional de La Plata primero y de ministro de Educación después, con lo que eran legitimados los métodos de coerción que había empleado.

La cesantía de Arrighi produjo enseguida la violenta reacción de la derecha, que comenzó a amenazar a Pironio, a Grinberg, el rector de la Universidad Católica, y a Coca Maggi, y a hostigar a docentes y alumnos.

Riéndose, Piatti levantaba la mano y como si señalara un cartel exclamaba: «Ivanisssevich ministro de Isssabel», diciendo que donde estaban las letras S debía haber tres cruces esvásticas. El *Diario Clarín*, del 19 de marzo de 1975 informa que Ivanissevich hablaría sobre política educacional, *"no se descartan referencias al gremialismo docente"*.

De este modo, en lugar de asegurar la continuidad del personal de la Universidad Católica, la derecha lo removió y nombró a sus propios cuadros. Aguilera llamó a una docente y le dijo: «La echo porque es judía».

La Universidad Provincial se pobló así de los miembros de la CNU, contratados como "personal de vigilancia". En muchos de los contratos faltaba información de los contratados y su fotografía o su domicilio era el del local partidario, en Hipólito Yrigoyen al 2000, donde una vez estalló una bomba.

Durquet, Flipper. Marcelo Arenaza. Delgado, Ullúa, uno de sus hermanos y Justel eran contratados en la universidad, así como Otero, Asaro y Oliveros. Armando Nicolella, "Killer" y García estaban contratados en la Facultad de Ciencias Económicas y en su legajo, como en muchos otros, faltaba la fotografía.

En La Plata fue lo mismo: en el Liceo Víctor Mercante hubo familiares de varios miembros de la patota. Allí incluso se produjeron los asesinatos de dos alumnas. Las pertenencias de los escolares eran revisadas y la patota de la CNU entró en un par de casas de familias de estudiantes y robó muchas cosas.[7]

Comenzó entonces la persecución de los docentes que sostenían ideas progresistas. Fueron prohibidas las elecciones estudiantiles, los centros de estudiantes allanados y los preceptores interrogaban a los alumnos y revisaban sus carpetas. La Universidad se convirtió en un lugar tan peligroso como la Fiscalía Federal.

De pronto se apagaron las luces de la clase, en la Facultad de Humanidades, y comenzaron a oírse tiros. Todos pensamos en lo de Silvia Filler y nos tiramos al suelo, escondiéndonos debajo de los bancos. Cuando cesó el ruido y nos asomamos vimos que habían desaparecido los patrulleros que estaban en la plaza, enfrente a la facultad.

Los testimonios de Lucila Intelisano, María Elena Sanmartino, Mirta Masid y Juan Carlos Suarías —un ex miembro de la CNU— refieren que el jefe del personal no docente, Roberto Schiro, era de la Policía Federal y se dedicaba a hacer inteligencia.

***

---

[7] Daniel Cecchini-Alberto Elizalde Leal, obra citada "Terror, represión y muerte en el Liceo Víctor Mercante", pág. 113.

El 593 la dejó en San Luis y 25 de mayo y Julia cruzó la calle y subió por la escalera de entrada a la facultad. Estaban de pie delante de la escalera y cuando quiso subir uno de ellos alzó su mano como un policía y la detuvo. Le pidió el documento. Nerviosa, comenzó a buscarlo en la cartera. «Vení para acá», le dijo y, tomándola fuertemente del brazo la condujo al cuartito donde "interrogaban" a los estudiantes. Ella intentó zafarse pero recibió un empujón por la espalda que la impulsó hacia adelante. Atravesaron el pasillo. Mientras la llevaban al sótano se cruzaron con dos o tres profesores que hicieron como que no veían y, una vez ante la puerta, la empujaron con fuerza y la hicieron entrar.

Le preguntaban qué hacía, qué cursaba, quiénes eran sus amigos. Uno acercó su cara a la de ella y comenzó a tocarle el pecho; «guachita», le decía. Gritó y su mejilla ardió en un fuerte dolor. Él se alejó con la palma de la mano aún enrojecida «Andá turra», le dijo, «ya te tenemos fichada, a vos y a los otros».

Ella salió llorando y en lugar de ir a clase, decidió volver a su casa. El ultraje y la vergüenza fueron más fuertes que el manoseo y los golpes.

«Ellos se paseaban por todos los pisos de arquitectura como comisarios de la Gestapo», dijo un testigo. Andaban con armas largas con la numeración limada. Lo mismo pasaba en La Plata, en las facultades y algunos colegios.

Luis Rafaldi distribuía panfletos frente a la facultad con una compañera, en septiembre de 1975, cuando salieron varios de la CNU y los llevaron al cuartito del sótano. El hombre que lo detuvo dijo ser de la Policía Federal, agregó: «Ya vas a ver cómo vas a patinar en la federal». Lo golpearon mientras lo interrogaban en el cuartito del subsuelo. Discutieron acerca de si lo llevarían a la federal o a la policía de la provincia y finalmente lo subieron a un auto y lo condujeron a la federal y luego de estar como una hora y media allí, lo subieron a una Estanciera con dos policías que le dijeron que ellos no tenían nada que ver. Lo llevaron a la Seccional Primera. «Cuando llego a la Primera, me meten en un calabozo separado de los calabozos individuales, no uno común, y a partir de allí estuve tres noches yendo y viniendo a un cuartito que tenían arriba en el cual torturaban con picana eléctrica, con un colchón, lo que se llama 'la parrilla', agua, aparatos y yo todo vendado. Ahí fui interrogado seguidamente sobre todo...».

Después de eso allanaron la casa de sus padres, que no sabían dónde estaba, y le instruyeron una causa por infracción a la ley 20.840. A la semana quedó en libertad pero el juez se negó a recibirle la denuncia por torturas.

Julio César Martino estaba en un café con su esposa Marta Schenin y otras dos personas cuando vio en otra mesa a Piero Asaro. Lo conocía de la universidad, de verlo con Piatti en las asambleas. Asaro se levantó y volvió unos minutos más tarde con dos policías de la provincia, señaló a Martino, lo detuvieron y, antes de que todos pudieran salir de su asombro, se lo llevaron a la Unidad Regional Cuarta, en Entre Ríos y Gascón. «Acabo de llegar de Europa, no tengo nada que ver con la política y voy a poner un negocio», se defendió. «Si nos mentís, sos un cadáver flotando», le contestaron al liberarlo.

Cuando muchos años después Julio César Martino vio que Asaro venía caminando por la peatonal, casi San Luis, donde tenía la librería, decidió echarle en cara aquel episodio de cuando, del mismo modo en que habrá hecho con muchos otros, lo "marcó" a la policía. Pero no se inmutó y, luego de levantar los hombros en una risa ahogada, le contestó, sobrándolo: «Me debo haber equivocado, si no serías un cadáver flotando».

Por aquel entonces sólo las víctimas se acordaban de los de la CNU, pero se acordaban bien.

***

La catedral está llena. Es la misa celebrada a un mes de la muerte de Perón, que había perseguido a la iglesia. La CNU ocupa una gran parte del costado de la nave y el oficio comienza entre una multitud de rostros graves. El equilibrio es frágil. Todo podría terminar como en Ezeiza pero la ceremonia discurre, hasta el momento, sin incidentes.

Sin embargo, luego de que el cura menciona a Perón, también ruega por el alma de Ortega Peña, asesinado por las Tres A. Entonces un murmullo fuerte crece y como destellos metálicos surgen frases de amenaza que se elevan con sus filos desde el lugar donde están los de la CNU. Demarchi sale rápida y bruscamente y ya en la puerta de la iglesia grita con todas sus fuerzas: «Cuervo, hijo de puta, a vos también te vamos a matar».

***

La Universidad Provincial fue nacionalizada por el Decreto 967 del 14 de abril de 1975 (ratificado por la ley 21.139 del 27 de octubre de 1975) y el 28 de mayo de 1975 asumió como rector normalizador Josué José Catuogno, un peronista de derecha. No obstante, el poder real lo detentaban Eduardo Cincotta, secretario general; Gustavo Demarchi, coordinador académico, además de fiscal federal, y Jorge Aguilera, subsecretario de asuntos universitarios. Para ese entonces, ya no quedaba ninguna de las antiguas autoridades de la Universidad Católica y monseñor Pironio había sido trasladado al Vaticano como medida de protección. Tras el alejamiento del doctor Grinberg, se había hecho cargo de la universidad el padre Sorrentino, quien se encargó de echar al personal docente y no docente que aún quedaba, pese a que el convenio celebrado por monseñor Pironio y el ministro Ivanissevich garantizaba su continuidad.

«Después del asesinato de Pacho Elizagaray», declaró Jorge Casales, «dejé la universidad y me fui a Buenos Aires. Sabía que antes de matarlo a él habían estado buscando a otros. Tiempo después, ese mismo año, me pasó algo. Yo iba frecuentemente a La Plata y una vez llegué a la estación de trenes y me crucé con Aguilera y Corres, el que había matado a Silvia Filler y por suerte Corres no me vio. Me quedé observándolo disimuladamente mientras seguía caminando y al girar la cabeza vi que Aguilera me estaba mirando. Hizo un gesto muy duro y enseguida le avisó a Corres.

Volvieron sobre sus pasos y comenzaron a perseguirme, pero yo me metí en medio de un montón de gente que salía de la estación. Un par de veces miré con disimulo y me buscaban con la mirada, para un lado y otro. Por suerte pude escabullirme y salir. Las siguientes veces que fui a La Plata me fijaba muy bien al bajar o subir del tren».

Para ese entonces, Jorge Casales ignoraba que habiéndose refugiado en Santa Fe para terminar la carrera, tendría que volver a exiliarse ya que Corres lo había descubierto.

***

La persecución a los docentes que sostenían un pensamiento crítico significó la cesantía y alejamiento de Raúl Pedro Begué, Elena Sammartino, Carlos Tabbia, Carlos Alberto Cervera, y Lucila Intelisano, profesores de la Universidad Provincial.

María Elena Sanmartino y Carlos Tabbia, su esposo, fueron dejados cesantes el 14 de abril de 1975, por una resolución del rectorado notificada por medio de un telegrama firmado por Cincotta. Como otros catedráticos, pensaron que eso equivalía a una amenaza y se exiliaron. Eso los salvó porque fueron a buscarlos el mismo día del asesinato de Roberto Sanmartino. Hubo una relación entre aquellas cesantías y los crímenes de la CNU, así como con la desaparición de personas como Marcos Chueque.

Lucila Intelisano fue detenida en noviembre de 1974, permaneció a disposición del Poder Ejecutivo y fue liberada a mediados de enero de 1975. Integraba la

Gremial de Abogados y como docente de la universidad conformó el primer Sindicato de Personal no Docente de la Universidad, del cual era secretaria gremial. Pese a que las autoridades de la universidad sabían sobre su detención, le instruyeron un sumario administrativo por ausentarse de su puesto de trabajo, actuación en la cual, con dictamen de la asesoría letrada, firmado por Roberto Coronel, la suspendieron y luego pidió una licencia por motivos de salud. Pese a contar con el certificado expedido por la Dirección de Reconocimientos Médicos de la Provincia, fue dejada cesante por una resolución firmada por el rector normalizador Josué José Catuogno y por el secretario general, Eduardo Cincotta.

La casa de Roberto Coronel —amigo de Leónidas Fiore, secretario del juzgado federal— sirvió como lugar de reunión luego de la muerte de Piantoni, momento en el cual la figura del asesor letrado de la universidad adquirió mayor gravitación en la CNU. Coronel, que estaba vinculado a los sindicatos, fue asesor de la CGT, vivía en la calle Lamadrid al 3000; y su casa no sólo era un lugar de reunión de los miembros de la CNU sino también, como lo testimoniaron vecinos, un depósito de armas custodiado por guardias con perros.

Las reuniones también se hacían en la casa de "Pepé" Granel, como Coronel vinculado al sector sindical, donde también guardaban armas. Como coordinador docente de la Facultad de Turismo, Granel, tratándola como si fuera una delincuente, le dijo a Lucila Intelisano, quien luego de su cesantía había ido a buscar sus cosas, que no tenía derecho a pisar la facultad.

La ley 21.139, del 30 de septiembre de 1975, promulgada el 27 de octubre, que ratificó el Decreto 967/75 de homologación del convenio de nacionalización de la Universidad Provincial, también dispuso que, con relación a la Católica, correspondía firmar un nuevo convenio entre el Poder Ejecutivo Nacional y las autoridades de esa universidad para su incorporación a la Nacional.

La Universidad Católica y sus ideales de una educación, democrática, gratuita y plural se habían perdido.

***

Una vez salía de la facultad, en el Pasaje Catedral, y me encontré a Ullúa en la puerta de entrada; estaba con otros más. En aquella época desolada en la que había muerto mi mamá, él y mi prima eran de los que más nos acompañaban. Entonces lo saludé pero enseguida me di cuenta de que no era el mismo. Siempre estaba como a punto de reír a carcajadas y en ese gesto sus ojos se entrecerraban y su voz causaba gracia por su propio tono y era inmediatamente seguida de una risa contagiosa. Ahora, en cambio, tenía los ojos bien abiertos, en una mirada dura y con una voz imperativa le dijo a alguien que estaba a su lado algo así: «La gente de fulano por la otra entrada», dando una indicación que se refería a la entrada al Pasaje Catedral por San Martín. Él decía que estudiaba derecho pero nunca lo vi con un libro, ni cursando o hablando de materias.

De pronto me arrepentí de haberle hablado, de haberme encontrado con él, ignorando la pregunta central: si no estudiaba, entonces ¿qué estaba haciendo allí? Evidenciaba que a veces, para no estar solos, sin darnos cuenta, hacemos transacciones inaceptables, tomamos a gente que íntimamente sabemos que debemos desaprobar y fingimos que es aquella con la que deseamos estar, solamente porque no tenemos a alguien que nos brinde lo que ellos, en un momento extraño, nos dan.

A poco de morir mamá fuimos con ellos al Cine Diagonal, vimos la película sobre Tchaikovski de Ken Russel, con Richard Chamberlain. Era muy graciosa la escena del intento de suicidio del compositor, que se arrojaba a un río cuyas aguas no le llegaban ni a la rodilla, además de que Chamberlain y Tchaikovski no se parecían en nada. Ullúa bromeaba sobre eso a la salida, y sobre la orientación sexual del compositor y empezó a hacer variantes sobre eso; al pasar por un hotel llamado Lalín dijo que tendría que llamarse Lalo y así todo, una broma tras otra, pero todas, en su gracia, eran lo que hoy se llama un discurso "homofóbico". Estaba también el Gordo Arenaza y nos invitaron a Old Dutch, en Moreno y Rioja, donde hoy está una de las carnicerías de la cadena El Mudo.

Mi hermana y yo vivíamos encerrados en casa, ella dibujando —nuestras habitaciones eran un ambiente separado por un tabique, la parte de ella estaba llena de sus dibujos a lápiz, conservo algunos de los que pude salvar— y yo al lado observándola, en ese breve y oscuro lapso en que nuestras vidas corrieron juntas para separarse luego irremediablemente. Vivíamos aislados, sin amigos, sin nada, y ellos nos sacaban en esas salidas que eran como una aventura. Uno de los mozos —Horacio Raya— era de la CNU y pronto comenzaron a llegar otros —Pucho Moleón y Flipper— y Ullúa seguía haciendo bromas y observaciones graciosas sin descanso, todas críticas de uno de los Hooft, dueño de la cervecería, a quien le imitaba la voz. Sin embargo, algo comenzó a cambiar, el ambiente se hizo más denso hasta que le propusieron a Carlos González llevarnos a casa. Tenía un cabello espeso y engominado y, como Ullúa, unos anchos bigotes negros y su silencio era tan espeso como su cabello y sus bigotes.

Nos llevaron en un auto caro, un Falcon De Luxe verde, íbamos atrás; era un largo trayecto entre Moreno y Rioja y el barrio Las Avenidas. Flipper manejaba a toda velocidad y ya en las diagonales de nuestro barrio, con tantas curvas cerradas, entraba a las encrucijadas sin disminuir la marcha y el auto derrapaba, pero de una manera precisa y controlada. Finalmente nos dejaron en casa. Luego del casamiento de mi prima y Ullúa, mi hermana se puso de novia con un amigo de él. Acabo de encontrar su nombre en aquellas listas de contratados de la CNU en la universidad. Tampoco estudiaba y, por suerte, mi hermana se cansó rápidamente de él, que en aquel 1975 se había instalado en casa y que hablaba de un polaco (debía ser el polaco Dubchank, muerto por la custodia de Lorenzo Miguel) de la CNU que se ufanaba de haber bebido la sangre de sus enemigos.

Hacia esa época Justel dijo, refiriéndose a una nueva empleada que venía al juzgado, adscripta de la Secretaría Electoral de La Plata: «Yo no sé cómo puede estar esa chica trabajando acá si el hermano es montonero». El detalle es que ella venía de una familia con cinco hermanas y no tenía ningún hermano. Si todas las veces los de la CNU marcaban a sus víctimas de esa manera es explicable que hayan muerto tantos inocentes. El poder de decir, de designar, de señalar, era inapelable y no necesitaba de ninguna corroboración. Lo otro que surge de la observación es que en el juzgado tenían que ser todos de derecha, de otro modo, ese «no deberían estar trabajando acá» hubiese sido válido.

***

No es del todo fácil colocar los hechos que fui conociendo después sobre aquellas postales de recuerdos en blanco y negro en el patio del juzgado, en la fiscalía, en casa, en la de mis tíos, en la Iglesia del Unzué y el Salón de Fiestas Tío Felipe, de Yrigoyen y Quintana.

Por ejemplo, no puedo precisar si el casamiento de mi prima y Ullúa fue mucho después del Cinco por Uno.

Mi tía Ada y yo los fuimos a ver a la Capilla del Unzué. Todo el grupo de la CNU estaba allí. De pronto, apenas terminó la ceremonia, salieron rápidamente. Justel distribuyó unos brazaletes rojos que cada uno se colocó en el brazo derecho y formaron dos líneas en la salida de la capilla, a los lados del camino; y cuando los novios salieron hicieron el saludo nazi, estirando cada uno el brazo y la mano derechos y comenzaron a cantar la marcha peronista.

Esa noche, en la fiesta, todos ellos estaban en un extremo del local, cerca de una larga mesa con los regalos. Estaban de traje. Carlos González, Flipper, era el más alto, con su cabello negro peinado a la gomina y su ancho bigote. Piatti, que iba y venía de un lado a otro, llevaba una foto enrollada de Piantoni, "el maestro", decía, y poniendo el extremo del rollo cerca de sus labios simulaba que tocaba un instrumento y se reía con esa risa profunda.

Hablaban fuerte, dirían chistes porque, de pie alrededor de la mesa de los regalos, se reían a carcajadas.

Es curioso pero, salvo Flipper, ninguno era muy alto y en la calle, salvo por sus miradas torvas (que se supone tendrían antes de matar a alguien o de robar algo, dos cosas que sucedían con mucha frecuencia), hubieran pasado inadvertidos. Pero, no se sabía bien por qué, todos juntos daban miedo. Ullúa había ido y venido, fotografiándose con los invitados en las mesas, pero ahora estaba ante esa otra mesa con los regalos. Había una bandeja de plata de Demarchi, pero él no estaba ahí. ¿Por qué no estaba? No era del grupo o se encontraba en un nivel más alto que no le permitía mezclarse con sus miembros. El suyo era el presente más costoso. Mi prima dijo: «Qué hijo de puta», como una manera de elogiarlo a él y a su regalo.

Keyser Söze había cruzado a otro hemisferio cuyo límite, de pocos centímetros, era como una frontera difusa. Un hemisferio en el cual, con el mismo cuerpo, risa y voz, era sin embargo alguien diferente: era él mismo. Sus ojos se entrecerraban cuando decía chistes y gesticulaba estirando sus cortos brazos, que terminaban en dos manecitas blancas regordetas como dos masas de cuernitos desmembrados unidas a otra masa redondeada y algo más alta, hacia adelante o se abrían completamente cuando pontificaba acerca de algo. Justel paseaba la papa en la boca que le imponía una especie de filtro a su voz y la hacía salir como de una larga cueva. Por encima de todo eso, el cabello era una sólida pieza de baquelita: el molde de una ola negra de mar que rompía para siempre hacia atrás, hacia donde también estiraba la cabeza cuando hablaba con esa seguridad, desde lo profundo de la cueva. Piero Asaro ya tenía entonces los bordes inferiores de los ojos hacia afuera, como parte del labio de abajo que, solidario, parecía seguir a la piel de los ojos. Su novia, dulce y bella, estudiante de una carrera humanística, planteaba la eterna pregunta acerca de la idiosincrasia femenina o, más bien, acerca de ciertas idiosincrasias femeninas, aquellas dispuestas a tomar a alguien así como su compañero de vida —es difícil de creer que hubieran podido tomarlo como el hombre de sus sueños—. El pelo era de la misma fábrica de baquelita que el de Justel, esa que producía olas rompiendo para atrás y hablaba de todo con absoluta autoridad, como imponiendo algo que le había sido revelado. En eso eran todos iguales. Basculando entre dos anchas piernas, el Gordo Arenaza, con sus bigotes de principios de siglo, parecía un antiguo ferroviario y no un hombre de ideas y no era nada aventurado conjeturar que un catanguero, u otro puesto a colocar durmientes, sería más hombre de ideas que él. Por sobre todos ellos destacaba Flipper, con esa cara angulosa con un grueso escobillón sobre el lugar en que todas las caras llevan la boca y esos rasgados ojos anchos e inescrutables. La baquelita subía en un jopo y sólo después de esa altura se convertía en la ola que rompe, pero no enteramente para atrás sino para el costado. Piatti circulaba con su risa profunda y su resonante voz de barítono. Era lo mejor que tenía, o lo único. Viglizo hablaba con Durquet. Buscaba agradarle. Sus ojos eran dos triángulos oscuros en el centro. Quizás le contara del alumno judío al que le hacía la vida imposible. Granel conservaba vagamente algún rasgo de finura de su familia —mi papá trabajó en el juzgado a cargo del doctor Gerónimo Granel, padre de José Luis y Gerónimo Granel, de quien siempre hablaba muy bien— pero, como la pantalla de un televisor defectuoso que sólo produce imágenes de contornos difusos, oscuros y de líneas superpuestas, los tergiversaba en esa cara donde aquellos rasgos entraban en pérdida y caían para siempre en espiral. ¿Dónde habrían dejado las armas todos ellos?

En medio de todo ese paisaje "humano" mi prima brillaba con su eterna risa y su voz zafada, coronado su bronceado rostro con un peinado que cambiaba durante esa larga noche su cabello negro, convertido en un mar de ondulaciones sobre el rostro que posaba para la cámara, una que algún día habría de registrar la película más inesperada.

Todos estaban muy felices. Todos parecían muy seguros. Todos parecían para siempre imposibles de interpelar y todos parecían también pensar que la ola capaz de cubrirlo e inundarlo todo nunca iba a romper.

Reían los de la CNU aquella noche, en la cresta de su ola.

Para entonces Piantoni ya había sido asesinado y ellos ya lo habían vengado.

***

Ullúa hablaba siempre con convicción, defendía su inocencia sobre lo del caso Filler y citaba a Herman Hesse y a Marechal, a quienes había leído en la cárcel. Su vida —lo que nos contaba de ella— era un anecdotario gracioso pero siempre había episodios de cosas indebidas, como cuando trabajaba en una playa de estacionamiento y le chocó la cola a un auto. Lo puso de trompa para que el dueño no se diera cuenta y se reía de eso, se reía de aquellos a quienes podía engañar, burlar, aquello que lo situaba a él, con su baja estatura, en un plano superior, ese que transmitía el tono de su voz.

Todo eso duró hasta 1976, es decir, durante lo peor de los crímenes que cometieron él y otros como él, otros a lo que también les habrá dicho: «la gente de fulano por allá».

V

"Tenía un río de sangre en las venas,
articuló otro… Los federales habían dado fin a
una de sus innumerables proezas.
En aquel tiempo los carniceros degolladores
del Matadero… eran los apóstoles que propagaban la
Federación Rosina, y no es difícil imaginar qué
federación saldría de sus cabezas y cuchillas.
Llamaban ellos salvajes unitarios… a todo el que no
era degollador, carnicero, ni salvaje ni ladrón; a todo
hombre decente y de corazón bien puesto. A todo
patriota ilustrado amigo de las luces y de la libertad;
y por todo el suceso anterior puede verse que el futuro
de la Federación estaba en el Matadero".
—Esteban Echeverría, *El matadero.*
En "Obras completas". Buenos Aires,
Carlos Casenave editor, 1874.

El 20 de febrero de 1975 el *Diario La Capital*
informa en un recuadro que habrá refuerzos para la
acción extremista en Tucumán. En otro apartado señala
que fueron capturados diecinueve extremistas en un
procedimiento en Córdoba, lo que indica algo muy

importante, que aun con leyes como la 20.840, los terroristas eran sometidos a proceso.

Más adelante, en las páginas interiores un título enuncia: *"Ajusticiado. Hallaron el cadáver de un joven acribillado a balazos"*. El texto informa: *"El cadáver de un hombre joven, parcialmente mutilado, y presentando numerosos impactos de balas de grueso calibre, fue hallado en la mañana de ayer en la zona de Peralta Ramos, cerca de Mario Bravo. Presentaba 55 heridas de bala de grueso calibre, presuntamente ametralladora, la mayor parte de ellas en el rostro y en el torso. La comprobación posterior, que los disparos se habían efectuado a corta distancia, llevan al conocimiento de que se trata de un caso de ejecución de los que tanto se han producido en los últimos tiempos por acción de organismos extremistas"*. Se trataba de una persona de unos treinta y dos años de edad y tenía *"el brazo derecho fracturado, así como el rostro desfigurado por efecto de los impactos de bala"*.

***

Aunque le quedara una cicatriz en el brazo Joaquín se había repuesto muy bien del accidente con el Fitito en la costa, aquella noche que, entrado en copas, volcó en la bajada de la curva de la base naval. Nunca supo qué pasó porque es una curva amplia. El Fitito color ladrillo con el adhesivo de Barrilito, un boliche de Buenos Aires, en el vidrio trasero derecho le había quedado muy bien.

Eran como las nueve de la mañana cuando llegó al juzgado, con una necesidad imperiosa de despertarse con café fuerte y cuando lo vio a Luisito en la mesa de entradas le dijo: «Enano, traeme un café». «Traételo vos», le contestó el otro. «Ah sí», le dijo, y sin levantarse de la silla empezó a correrlo con el pedazo de palo de escoba que usaba para cerrar la puerta de la oficina que compartía con el oficial primero. Lo corrió alrededor de un escritorio hasta tomarlo por las muñecas y meterlo en el *placard*, que trancó con el palo. El otro golpeaba desde adentro. Cuando vino el secretario, lo dejó salir.

Con su espalda agobiada, esos anteojos de ancho marco negro y de grueso cristal, el rostro colorado y el hálito de alcohol que se desprendía de él, semejaba uno de esos personajes de una novela de Simenon con el inspector Maigret que tratara de un hombre que tuvo esperanzas y se vino a menos o que, sencillamente, nunca las tuvo.

Cuando dejó salir a Luisito y el ordenanza le trajo el café, se acercó la empleada nueva, la que venía de La Plata que, alta, delicada y bella, lo miraba con ese gesto a mitad risueño y a mitad de horror, uno que decía a dónde vine a parar. Ella pensaba que hay vidas a las que el destino les da una última oportunidad, antes de colocarlas definitivamente en la columna de los objetos perdidos para siempre y que esa oportunidad había sido la inauguración del juzgado.

«Colapinto me dijo que te diera esta causa que recién llegó. Acabo de darle entrada», dijo.

«A ver... Izús, René Armando... quién es».

«Quién era más bien».

Comenzó a leer: *"Tras haber recibido una comunicación telefónica, el 20 de febrero de 1975, personal de esta Sub-Comisaría de Peralta Ramos, constituido en horas de la mañana en el paraje Lomas de Cabo Corrientes continuación de Edison procedió al hallazgo de un cadáver de sexo masculino que correspondía a una persona de aproximadamente unos veinticinco años de edad, con numerosos impactos de bala, siendo secuestradas en el lugar vainas servidas calibre 11,25 y 9 mm, cartuchos de escopeta calibre 12, postas de plomo, proyectiles 11,25 y 9 mm, dándose intervención al señor Juez Federal González Etcheverry".*

Una serie de fotos en blanco y negro mostraba un cuerpo literalmente destrozado por impactos de bala, disparos de escopeta y golpes. El informe del patólogo decía que la muerte se había producido por fractura de cráneo y heridas de bala, al menos veinte impactos. Varias heridas de bala se agrupaban en el tórax, como tiros de gracia.

Joaquín se demoró unos diez minutos en leer la causa y enseguida la despachó: *"///del Plata, de febrero de 1975. Por recibido, fórmese la correspondiente causa y sobre el mérito y la competencia de las actuaciones córrase vista al Ministerio Fiscal"*, abrochó la hoja al sumario, sacó un cigarrillo y lo llamó al Enano para que le trajera otro café.

Al otro día, firmado el proveído, el Enano anotó la causa en el libro de pases de la fiscalía y, con otra causa seguida a un cartero por destruir cartas certificadas, las llevó a la fiscalía.

Cuando entró, Roberto Justel, con su cabello peinado para atrás y esa voz opaca, desdeñosa y autosuficiente, bromeaba con Ullúa. Cuando recibieron la causa se callaron, mirándose entre ellos. Ullúa, con esa voz terminante, sentenciosa, le dijo: «Damelá, ya se la paso al fiscal».

Al otro día Justel llevó de vuelta la causa con el libro de la fiscalía, la arrojó sobre el escritorio y le dijo al Enano: «Fírmame el recibo», y luego se fue.

El fiscal Demarchi se pronunciaba por la incompetencia del juzgado, por tratarse de un delito común, pero tanto por contradecirlo como por no cerrar la causa enseguida, el secretario proyectó un despacho por el cual el juez tenía presente lo dictaminado y, sin perjuicio de ello, previo a resolver sobre el mérito de las actuaciones, citaba a prestar declaración testimonial al doctor Gregorio Osvaldo Izús, hermano de la víctima.

Al ser citada, la gente suele concurrir a los juzgados a veces con esperanza, otras con escepticismo; otras sólo porque tiene que ir, sabiendo que lo que digan no va a servir para nada porque si denuncian algo grave no habrá nadie con la valentía o la independencia para revertirlo y que si ocultan la verdad eso podrá generarle problemas, porque los problemas son siempre de aquellos que están desprotegidos, inermes y solos.

Gregorio Izús llegó una mañana y la historia no registra —porque a la historia no le incumben las víctimas— si lo hizo con la esperanza de que el juzgado investigara la muerte de su hermano o si fue simplemente obedeciendo a la citación que le llegó a través de una comisaría, sin que le fuera posible descartar que no hubiese sido la propia Policía la que se había llevado a su hermano, junto con los de la CNU.

Dijo entonces lo que sabía, lo que le pesaba, lo que quizás hubiera querido que no fuese así: que su hermano era de la resistencia peronista y que militaba dentro del Sindicato Único de Petroleros del Estado.

Fue una declaración breve, como no podía ser de otra manera al referirse a una vida que también había sido breve. Lo tuvieron esperando como una hora para recibirle la testimonial. Se la tomó el mismo Joaquín, casi sin hacerle preguntas, sin casi mirarlo. La declaración tardó escasos diez minutos y cuando caminaba para Arenales, donde había dejado el Fiat 1500, pensaba una vez más en cómo habría sido, en la soledad, la desesperación, los gritos desaforados, el dolor en medio de un paraje desolado, en medio de la noche, una donde nadie va a escuchar ni decir nada y en lo que se debe sentir al verse venir los puntapiés y los primeros estampidos allí en el suelo, sin salvación, con un dolor imposible de imaginar ni de decir.

Apenas firmada el acta, hizo un nuevo despacho: *"Atento a que si bien en un comienzo la presente causa pareció tratarse de un delito común, las nuevas probanzas acumuladas en autos, los posteriores homicidios llevados a cabo en la ciudad y otros hechos delictivos y de violencia, como ser la colocación de explosivos en distintos puntos de la ciudad, indicarían la presunta comisión de delitos previstos por la Ley nro. 20.840, de Seguridad Nacional, cuyo juzgamiento corresponde a la justicia federal, declárase la competencia del juzgado y sobre el mérito pase en vista al Ministerio Fiscal".*

Justo en ese momento entró Marisa, la mujer fatal de la secretaría, con un prendedor que decía Beer en uno de sus enormes pechos y mientras sacaba la hoja de la máquina Joaquín le preguntó: «¿Y la otra que tiene?».

Tres días después el fiscal dictaminaba que *"no habiendo indicios sobre el autor o los autores del ilícito VS puede sobreseer provisionalmente en la causa"*.

Cuando el secretario le llevó al juez la pila de la firma le comentó que un par de zapatos valía lo mismo que una vaca y el juez asintió, le dijo que eso a él no le convenía porque «usted sabe que yo tengo vaquitas», mientras firmaba el formulario (*No habiendo indicios de los presuntos responsables del ilícito incriminado decrétase el sobreseimiento provisional de la causa, art.435 inc. 2 del CPMP*) con el cierre de la causa de Izús. Una justicia sumaria.

En la edición del 21 de mayo del *Diario La Capital* hay un pequeño aviso fúnebre de René Armando Izús, fallecido el 19 de febrero de 1975.

VI

Una vez tuve que tomarle declaración como imputado no procesado a Armando Nicolella. Había leído las transcripciones de los diálogos telefónicos desde y hacia su casa y su negocio de repuestos de autos usados (su teléfono fue uno de los que permanecerían intervenidos durante la investigación por el secuestro y muerte de Ibáñez, el hijo del líder del sindicato petrolero, en 1991). Conocía su gusto por las mujeres, por la "buena vida", las armas, sus "vinculaciones" porque surgían de las transcripciones de las escuchas telefónicas en la causa.

Recuerdo que vino en un flamante cupé Ford Sierra, vestido con un saco de terciopelo negro y una corbata también negra que llevaba con naturalidad pero no con la soltura de alguien que siempre viste de saco y corbata. Era alto, de piel y ojos claros, con el pelo peinado para atrás y hablaba con esa tensa amabilidad que encubre una oscura fuerza contenida, con el Gordito Díaz, el abogado que lo acompañaba. Pero cuando me miró, tendiéndome la mano, con unos ojos de duro cristal verde, sentí una especie de frío en la espalda.

En esa causa era investigado por algo relativo a armas o autos con la numeración de sus identificaciones adulterada. No recuerdo qué era. Sí que se negó a declarar y cuando terminé de hacer el acta y, ya de pie, la firmó, en esa posición del cuerpo inclinado hacia adelante, me miró con los mismos ojos fríos y duros, tanto que un aire de amenaza surgía de esa mirada, una amenaza destinada a nunca concretarse pero que estaba allí y que indicaba que si por algún extraño azar, de esos que nunca son del todo imposibles, uno se cruzara en su camino, no iba a titubear en hacer lo que imaginara que fuera preciso hacer.

Muy seria y fríamente, sin darme la mano de nuevo, dijo con una voz suave y cortante: «Que tenga buen día», se dio vuelta y salió, bromeando con el Gordito Díaz.

***

Las fuerzas de derecha estaban agrupadas en una estructura nacional a partir de la cual se vinculaban la derecha universitaria y el sindicalismo ortodoxo: la Unión Obrera Metalúrgica, el Sindicato Unido Petroleros del Estado, y Telefónicos, donde se destacaba alguien que sería uno de los secuestradores de Candeloro en "La Noche de las Corbatas", más tarde, en 1977: Armando Nicolella o el Tano Nicola, que se movía con gente del SUPE y como custodio de Diego Ibáñez y que andaba con Mario Cámara (que más tarde formaría parte de una cooperativa de vivienda que estafó a mucha gente, a mí entre ellos),

Piatti y otros de la CNU; y que era conocido de varios enfrentamientos de antes de 1973 y que había atentado contra la vida del Vasco Altuna, uno de los fundadores del peronismo de base de Mar del Plata.

Según el testimonio de Julio César D´auro le decían Killer y estaba vinculado a la CNU, con la cual hacían "tareas" en común. Andaban siempre armados y antes de discutir cualquier cosa ponían una 38 sobre la mesa.

Igual que Ullúa, los testimonios indican que estuvo en el centro clandestino de detención La Cueva, a donde llevaron a Candeloro en "La Noche de las Corbatas", cuando secuestraron a varios abogados que permanecen desaparecidos, en la época en que la CNU dependía de inteligencia militar y Demarchi y Ullúa trabajaban para ellos en oficinas en el cuartal de la AADA (Agrupación de Artillería de Defensa Antiaérea) 601. También que era parte de las fuerzas de choque del sindicalismo.

Antes de todo eso, el Sindicato Unido Petroleros del Estado (SUPE) tenía un hotel por Punta Mogotes, frente a uno de los balnearios. A ese lugar llevaban detenidos para interrogarlos y torturarlos. Habrán llevado allí a Izús, lo habrán levantado en ese auto con pedido de secuestro que fue visto en Mar del Plata y luego en el Sindicato, en Buenos Aires, el mismo que usaron para atentar contra la vida de Guillermo Nisembaum y Ricardo Leventi el 15 de marzo de 1976 y que luego fue encontrado en el Sindicato de la Carne, en Buenos Aires. Es difícil saberlo. Lo único cierto fueron los gritos que una testigo escuchó desde su casa vecina, gritos desesperados de dolor.

Según testimonios (Susana Salerno, Julio César D´auro, Eduardo Soarez) brindados en los Juicios por el Derecho a la Verdad, las agrupaciones de derecha tenían una mesa nacional de la que formaba parte la CNU, la Juventud Sindical y la Juventud Peronista, apoyadas en estructuras sindicales vinculadas al gobierno. La UOM y el SUPE serían los nexos entre esta estructura doméstica y el gobierno. Nicolella venía del sindicalismo vandorista y tenía una experiencia anterior al vínculo con la CNU, que no era estrictamente ideológico sino que tenía que ver con la acción. Era el típico matón sindical que, con su mayor experiencia, le brindaba apoyo a la CNU en las tareas comunes.

Los testimonios son corroborados por el informe de inteligencia de la policía provincial,que en esa época liberaba las zonas para que aquellos sujetos acerca de quienes informaba pudieran operar: *"Existe una evidente relación actual entre el informado (Nicolella), las sesenta y dos organizaciones, CGT y otras agrupaciones del peronismo ortodoxo o la derecha del movimiento... justicialista. Es un hombre de acción y en otrora (sic) estuvo estrechamente relacionado con los más altos dirigentes nacionales del S.U.P.E."* (Informe de la Dirección de Inteligencia de la Policía de la Provincia de Buenos Aires del 28 de enero de 1976). Es decir que la policía sabía quiénes eran y qué hacían aquellos a los que permitía actuar impunemente.

Sin embargo, no todos los policías estaban al corriente acerca del Tano Nicola. El 24 de enero de 1976 la camioneta que manejaba, que figuraba como propiedad de su esposa, fue detenida en un procedimiento del Comando Radioeléctrico. Nicolella iba con Enrique García, empleado del SUPE, vinculado a la CNU y contratado en la universidad; y llevaban varias armas y municiones de guerra. Detengámonos un momento: Nicolella y García, matones sindicales, imputados por tenencia ilegal de arma de guerra, estaban contratados en la Facultad de Ciencias Económicas.

El suboficial inspector Rodríguez, quien tuvo a su cargo el procedimiento, se acercó a la camioneta y, ante la revisión y el hallazgo, habrá tenido que escuchar a Nicolella que, con su voz firme, contenida y cómplice, le pedía que hablara con el Ministerio de Gobierno de la Provincia, que si lo hacía todo se arreglaría; que debían llamar al ministerio, al diputado Rizzo o al fiscal Demarchi, de quienes tenía tarjetas y con quienes pidió hablar.

En ese momento, el suboficial inspector supo que al llegar a la unidad los detenidos serían liberados gracias a las influencias a las cuales se referían y, en contra de lo que hubiera debido hacer, no confeccionó acta de secuestro.

También en el comando siguieron pidiendo hablar con el fiscal que, pese a eso, intervino en la causa, pero solicitando el sobreseimiento de los imputados, fundado en que no había acta de secuestro y que no estaba acreditada la propiedad de las armas, aunque fuera su simple tenencia y no la propiedad lo que requería la ley para configurar el delito.

Orestes Estanislao Vaello, vinculado a inteligencia militar y militante de la CNU, declaró ante la Comisión Nacional sobre la Desaparición de Personas (CONADEP), en 1984, que el comando CNU dependía del Grupo de Artillería de Defensa Aérea. Vaello dijo que el comando estaba integrado, entre otros, por el gerente del sindicato del SUPE Mar del Plata, que también participaba de los operativos y permitía la utilización del sótano del hotel de Punta Mogotes para interrogar a los detenidos.

Nicolella, según lo dicho por el testigo Pónsico en los Juicios por el Derecho a la Verdad, participó en el secuestro del doctor Candeloro, que fue conducido a La Cueva. La persecución y secuestro de abogados, como Candeloro, o de obreros que luchaban por mejoras laborales, como Roberto Wilson, prueban la relación entre la CNU y los sindicatos, que se brindaban apoyo mutuo. La resolución de mérito en la causa de la CNU habla del asesinato de Roberto Wilson, que en realidad fue secuestrado y acerca de quién "tramitó" (como diría Borges, el verbo es excesivo) una acción de *habeas corpus*.

Resulta clara esta colaboración, lo mismo que el propósito de demostrar que la actividad de la CNU dependía del Estado. Lo que no resulta tan claro es por qué algunos miembros, como Vaello y Alberto D'almasso, o allegados, como Leónidas Fiore, no fueran imputados posteriormente, si es que de lo que se trata es de enjuiciar los delitos de lesa humanidad que tuvieron lugar antes del golpe militar, lo que significa considerar a la CNU como parte de una estructura y a sus miembros en una relación funcional.

Las imágenes de aquella época sobrevienen como islas de escenas, rostros, palabras; llegan así, fragmentadas, pero son vívidas e intensas y, puestas en el conjunto de las otras piezas de ese rompecabezas del pasado, nos dicen algo ya implícito: que la vida era una especie de cárcel gris.

***

Por la ventanilla del avión se ven las luces del aeropuerto hacia el lejano extremo del ala. Empujado por uno de esos vehículos bajos de remolque, con una cabina para el conductor y varias ruedas dobles, el avión comienza a moverse lentamente hacia atrás y luego de describir un largo y abierto giro, impulsado por sus propias turbinas, comienza el rodaje por una de las calles laterales hacia la cabecera de la pista.

Yo acaricio las tapas del libro. Citado por el Comité de Actividades Antinorteamericanas para preguntarle sobre la ayuda a una organización antifascista española, Howard Fast se negó a responder y McCarthy le dijo que iría a prisión y que allí podría escribir un libro.

Así nació *Espartaco* y dentro de todo fue una suerte, de haber vivido en Mar del Plata probablemente la CNU lo hubiera asesinado por "bolche y judío" antes de que lo llegase a escribir.

VII

Íbamos en el Falcon ese año nuevo de 1975, con mi hermana, una de mis primas y Piatti. Yo estaba contento porque había rendido un examen. No puedo recordar qué hicimos. Mi papá me prestó el auto y creo que más tarde los dejamos en alguna parte y volvimos a casa.

Apasionado por las armas, Piatti, que siempre fue muy bueno con nosotros, tenía una voz grave y risueña, vivía haciendo chistes. No recuerdo de qué trabajaba, sí que era bastante mayor que mi prima, que en ese momento tenía diecisiete años, o lo parecía, y que había estado enamorado de ella durante mucho tiempo. Dice la leyenda que en esa época sufría y se emborrachaba.

Sea porque la idea de una disciplina de estudios, de una carrera, año tras año, de una materia tras otra, les resultara algo inaccesible, que en esa época el acceso a una carrera universitaria fuera quizás más restringido, sea porque la idea de cualquier disciplina les fuera absolutamente ajena, lo cierto es que hablaban, él y Ullúa, con respeto de quienes sí tenían los títulos que ellos no tenían. Tener un título era algo serio e importante.

Piantoni, Demarchi y Cincotta eran aquellos a quienes los otros más respetaban, la élite, la "intelectualidad" del grupo.

Piantoni estaba en otro nivel, siempre algo aparte del resto: era abogado, hijo de un adinerado comerciante y el líder del grupo. Hay quien lo recuerda como poco agraciado físicamente, con una voz aguda. Se desempeñaba en el ámbito sindical, era asesor de la Confederación General del Trabajo y no participaba de las operaciones que hacían los cuadros de acción.

La testigo Mirta Masid dice haber escuchado la noticia del asesinato de Piantoni en la radio a las once de la mañana. Su testimonio fue el más relevante para la acusación y para los jueces, pero no es exacto. ¿No lo es sólo en ese punto o no lo es en nada?

***

"Ese jueves venía por Alvear y cuando llegué a Formosa dejé pasar a un Citroën que venía desde la costa. Atrás iba un Peugeot 504, de esos verde claro. Todos los autos iban despacio porque la cuneta de Formosa y Güemes es profunda. Pero apenas la pasó, el Peugeot aceleró y a la altura del final del terreno que está de la mano izquierda, bordeado de enormes árboles, a la mitad de la cuadra, se le atravesó al Citroën. Yo estaba casi detenido, con las ruedas traseras del Polara aún en la cuneta cuando los vi. Todo fue muy rápido. Bajaron, se pararon con las piernas abiertas y empezaron a disparar, tan cerca, tantos disparos y con armas tan grandes que el Citroën se sacudía a medida que los impactos iban agujereando la chapa y se sentía el ruido de los vidrios al romperse. Pareció eterno pero sólo duró unos segundos.

Algunos tenían armas largas y otros usaban pistolas. Todos disparaban. No vi casi al conductor del Citroën, sólo vi que cayó hacia la derecha. Los del Peugeot siguieron disparando, se subieron rápidamente y arrancaron hacia Olavarría. Dudé sobre qué hacer, abrí la puerta, detenido ya más allá de la cuneta, y cuando estaba bajándome del auto sentí un chirrido de cubiertas, como de un vehículo frenando o doblando bruscamente, entonces vi de nuevo al Peugeot doblando desde Güemes (había dado vuelta a la manzana por Almafuerte), dio una sacudida al pasar rápido la cuneta y pasó delante de mí. Me agaché y sentí que le disparaban de nuevo al Citroën, y pensé que al terminar la andanada vendrían a dispararme a mí, que los había visto. Parecía que los disparos nunca terminarían. Eran muy fuertes y cuando subieron aun retumbó uno más. Entonces sentí una acelerada: se iban, me incorporé y vi al Peugeot acelerar y alejarse por Formosa.

Fue como si todo se hubiera detenido. Nunca pasa mucha gente a esa altura pero ahora todo parecía todavía más desierto.

Yo, que estaba a pocos metros y que, durante esa serie de disparos que parecía eterna, pensaba que alguno me iba a dar a mí, había cerrado la puerta del auto. Entonces volví a abrirla y esta vez alcancé a bajar y, sin siquiera pensar en las consecuencias, abrí la puerta del Citroën y vi que el conductor aún respiraba. Fui a mi auto de nuevo, lo acerqué, abrí la puerta derecha del Citroën y la izquierda trasera del Polara y subí al hombre, que estaba ensangrentado. Me alejé de allí sacando un pañuelo por la ventanilla y tocando bocina. Me puse a pensar qué clínica sería la más cercana y decidí levarlo a la Modelo, en Yrigoyen y Alvarado.

Creo que todavía respiraba cuando llegué. Los enfermeros de la guardia me ayudaron a bajarlo y más tarde me tomaron los datos".

***

La versión oficial estableció que los autores del asesinato de Piantoni habían sido los Montoneros. También pudo haberse tratado de una *vendetta* sindical o un crimen de las propias Tres A, ya que el homicidio de un líder moderado les permitiría dos cosas: tener un mártir y culpar a la izquierda para desatar toda la violencia sobre ella, que fue lo que pasó, aunque sin alcanzar todos los "blancos" que hubieran querido eliminar. La sentencia del tribunal que condenó a los miembros de la CNU sometidos a juicio ordenó investigar de nuevo el asesinato, con lo cual la versión oficial no alcanza a explicarlo.

Las cosas sucedieron muy rápido desde ese momento.

No es fácil reconstruir lo que aconteció después. Las versiones difieren acerca del tiempo y según el relato, hay circunstancias que no coinciden.

Las resoluciones que abordan los hechos no los mencionan cronológicamente sino que citan distintas fuentes, sin atenerse a una línea de tiempo clara. De este modo, si las reuniones posteriores a la muerte de

Piantoni, que se produjo a la hora 14:30, de los miembros de la CNU, tuvieron lugar en la casa de su esposa Cristina, ella habría reclamado cinco muertes por la de su marido; no obstante, según otras versiones ella estaba internada en ese momento, de hecho, Piantoni se dirigía a la clínica a conocer a su hija recién nacida.

Sea como fuere, Piatti dijo en Sampietro: «Nosotros santitos ahora en el velorio, pero ya van a ver». Posteriormente, se reunieron en la referida casa y luego en la del abogado Coronel, donde guardaban las armas que utilizaban para perpetrar sus delitos. El grupo se reunió a renglón seguido en la casa de Granel.

Los autos llegaban a Sampietro, en Yrigoyen entre Moreno y Belgrano. Varios miembros de la CNU de La Plata viajaron a la ciudad a vengar esa muerte y ya desde temprano, militantes de izquierda temían que algo muy violento estaba por suceder. De algunos autos asomaban armas largas y el movimiento en la sala era muy grande. Unos regresaban de las reuniones, otros volvían a salir, cuando vino Fernández Rivero la agitación aumentó.

Allegados a la familia, dueña de un comercio muy importante, también llegaban al lugar, encontrándose con abogados, sindicalistas y amigos.

Las horas comenzaron a transcurrir.

«Yo estaba preocupada por, Daniel, mi pareja», dijo Susana Salerno, «y quería ver cómo se desarrollaban los hechos, qué iba pasando. Piantoni era un cuadro que actuaba a nivel nacional, vinculado a la mesa de conducción de Buenos Aires y su muerte era un pase de factura a la derecha, por todo lo que venía haciendo, y desató una verdadera masacre política. Cuando llegué a Sampietro, había como cinco o seis autos con armas largas saliendo de las ventanillas. Quería verlo a Demarchi, ver si me decía algo de mi novio, si había amenazas contra él. Entonces vi entrar a Patricio Fernández Rivero y pensé que sí iba a pasar algo muy violento. Estaba con Demarchi, Ullúa, Piatti y Durquet. Al rato, los que no eran de la ciudad se fueron en un Falcon y un Peugeot 504. Ostentaban armas. Los demás se quedaron».

***

Fue luego de otra reunión, en el local de la CNU, en Yrigoyen al 2000 que uno de ellos, de pie en la calle, dio órdenes a otros de en qué autos subir.

A pocos metros de Sampietro, en Bolívar casi Rioja, se trabaja contra reloj para sacar la edición del *Diario El Atlántico*.

Es plena noche. Desde la puerta de entrada se escucha un estruendo muy fuerte y gritos y entra un grupo de entre seis y ocho personas, pasan el mostrador de recepción y van hasta donde los periodistas y trabajadores están armando el diario.

Le apuntan a uno de los periodistas con pistolas y armas largas, y lo amenazan. Se han enterado de que en la noticia del asesinato de Piantoni lo vinculan, a él y a la CNU, con el asesinato de Silvia Filler y no quieren que el diario salga así. Se lo repiten, lo amenazan y se van.

«Yo vivía en Rivadavia y Santa Fe y esa noche saqué el perro y vi pasar dos Peugeot 504 con armas largas que asomaban desde el techo. No eran de Mar del Pata. Uno se daba cuenta de quién era de Mar del Plata y quién no. Andaban libremente, sin ningún freno ni control».

En el aire había una fuerte violencia contenida, un tránsito incesante y una tensa espera. Los autos circulaban, sin ningún control ni impedimento, pese a llevar armas de guerra y algunos estaban estacionados en la Unidad Regional IV de Policía. Mar del Plata era una zona liberada.

«De la cabecera de la regional Montoneros nos informaron que vino a la ciudad un grupo operativo grande y que los autos están estacionados en la Unidad Regional Cuarta y en la Policía Federal».

***

Cada uno de los que estuvo allí tiene como un recorte de lo que sucedió mucho más tarde, esa noche, cuando entre seis y ocho sujetos llegaron a la casa de la calle España 856 en varios autos, uno de ellos era un Falcon rojo con una baliza de las que utilizaban los autos policiales en el techo.

Está cerca de nuestra casa: es una casa en propiedad horizontal, de dos plantas con dos puertas y ventanas salientes con techo, por la que pasamos casi todos los días; invariablemente, imagino el Falcon rojo, los otros dos autos y los gritos y estampidos.

Antes habían ido a buscar a Candeloro (que sería secuestrado en "La Noche de las Corbatas", en 1977), al abogado Cuesta, Enrique Pecoraro y Alicia Rocovsky. Luis María Rafaldi y Pacho Elizagaray se habían ido de sus domicilios por temor a que la patota de la CNU los fuera a buscar.

A Pascual Mazzola lo despertó el ruido de varios autos, el chirrido de frenadas, voces y golpes y se asomó a la vereda. Un hombre joven, de baja estatura, con una ametralladora en la mano, que estaba al lado de un Falcon rojo estacionado, junto con otros dos autos, frente a la casa de los Videla, se le acercó y moviendo el caño del arma le gritó: «Federal, métase adentro». Alcanzó a ver que alguien salía de la casa de los Videla con las manos en alto.

Tocaron timbre, golpearon fuertemente a la puerta y cuando Enrique Videla abrió algunos entraron, mientras otros se quedaban en la calle para amedrentar y advertir a los vecinos que se asomaban a sus puertas o ventanas para que volvieran a entrar.

A los gritos comenzaron a amenazar a la familia, encerraron a la sobrina y a la abuela en el baño y Pacho Elizagaray, que había ido a lo de los tíos porque pensó que sería peligroso permanecer en su casa, trató de escapar por los techos.

En aquel momento el terror se apoderó de él. Sabía lo que esos golpes significaban, a esa hora, con esa ferocidad y se supo perdido, entonces se encaramó desesperadamente al techo y comenzó a tratar de alejarse mientras los de la CNU entraban.

Ellos se dieron cuenta del movimiento y se asomaron por la ventana.

Un grito fuerte, áspero, terminante, brotó entonces por encima de los otros: «Alto o te mato», seguido de disparos, secos, estruendosos y cortantes que parecían no terminar nunca.

Jorge Enrique Videla era teniente primero retirado del Ejército y les dijo que no apuntaran a su familia con esas armas. Alguien le dijo: «Usted también nos va a acompañar», y a los golpes se lo llevaron al auto, junto con sus hijos Guillermo Enrique (de veintidós años) y Jorge Lisandro (de dieciséis años). Los bajaron a los empujones y a uno de ellos arrastrándolo. Desesperadamente, la esposa de Jorge Enrique Videla trató de asomarse e intervenir y la empujaron con brutalidad hacia adentro.

Miguel Pollini escuchó gran cantidad de disparos y al asomarse vio salir a toda velocidad a un Falcon rojo, otro de los vecinos subió una escalera y vio el cadáver de Pacho Elizagaray en los techos.

Un nuevo grito sonó cuando uno de los autos estaba por arrancar. «Éste está herido, dale otro tiro».

De pronto la patota de dividió, unos se fueron en el Falcon y otros en un Peugeot 504.

«Nuestra casa estaba en Gorriti y Estrada y habíamos sentido muchos disparos esa madrugada. Más tarde salimos con mi esposa a tomar el colectivo y yo llevaba un maletín. La directora del colegio me dijo: ´Venga por acá´, llevándome a la entrada del barrio Montemar, diciendo que ´los cadáveres están por acá´ y ´usted es perito de la policía, ¿no?´. `No señora, soy el yerno de la maestra Reynoso`».

El cuerpo de Jorge Lisandro Videla tenía cincuenta y siete impactos de arma de fuego; el de Jorque Enrique treinta y tres; Guillermo Enrique Videla presentaba veintisiete impactos de balas y Enrique "Pacho" Elizagaray veintitrés. Todas las heridas eran de calibre 12,75 y 11,25 mm.

***

Al dejar la casa de los Videla, el grupo se dividió, una parte fue al barrio Montemar a asesinar a los Videla y otra a la casa de Bernardo Goldemberg, un médico cirujano de treinta años que vivía con su esposa y un bebé de dos meses, en Falucho 3634, una casa sencilla en propiedad horizontal, frente a la plaza. Eran unos diez que iban en el Falcon rojo y en un Peugeot.

Llegaron a eso de las 5:30 de la madrugada. Lo mismo que en la casa de los Videla, golpearon fuertemente a la puerta y al entrar comenzaron a revisar todos los ambientes, robándose una botella de *whisky* Chivas Regal de cinco litros, una cafetera eléctrica, un grabador y otros objetos. Dijeron ser policías y a la esposa de Goldemberg que fuera más tarde a buscarlo al bar que estaba enfrente a la brigada.

A las siete de la mañana su cuerpo, con cuarenta y dos impactos de bala de grueso calibre, fue hallado en el camino a Miramar. Goldemberg había muerto por estallido del cráneo y destrucción del corazón, hígado y diafragma. Fue asesinado con el ensañamiento típico de las ejecuciones de la CNU en las cuales todos disparaban.

Con la botella de *whisky* que robaron de la casa de Bernardo Goldemberg se fueron a brindar a la madrugada a la casa de Carlos González, burlándose —Piatti, a las carcajadas, con su risa estentórea y contagiosa— de Pacho Elizagaray que intentaba escapar por los techos.

Pese a los testigos que hubo en el barrio Montemar, el fiscal Demarchi dictaminó poco después por el sobreseimiento de la causa de los asesinatos de los Videla y de Elizagaray.

Héctor Russo, fiscal subrogante, dictaminó en igual sentido por la causa de la muerte de Goldemberg, en la cual las únicas diligencias fueron las ratificaciones de las declaraciones testimoniales. La causa fue sobreseída el 25 de abril de 1975, algo más de un mes después del asesinato.

VIII

Ya en la cabecera de la pista el personal de a bordo se asegura de que los respaldos de las butacas estén en posición vertical y los pasajeros con los cinturones ajustados. Pronto se impone el fuerte y profundo sonido de las turbinas a máxima potencia y eso se traduce, casi inmediatamente, en una reacción en todo el avión y una leve sacudida en el tren de aterrizaje. Las luces se deslizan a lo lejos, redondas, amarillentas, fluyendo en la ventanilla hasta el momento en que se lleva a cabo la rotación en el comando, iniciando el ascenso y estableciéndose claramente su performance; el tren de aterrizaje sube entonces con un ruido seco y el avión se eleva abruptamente y comienza a surgir un mar de luces lejanas, más allá del ala del lado hacia el cual el avión vira.

***

Estuvieron en casa toda la tarde después de que almorzamos y salimos a dar una vuelta en el auto y volvimos. Eduardo imitaba al Toto Paniagua, el personaje de Espalter, y a Enrique Almada, y nos hizo reír mucho. Ya a la tardecita los llevamos, iban a Yrigoyen al 2000. Una reunión. Se bajaron del auto y nos saludaron desde la vereda. Alcancé a ver que Piero Asaro estaba en la entrada y los recibía. Entraron.

Ya los demás estaban allí y Daniel mencionó a unos que eran de la Juventud Peronista que eran zurdos. Dijo a qué colegio iban y todo, entonces...

Cada vez que releo los crímenes en los que participaron aquellos novios primero y luego maridos de mis primas, tan simpáticos, graciosos, entradores y apodícticos en sus afirmaciones, recuerdo al guía, en Berlín, ante esa larga vereda con un alto muro donde, enfrente al Ministerio de la Aviación, el único edificio intacto del Tercer Reich, tan añorado por Ullúa, funcionaba la Gestapo.

Luego de aquella visita, el terreno desierto que está al otro lado del muro fue transformado en un memorial fotográfico de los doce años del Tercer Reich. Cada foto es también la representación de lo que debe haber sido el vacío, impotente, desesperado, de tal violencia, luego de la cual esas vidas, marcadas para siempre, nunca podrán volver atrás. Aquellos momentos felices se convirtieron, como todo, en tragedia. Todo se convirtió en trágico en la casa de los Videla o en la de Goldemberg. Todo evoca muerte, dolor, desesperación; una muerte, dolor y desesperación de una vastedad insoportable y que producen silencio en quienes las contemplamos. Un silencio que no es como otros silencios. En él fluye la pregunta sobre cómo puede suceder algo tan monstruoso, sobre si eso monstruoso se encuentra ya lejano en el tiempo o si, como entonces, pero de otras maneras, está presente entre nosotros de modos que no percibimos, detrás de otros asesinos acaso tan simpáticos como Ullúa y Piatti.

El guía rememoraba que, lo mismo que Rafaldi, a esa dependencia de la Universidad Provincial, antesala de la detención que debió sufrir en la seccional primera, por una causa que le armaron a él, un prominente deportista que formaba parte del equipo nacional de patín, fue a parar allí también. Otros como los de la CNU, pero de las SA, llevaban a quienes eran marcados como disidentes políticos, los torturaban, los mataban o eran enviados a Dachau.

En su carácter de fuerza de choque, las SA estaban formadas por individuos violentos y marginales que, lo mismo que en el experimento que narra la película *Die welle* (*La ola*), encontraban la fuerza y la justificación de sus vidas en la energía del grupo, una que no necesitaba razones. Igual que la CNU, las SA fueron desmanteladas cuando ya habían cumplido su propósito y sucedidas por las SS. Parte de la CNU fue desarticulada y la otra pasó a integrar la represión militar: el denominador común fue el de estar conformadas por sujetos violentos y marginales que gozaban con asesinar y pensaban que robar pertenencias a las víctimas era algo enteramente natural.

***

El avión vira por derecha ahora, ya a seis mil pies de altura. Entonces recuerdo aquellas otras imágenes de Piatti que, en 1976, en un episodio

confuso e inexplicable en el cual dijo haber sido
atacado, apareció hospitalizado en el Regional, cuando
mi hermana hacía las prácticas de enfermería allí,
herido en el trasero con un arma que él mismo llevaba
y que, al parecer, se le había disparado
accidentalmente.

Lo recuerdo primero como inspector del
Ministerio de Trabajo, luego como colectivero de la
Empresa Martín Güemes en el verano de 1977. Decía
que el recorrido que hacía con el colectivo era tan largo
que llegaba hasta donde están las trompas de los
elefantes que sostienen el mundo y describía, con
mucha gracia, los movimientos de los pasajeros —que
parecían muñequitos, según decía— al arrancar, doblar
o frenar y el calor terrible que sufría al volante, con
algunas acotaciones que no voy a reproducir. Sin
embargo, prefería eso a trabajar en la oficina porque
podía "currar" con la venta de boletos: era eso y no que
los pasajeros viajen sin pasaje lo que controlaban los
inspectores, llamados "chanchos". Mi hermana me dijo
una vez que había sido pirata del asfalto, pero no puedo
afirmarlo, tampoco negarlo: es algo que parece, dentro
de todo, verosímil.

Vivía en Miramar cuando fue la campaña de
1983, en la cual militaba en las filas del candidato
peronista a intendente, y cuyo candidato a gobernador
era nada menos que Herminio Iglesias, el que prendió
fuego a un ataúd que decía Unión Cívica Radical. Pero
ganó Honores, el radical. Y luego de eso, en los
ochenta, trabajó —no sé en qué consistía su tarea— en
la Legislatura Provincial y más tarde lo recuerdo en
distintos emprendimientos fallidos y como

desocupado. Esas y otras cosas me hacen pensar que no todos los de la CNU terminaron por fracasar en la vida, sino por encontrar irremediablemente ese fracaso que ellos mismos eran una vez que aquella orgía de violencia —su único "éxito"— terminó, cuando la ola acabó de romper, quitándole sentido y justificación a sus vidas que, sin otro "ideal" que la violencia extrema y la muerte, quedaron reducidas a la simple y miserable subsistencia. Que haya pasado por todo eso, que haya emigrado al sur en la época del secuestro de Asaro o Granel, pudo deberse a que no quiso (o no le ofrecieron) sumarse al aparato de "inteligencia militar" como Ullúa en esa conversión de las SA en SS.

En aquella estadía en el hospital el esposo de la empleada del Juzgado que venía de la Plata, que como médico cumplía guardias allí, le dijo con implacable y valiente lógica: «Si sos de la CNU es que sos loco o boludo».

Piatti, que brindó con Chivas Regal luego de haber participado en los asesinatos de cinco personas inocentes, algunas de ellas, no todas (como Enrique Videla) militantes políticos, que según Ullúa le había puesto una bomba de un kilo de trotyl a Adrián Freijo, moriría en un accidente, al tratar de cambiarle una cubierta pinchada a un colectivo viejo detenido sobre la ruta, en el camino a Necochea, una oscura noche de lluvia, luego de una gira, por supuesto fracasada, como vendedor ambulante.

Los asesinados eran lo que ellos no eran: profesionales, estudiantes, tenían eso imperdonable que era una vida independiente, una familia, un interés en algo, pero asesinarlos era triunfar contra la infiltración judeo-marxista, la sinarquía internacional y esas otras muletillas tan amplias, indefinibles y antojadizas que sólo responden a su propio enunciado, uno que es indemostrable.

Ellos eran marginales como los miembros de las SA, obedecían a los mismos principios, hablaban el mismo idioma, uno en que escuchar o entender no era necesario.

***

El ángulo de ataque del avión sigue abrupto, las turbinas despliegan su potencia de ascenso, diferente a la del vuelo recto y nivelado en que la máquina alcanza su velocidad de crucero, mientras el pasado —y el presente— se agitan.

A los hermanos Videla les llevaron un Winco y ponían la música que ellos escuchaban mientras brindaban con el Chivas de Goldemberg y todos ellos reían en la casa de Flipper y Mirta Masid, a quien, a las carcajadas, Flipper le contaba cómo habían perseguido a Pacho Elizagaray por los techos para matarlo. La testigo protegida y los asesinos están juntos en la madrugada del 21 de febrero de 1975. Festejan. Ríen.

Igual que en la famosa secuencia del bautismo de *El Padrino*, después habrán ido al entierro de Piantoni, donde el único orador fue Aguilera, quien llamó a terminar con la infiltración marxista.

IX

Daniel Gasparri se dio cuenta de que Susana tenía razón cuando le dijo que era mejor que no fuera al casamiento de Ricardo Piatti, que había sido su compañero de trabajo en la municipalidad. No después de lo que había pasado; y ahora, a la salida de la iglesia, cuando sintió que los ojos de Flipper, José Luis Piatti, Otero y Durquet se clavaban en él se le heló la sangre.

Hay veces en que el cuerpo nos dice algo, lo anuncia con un escalofrío, un temblor, como si se percatara de aquello de lo cual el pensamiento aún no se percata. Sin embargo, no le dio importancia. Pensó en que seguir el consejo que le habían dado de no tener rutinas muy predecibles lo mantendría a salvo y también pensó que había muchos Peugeot como el suyo, heredado de su padre, que de cualquiera de ellos le podrían haber disparado a Piantoni y bajando las escaleras de la iglesia recordó cuando, aquella tarde del asesinato, ella escuchó la versión de que llegó vivo a la clínica y que le dijo a Demarchi que los que le dispararon iban en un Peugeot "como el del negro Gasparri".

Trató de no darle importancia, de aferrarse al consejo sobre las rutinas, pero íntimamente sintió que lo habían marcado, que no hubiera debido ir al casamiento y que ya era tarde.

Poco tiempo después, la policía estuvo en su casa para hacer averiguaciones acerca de él. Dijeron que estaban haciéndolas en todo el barrio, pero la suya fue la única casa en la que estuvieron. Su madre había enviudado hacía poco y cuando Susana le aconsejó irse de Mar del Plata, él le respondió que no quería dejarla sola.

Flipper estaba con Mirta Masid en el casamiento de Ricardo Piatti y momentos después de que Daniel, que había sido compañero de secundaria de ella, bajó por la escalera de la iglesia le dijo: «Ese va a ser boleta».

El 24 de abril, Daniel Gasparri fue a una reunión en el palacio comunal y debió retirarse para terminar unos trabajos para la facultad. Susana Salerno, su novia, lo cruzó en Yrigoyen y San Martín a las siete de la tarde. Fue la última vez que lo vio.

La mañana siguiente su madre llamó a su otro hijo, diciéndole que estaba preocupada: la habían llamado de la municipalidad porque Daniel no se había presentado a trabajar y que tampoco estaba en su casa.

Esa noche el doctor Eduardo Gitlin llegó a su piso en el edifico de la galería Lafayette, preguntó por su hija mayor, que ya había vuelto de la facultad. Su esposa, que había terminado de atender la consulta un rato antes, lo notó sombrío. No pudo cenar y por toda explicación le dijo que estaba muy cansado.

No podía dejar de pensar en los cuerpos que le había tocado examinar. Uno de ellos era de un muchacho joven, como su hija; supo que era estudiante de Ciencias Económicas. Antes de matarlo de once disparos por la espalda y tres en las piernas, lo apuñalaron con unas heridas tan profundas que no sólo cortaron los tendones sino que llegaron al hueso, cortándole también arterias, venas y flexores. Luego le dispararon por la espalda: once disparos de calibre 11,25, seis de 9 mm. y tres en las piernas, según le comentó el perito policial, y le habían dado un golpe brutal en la nuca.

Del otro cuerpo no quedaba nada. Estaba completamente quemado adentro del auto que incendiaron con él adentro. Imposible saber si lo habían matado antes o quemado vivo.

Pensó que tenían casi la misma edad de sus hijos y esa noche no pudo dormir. Nunca se está lo suficientemente curtido en esta profesión, pensaba.

***

El Peugeot de Daniel Gasparri —que era negro y no verde claro— apareció aquella madrugada, por la continuación de Edison, unos tres kilómetros después de Mario Bravo, incendiado casi por completo, con su dueño en el interior, herido por varios disparos y muerto por calcinación.

A pocos metros estaba su amigo Stoppani, asesinado por heridas de arma blanca y disparos.

No mucho tiempo después, el auto y los cadáveres ya estaban en la Subcomisaría de Peralta Ramos, con los efectos de las víctimas prolijamente dispuestos.

"Los cadáveres de dos funcionarios municipales —uno de Mar del Plata y el otro de la ciudad de Balcarce— fueron hallados en el interior de un automóvil incendiado que apareció en el paraje Lomas del Mirador, a tres kilómetros del Cementerio Parque... uno de ellos estaba totalmente carbonizado. Presentaban impactos de armas de grueso calibre... la comisión fue alertada por un vecino... Daniel Gasparri, soltero, de veintiséis años de edad, contador, pertenecía a una agrupación peronista de empleados municipales. Stoppani tenía veintisiete años", informa la edición del *Diario La Capital* del día siguiente.

Aquella madrugada del 25 de abril Flipper la sacudió fuertemente y cuando Mirta Masid despertó le arrojó un reloj a la cara: «¿Conocés este reloj? Es de tu amigo, cayó esta noche», y cuando ella comenzó a llorar, le dijo: «Estás llorando por el enemigo».

Stoppani era amigo y compañero de estudios de Gasparri. Lo mataron apuñalándolo y disparándole por la espalda decenas de veces a unos cincuenta centímetros, con varias armas de gran calibre.

Igual que con el hermano inexistente de la empleada del juzgado, a ellos se les puso que Gasparri, que durante toda la tarde del 20 de marzo estuvo estudiando, no sólo le había disparado a Piantoni sino que se proponía matar a Demarchi, quien poco después, el 9 de junio, dictaminó como fiscal que se podía sobreseer en la causa.

Mirta Masid usó durante algún tiempo el reloj que Flipper le arrojó a la cara. Gasparri aparecía en una foto con un reloj que respondía a esa descripción. Un tiempo después, Mirta Masid tiró el reloj al mar, todavía lamentando no haber podido avisarle a su amigo para que se pusiera a salvo y continuó su vida con Flipper, que, según ella, junto con Otero, Ullúa, Piatti y Durquet, lo habían matado, a él y a Stoppani.

En esa edición y en la de los días siguientes, el *Diario La Capital* informa que, en aplicación de la ley 20.654, que prohíbe las actividades políticas en las universidades, fueron clausurados tres centros de estudiantes —en las facultades de Arquitectura y Urbanismo, Humanidades y Ciencias Turísticas— por haber sido encontrados "distintivos y elementos probatorios de actividad política".

Catuogno proclama: «Queremos para la universidad la paz que Perón quería para el país».

En otras secciones se anuncia la Peña del Parque, con tango y folclore, asado al asador y Las Voces de la Costa. En la sección de espectáculos son anunciadas las películas: *El paraíso viviente*, *El pibe cabeza* y *Triángulo de cuatro*, además del estreno en Paraná de *Los gauchos judíos*, de Juan José Jusid (no creo que ni Ullúa ni Piatti hayan ido a verla).

La sección internacional informa que *"Más bombardeos sacuden la capital de Sud-Vietnam"*.

X

Mis tíos vivían en un primer piso. En la parte de abajo había un local con vivienda y un garaje por el que se llegaba a la pequeña casa de atrás, donde vivieron los padres de mi tío Lele, que murió en un accidente en septiembre de 1977. Ya muy anciana, su madre decía verlo sentado en el AMI 8 gris y otras veces en la escalera con piso de unos pequeños mosaicos o cerámicos color ladrillo, con ranuras. Lo veía y él le hacía un gesto tranquilizador y a ella le daba la sensación de una inmensa paz. Eso me lo dijo una vez.

La escalera tenía dos tramos, al final del primero había un espacio al que le llamaban "la buhardilla". Era una especie de habitación amplia y baja, con una especie ventana, también baja, cubierta por un entramado que no dejaba ver para afuera y que parecía estar allí nada más que para dejar pasar algo de luz. Luego venía el segundo tramo de la escalera, que conducía al departamento, con su living grande, con un juego de sillones tapizados en gobelino, encargados especialmente por mi tío en una mueblería que conocía.

La puerta de vidrio, que estaba a la derecha del pasillo en el que terminaba la escalera, llevaba a una cocina-comedor, amplia y moderna. Fue en esa cocina donde vimos la revista *Así* con la foto de Ullúa con una ametralladora en el palco de Ezeiza.

En aquella buhardilla vivieron mi prima y Ullúa durante el primer tiempo de su matrimonio. Allí, precisamente estaban cuando estalló una bomba en la casa de enfrente, la de Cincotta.

Recuerdo que en esos días Ullúa contaba que como todas las noches explotaba alguna bomba, más cerca o más lejos, mientras bajaba el volumen del televisor, le dijo a mi prima: «A ver si es escucha alguna bom...» y no alcanzó a terminar la frase cuando un estruendo muy fuerte los ensordeció, cayó un hilo de polvillo —en el frente hubo algunos daños— y se sintió toda la casa temblar.

Eso fue a la 12:50 de la madrugada del 9 de mayo.

También hay otra escena que recuerdo, cuando en una misa por mi mamá, en la Parroquia San Antonio, del barrio, estaban mi prima y Ullúa. Eran esas cosas de la fe, agradecer y honrar a un dios, parte de cuyo plan divino era la muerte de una persona de cuarenta y tres años que nunca pudo disfrutar de la vida; encima de eso había que ir a rezarle, esas cosas que se hacen porque es lo que se tiene que hacer, pero que son en sí absurdas. Cuando el sacerdote nombró al Papa Paulo y luego al obispo Pironio, entonces Ullúa llevó su mano derecha a la espalda, extendiendo el meñique y el índice mientras cerraba el resto de su mano con los otros dedos. Cuando el sacerdote dijo: «Nuestro obispo, que no tiene nada de guerrillero», Ullúa movió el brazo de arriba a abajo.

Yo no entendía por qué odiaba tanto a Pironio, un nombre que, en la inmensidad de mi dolor, igual que la mayoría de las cosas, no significaba absolutamente nada para mí.

Los de la CNU dijeron algo que explica eso: que habían matado a Coca Maggi para "tocarle el culo a Pironio".

En aquella escalada, que sucedió en medio del proceso extorsivo de nacionalización de la universidad, el 5 de mayo estalló otra bomba en la sede de la CNU, en Yrigoyen 2020 y, tal como informa el *Diario La Capital* del 9 de mayo, el 6 estalló otra en la casa de José Luis Granel, recientemente nombrado interventor de la Facultad de Turismo.

Los avances de la derecha en las gestiones por la unificación de la Universidad Católica con la Provincial, la persecución de que eran objeto los militantes de izquierda por la CNU, produjeron la escalada de ataques de la izquierda que llegó a su punto más alto con la bomba en la casa de Cincotta, secretario académico de la Universidad Provincial.

***

"Fueron necesarios cuatro días para que muriera y habría durado más... éste era feroz, desafiante, orgulloso... el primer día colgado allí arriba, insultaba a cualquiera... pero al atardecer del segundo día enmudeció. Se encerró en sí mismo como una ostra. ¿Saben qué fue lo último que dijo?... «Volveré y seré millones»". (Howard Fast *"Espartaco"* Primera parte, cap. II, pág, 14).

***

El *Diario La Capital* del 10 de mayo de 1975 informaba sobre la visita de la presidente a Mar del Plata, mostrándola en una foto al descender del avión Tango 02. En el borde inferior derecho de la misma página lo hacía acerca del secuestro de la decana de la Facultad de Humanidades. De manera destacada, en las páginas interiores, donde se mencionaba también el asesinato del hijo del dirigente Raimundo Ongaro, figuraba, extensamente, la noticia del secuestro de María del Carmen Maggi.

***

Un matrimonio mayor fue abriéndose paso trabajosamente en la costa, a la altura de Playa Grande. Sabían que venía Isabel Martínez y cuando vieron un grupo grande en la ancha vereda supieron que, tal como lo había dicho la radio, la presidente iba a caminar por la costa y a dialogar con la gente.

Fueron acercándose, primero a través de la fila de policías, luego de la de público y, más tarde, de los guardaespaldas, hombres a veces gigantescos, otros comunes pero siempre con un rictus de ferocidad, indiferencia y dureza en sus rostros de piedra.

Una parte del dolor, una muy grande, incluye rogar cosas a gente con la que nunca hubiéramos tenido que tratar de no haber sido, precisamente, por haber sufrido una gran injusticia, una que nos arroja de la senda por la que todos caminan y nos precipita en un tembladeral en el que es imposible hacer pie, en el que uno se hunde más y más con cada esfuerzo y del cual nadie nos ayuda a salir. Gente que está allí por ser allegada a alguien, que carece no sólo de todo mérito sino de toda sensibilidad y predisposición y por eso mismo hay que rogarles, para hacerlos sentir en la posición de negarnos o concedernos algo que es muy importante y que es causado por situaciones por las que ellos nunca van a pasar.

Sólo en casos así se explica que un matrimonio mayor deba rogar a los custodios de Isabelita para que les franquearan el paso, a ellos que vienen vaya a saber de dónde y que cuentan con vaya a saber qué antecedentes.

Entonces se produce el milagro y, agradecidos, a borbotones, tratando de no abrumarla, de que su atención voladiza fuera capaz de mantenerse durante al menos unos minutos, le cuentan que en la madrugada del 9 de mayo (a las 2:30), un grupo de unas diez o doce personas que habían ido en tres autos: un Peugeot, un Falcon verde y un Chevrolet, golpearon fuertemente la puerta, dijeron ser de la Policía y cuando el dueño de casa abrió la puerta le apuntaron, a él y a su esposa con ametralladoras, inquiriéndole sobre la licenciada Maggi, que bajaba la escalera. Dijeron que debería acompañarlos para que le hicieran unas preguntas.

En la noticia del *Diario La Capital* la madre declara y, desesperadamente, suplica, no sabe a quién: *"«No entiendo por qué se la llevaron... Ella es una chica buena que no tiene nada que ver con la política. En la policía provincial nos aseguran que no está detenida. Que me la devuelvan porque no hizo nada, estoy segura»".*

El vicario, monseñor Sirotti, declara a *La Capital* que *"la violencia atenta contra las personas y bienes y los principios humanos. Ninguno puede ser dueño de la verdad y de la vida de los semejantes".*

Ella, nada menos que decana de la Facultad de Humanidades de la Universidad Católica, que no tenía militancia alguna, ingenuamente accedió a acompañarlos; o puede que supiera lo que iba a sucederle y accediera a ir para proteger a sus padres. El padre alcanzó a darle un abrigo y fue a buscar los medicamentos que, por sufrir de diabetes, debía tomar, pero ellos se negaron a llevarlos.

Entonces partieron raudamente, dejando un terrible silencio detrás de sí. Es imposible siquiera imaginar lo que habrán sentido cuando esos autos partieron llevándose a su hija y el silencio y la desesperación que sobrevinieron, instalándose para siempre.

Los siguientes días hubo ruegos desesperados a los secuestradores, una solicitada de la Universidad Nacional, gestiones de monseñor Sirotti y otros comunicados; Hugo Amílcar Grinberg, el rector de la Universidad Católica, se ofreció a ser secuestrado en lugar de Coca Maggi. Los padres pidieron que le permitieran tomar sus medicamentos, si no lo hacía habría de sobrevenirle un coma insulínico irreversible y nadie entendía las razones por las que una docente a la que todo el mundo quería, una persona desinteresada, que trabajaba gratis en la facultad, mientras se ganaba la vida como profesora en colegios secundarios, pudiera ser secuestrada. No se explicaban qué mal podría haber hecho.

Los movimientos de todos esos días fueron clamores inútiles y desesperados.

Isabelita los escuchó atentamente y pidió que alguien del obispado fuera a verla al Hotel Provincial, donde más tarde el vicario general de la diócesis, monseñor Hugo Sirotti se entrevistó con ella durante veinte minutos. Le dijo que iba a disponer del personal y los esfuerzos oficiales en el caso.

Posiblemente no sabría que el secuestro había sido llevado a cabo por una célula de la organización parapolicial creada por López Rega, su hombre de confianza.

Esa semana, Selva Navarro, docente de la Universidad Provincial y amiga de Coca Maggi, intentó una maniobra desesperada.

Josué José Catuogno era el prototipo del viejo político peronista: algo agobiado, de cabello blanco peinado hacia atrás, que remataba en esas ondulaciones que hace aparecer como que el cabello necesita un corte urgente, que si bien no podrá remediar las cosas al menos las hará menos desprolijas y que había sido profesor en el Colegio Nacional («era un buen profesor pese a todo», me dijo la madre de mi esposa). Se decía que gracias a un "informe" de él, un abogado fue detenido.

Mi prima, que en aquellos días "trabajaba" en la universidad, lo imitaba cuando Catuogno se refería al tríptico (socialmente libre, políticamente justa, económicamente soberana), poniendo el pulgar y el índice en herradura y girando la muñeca. Como las del viejo Longhi en la cámara, hay anécdotas que pintan como pintorescos los rasgos de personajes que se destacan por su brutalidad y así lo nombraba ella, dando de Catuogno la imagen folclórica de alguien a quien hay que aceptar como es, siendo que si era como era, no debería estar donde estaba.

**

Encuentro en un ejemplar de *La Capital*, de enero de 1972, un largo artículo dedicado al doctor Justo Zanier, médico genetista pionero y muy destacado, que estudió en Italia y en la Argentina, flamante rector de la Universidad Provincial. Fue nuestro médico clínico durante décadas. Uno de los ámbitos del Instituto de Genética Humana que fundó llevaba el nombre de Coca Maggi. También recuerdo a su madre, que una vez me contó que había pasado la Primera Guerra Mundial, el fascismo, la guerra de Italia contra Abisinia y luego la Segunda Guerra Mundial. «Había que salir a buscar algo para comer», decía, «lo que fuese». Y luego de todo aquello, en 1952, ante el temor de otra guerra decidieron venir a la Argentina.

De pronto, vívidas, me aparecieron las largas evocaciones de Zanier: la guerra, la pobreza que vino después, el padre ingeniero que tuvo funciones relevantes pero que no revalidó su título y sus propios estudios. Iba a Buenos Aires en tren, me contó, y llevaba una pequeña moto, de 75 cm3, en el vagón de carga. Llegada a determinada estación la hacía bajar y, cargado de libros en enormes paquetes que ubicaba como podía, seguía viaje a La Plata. También recuerdo las evocaciones de aquellas asambleas en tiempos de crisis, su cercanía con el alumnado y, a la vez, bastante después, que trató de interesar a Catuogno, a quien conocía del Colegio Nacional, en la genética humana y la importancia, médica y legal, de un tema que merecía un espacio universitario para profundizar y difundir las investigaciones. Lo recibió junto con Demarchi y Cincotta, que lo escucharon como quien oye llover.

Hoy parece tan ingenuo como inútil que un médico eminente hable de genética a tres peronistas de derecha, dos de ellos parte de un grupo paramilitar como las SA, pero entonces eran las autoridades y de eso se trataba. Se trataba de que en el lugar de unos haya otros, de que en el lugar de la intelectualidad esté la fuerza y de que en el de aquellos que tienen el derecho legítimo a estar se encuentren aquellos otros que tienen o las vinculaciones o la fuerza que un poder necesita para establecerse como único, eliminando a todo lo demás.

***

Selva Navarro aguardó hasta que Catuogno estuviera solo y le pidió ayuda para encontrar a Coca Maggi. Esperaba conmoverlo, que diera alguna directiva a los otros, algo que la salvara, pero le preguntó, muy molesto, que por qué había ido a verlo y agregó que esa universidad era una "cueva de zurdos". Sin embargo, accedió a hacer la reunión que ella le solicitaba porque a cambio prometió conseguirle las firmas y apoyo que se necesitaban para hacer el traspaso.

Aquel día fue con Hugo Amílcar Grinberg y junto a Catuogno se encontraban Cincotta y Demarchi. Grinberg se acercó primero a Demarchi, tendiéndole la mano para saludarlo. Demarchi no sólo lo dejó con la mano extendida sino que, sin escucharlo, le habló en un elevado y amenazante tono de voz. Le dijo que la nacionalización debía ser firmada inmediatamente, que debían ir a ver al ministro de Educación Arrighi, quien a la hora que llegaran iba a atenderlos. Sorprendido ante la extorsión, ya que no sabía si, implícitamente, se jugaba en ella la suerte de Coca Maggi, le dijo que no tenía las facultades para firmar tal convenio. Demarchi bramó entonces: «La nacionalización se va a hacer, por las buenas o por las armas».

De pronto se apagaron las luces, Selva Navarro gritó y la reunión terminó bruscamente, sin que ni siquiera fuera pronunciado el nombre de Coca Maggi.

La última esperanza de hablar sobre la situación de la decana de humanidades no es que se hubiera desvanecido, sino que nunca existió. En ningún momento fue mencionada siguiera. Al salir se dieron realmente cuenta del poder con el que habían intentado tratar, de sus alcances, de su fuerza y de la imposibilidad de luchar contra él.

El 2 de junio Catuogno asumió, nombrado por decreto, como rector normalizador de la Universidad Nacional.

Se acordaría mi prima de Selva Navarro, de Grinberg y sus desesperados pedidos; de Zanier, de Cincotta, Demarchi y su brutal desdén.

Todo aquello por lo que había luchado Coca Maggi, la continuidad de los docentes, un modelo educativo, quedaba definitivamente atrás. Ella era la última barrera y un hecho más terminaría por escarmentar al resto de los docentes, muchos de los cuales dejaron la universidad.

***

Mientras el avión llega a su altura y adopta ese ángulo levemente inclinado que es, sin embargo, la posición de crucero medito acerca de lo que hace que una novela sea una *gran novela*. Es que una gran novela es un mundo autónomo y un nuevo modo de hacer visibles las cosas; que nada después será igual y que sentiremos de otro modo el dolor, la desesperación o el amor. En una narración, como en la vida, están los que sufren, los que causan el sufrimiento y aquellos a quienes no les importa el sufrimiento de los demás.

Un gran escritor es aquel prisionero de una gran obra, el que nos muestra que la vida también es una novela. En un momento de *Espartaco* la voz, que en sí no se desdobla porque siempre corresponde a un narrador por detrás, cambia de foco y establece uno que es insustituible: narra desde David, el último sobreviviente, que es también el último en ser crucificado. La voz narrativa abandona a los viajeros y a los personajes, abandona Capua y las minas de Numidia y describe las sensaciones del gladiador crucificado, una a una y en un momento dice que, independientemente del tiempo, en la cruz sólo reinan dos cosas, el dolor y la eternidad. «Me han dicho que estuve en la cruz veinticuatro horas, pero yo estuve en la cruz más tiempo que el que lleva el mundo de existencia. Si el mundo no existe, cada instante es igual a siempre», dijo un esclavo a quien habían perdonado la vida y bajado de la cruz.

En medio de los gritos, arrojada al asiento trasero del Falcon verde, rodeada de Durquet y Delgado, con Carlos González al volante, a su lado Ullúa y Piatti, Coca Maggi secuestrada de su casa en medio de la noche, en ese tránsito alucinado y veloz por calles desiertas, oscuras en una ciudad fría, en ropa de dormir, solo abrigada por ese saco que alcanzó a darle su padre, en ese momento en que la eternidad reina, piensa en ellos, en sus padres. Como en una línea de *Espartaco*: *"Del mundo no veía más que sufrimiento y el sufrimiento era todo su mundo"* (Sexta parte, cap. IV, pág.236). Al empujarla y hacerla entrar al auto, la toman con brutalidad de las muñecas y se las atan fuertemente. Las ataduras la lastiman. Ella intenta desesperadamente aflojarlas pero cuanto más se desespera y más se mueve peor es, más parecen ceñirse sobre sus muñecas y su piel.

El auto va a una velocidad enorme, vertiginosa, absurda, pero en ella se ha instalado la eternidad porque sabe que ya no está en este mundo. Ha sido violentamente arrancada de él y ya no cabe ninguna palabra.

Empieza a calmarse. Cuando todo está perdido, la desesperación ya no tiene razón de ser y empeora las cosas. Y así, sufriendo el intenso dolor que las ligaduras le provocan, con sus manos atadas tan fuertemente a la espalda, oprimidas entre su cuerpo y el respaldo del asiento, deja de moverse. Es inútil moverse. Dos tenazas incandescentes muerden sus manos cada vez más fuerte.

La avenida enorme es una hecha con la visión de una pesadilla en la que aparece la avenida Libertad. No es la misma. Es otra. No se hunde en la ciudad sino en las tinieblas, hondas y tenebrosas, del odio. La alta noche y el vértigo bordan a la avenida de horror e intensidad. El auto salta en las cunetas de España y Libertad; Flipper las toma sin desacelerar y la cabeza de ella toca el techo, una vejación más de todas las que ha sido sometida desde hace unos pocos minutos que sin embargo vienen durando más que la existencia del mundo, ese que ella abandonó, ese del cual fue sustraída. Poco después, el auto dobla por Independencia. La ciudad huye alucinada para siempre en un tiempo vertiginoso y eterno mientras el auto surca, sin detenerse nunca, esa avenida tan larga que parece llegar hasta el infinito.

Nada los detiene, ningún poder sobrenatural impide lo que está pasando ni lo que va a pasar en esta carrera que ella sabe que no conduce a ningún lugar a donde vayan a "hacerle unas preguntas"; qué preguntas se pueden hacer a las 2:30 de la mañana, qué es tan apremiante, a qué interrogador debe ser conducida así, vejada y a toda velocidad.

El viaje sigue interminable, las luces rojas no son un obstáculo para Carlos González y nadie habla, aquellos que leen a Marechal, o a Herman Hesse, como Ullúa, aquellos que dicen estudiar pero que no estudian, aquellos que no podrían imponer sus puntos de vista en una discusión porque sólo conocen de muletillas y no de argumentos, no tienen nada para decirle a esa estudiante brillante, licenciada en Letras y Filosofía con honores, la decana de humanidades de veintiocho años de edad que, sin embargo, parece la mujer más antigua y sabia del mundo.

Ya la ciudad alucinada ha quedado atrás, la ciudad se disgrega en Patricio Peralta Ramos y se hunde en las tinieblas del camino viejo a Miramar y ella piensa que ese camino es lo último que verá y el terror crece en su interior como una gran e inútil llama, mientras recuerda los otros asesinatos, con decenas de disparos.

La tierra entra por las rendijas de las puertas y se escucha ese ruido a pedregullo que cubre el espeso silencio. De pronto, a un golpe de volante a la derecha, el auto entra en un rellano lateral y se detiene, se detiene como el tiempo, y la empujan. Cinco hombres empujan a una mujer inerme en ropas de dormir con las manos fuertemente atadas a la espalda. Los otros autos se han detenido. Sus faros iluminan la escena y se forma una rueda en torno a ella que los mira; aun en este momento no concibe lo que sabe que va a suceder. No puede entender las razones, pero se trata de eso, de que no hay razones, no se necesitan. Durquet, entonces, se adelanta y la empuja fuertemente para atrás y ella cae y les dice: «Los perdono, porque no saben lo que hacen». Varios se ríen, burlándose, y Durquet le dispara en la cara, se aleja y luego los demás, siguiendo el pacto de disparar todos, lo hacen con esas armas que antes usaron para amedrentar a una familia de dos esposos mayores y una mujer en ropa de dormir.

Una vez que terminan de disparar se acerca de nuevo Durquet y, como si fuera necesario, le da un tiro de gracia en la nuca. Es tan fuerte y lo ha hecho de tan cerca que le parte el cráneo.

Uno de ellos, Piero Asaro, vomita y los otros se ríen de él mientras cavan para ocultar el cadáver.

Ya nada detendrá el proceso de nacionalizar la universidad, nadie se atreverá a nada y *los que piensen en resistir ya los vamos a escarmentar*, se dice Ullúa.

Al rato se alejan, pensando que aún quedaba del Chivas Regal que se habían llevado de lo de Goldemberg. «Viven bien los judíos», dijo Ullúa y Piatti se rió con esa risa franca y estruendosa mientras cerraba la puerta del Falcon.

Pese a que el padre de Coca Maggi suministró información para confeccionar el *identikit* de uno de los secuestradores, el juez González Etcheverry dispuso el sobreseimiento en la causa el 2 de julio, menos de dos meses después del hecho.

***

«El día que mataron a Coca Maggi ella estuvo dando clases en el Colegio hasta bien tarde y fue esa misma noche que la secuestraron, una chica buenísima, y yo fui a la casa a llevarle el sueldo a la madre. Estaba desesperada. Le seguí llevando el suelto todos los meses hasta que apareció en cadáver», me dijo Norma Laborde, una prima, dueña del Instituto Minerva.

***

Igual que en *Buenos Muchachos*, tiempo después Carlos González y Durquet tendrán que venir por el cadáver para llevarlo a otro sitio y lo enterrarán en Mar Chiquita, donde será encontrado el 23 de marzo de 1976. Luego de saberlo, Mirta Masid, que seguía viviendo con Flipper, no le permitió, según ella, tomar a su pequeña hija, que había nacido muy poco tiempo antes, seguramente en la época de los otros asesinatos.

"Cuando el 23 de marzo fue encontrado el cuerpo de una persona identificada por sus familiares como María del Carmen Maggi por las ropas que llevaba, mostrando el faltante de la parte trasera del cráneo y lesiones en los huesos de las muñecas, encontrándose parte del cuerpo parcialmente momificado por la arena y falta de todo tejido en otras, datando la muerte de unos ocho meses atrás...", informaba el *Diario La Capital*.

Para cuando Ullúa contaba el episodio de la bomba en lo de Cincotta y el televisor, para cuando los padres de Coca Maggi hablaron con Isabelita, su hija ya había sido asesinada.

La causa judicial, en la cual ya había sido dictado un sobreseimiento, no fue reabierta cuando se produjo el hallazgo del cadáver, el 23 de marzo de 1976 y no fue impulsada ninguna investigación.

***

Las páginas de espectáculos anuncian *Crimen en el Expreso de Oriente*, de Sidney Lumet, con Albert Finney y Laureen Bacall (Ullúa y mi prima la fueron a ver, les encantó), *Orquesta de señoritas*, con Alberto Fernández de Rosa, a Hugo Caprera y, en un recorte pequeño, a la Orquesta Sinfónica Municipal, dirigida por el maestro Guillermo Scarabino. Mientras, desde la Rioja, Balbín alerta sobre todo intento de golpista: «Quien intenta un golpe desata una guerra civil».

Aquel domingo 11 de mayo a la noche varios autos llegaron al restaurante Karne, en Córdoba y Azcuénaga, frente al Hospital Privado de la Comunidad: un Rambler 990 negro, un Falcon verde y otro Rambler, un 660 gris. Primero bajaron varios hombres corpulentos que observaron en todas las direcciones posibles la totalidad de la cuadra y luego otros descendieron del Rambler 990 negro. Uno de ellos era bajo y canoso.

Debido a lo relativamente temprano de la hora una sola mesa estaba ocupada. El dueño propuso armarles una mesa larga, y al hacerlo reconoció que el hombre canoso era López Rega, quien se sentó rápidamente a la cabecera de la mesa cercana al mostrador, mirando hacia la calle.

Mientras uno de los camareros comenzaba a acercar dos mesas más a la primera, el que parecía el jefe de la custodia se acercó a Néstor Roig, el dueño del restaurante, y le preguntó cuántos cubiertos esperaba tener esa noche y cuál sería el importe de la ganancia que correspondería por esos cubiertos. Cuando Roig le dio el número, le dijo que se lo pagaría, pero que debía cerrar el restaurante.

Una especie de frío lo recorrió, a él y a los dos camareros y pronto las voces comenzaron a levantarse, animadamente, mientras las puertas del local eran cerradas. Los clientes de la única mesa ocupada pidieron la cuenta poco después y se fueron sin comer postre.

Pronto, las voces y las fuertes risas se elevaron más y más y la noche avanzó, tensa y eterna. El jefe de la custodia cumplió, pagándole lo de ellos y lo que hubiera correspondido a los clientes que el restaurante había dejado de tener.

¿Sabrían todos ellos algo de Coca Maggi?

XI

El 26 de mayo se produjo el ataque a la seccional segunda de policía. A las 18:45 dos personas armadas bajaron de un Falcon —informa la edición de *La Capital* del 27 de mayo— y diciendo que debían hacer una denuncia entraron. Una vez allí sacaron dos ametralladoras y arrojaron dos bombas. Empezó un tiroteo en el cual resultó herido un atacante y muerto el cabo de policía Lorenzo Álvarez.

Pronto comenzaron a llegar refuerzos de otras seccionales y los atacantes huyeron disparando desde el Ford Falcon en el cual habían llegado. Según las versiones de los vecinos, se trataba de cuatro atacantes.

En la madrugada del 27 de mayo, apareció el cadáver de Eduardo Adolfo Soarez, un empleado de ENTEL, padre del detenido en la seccional segunda, en una zanja en la pista de atletismo del Campo Municipal de Deportes, con veintiséis impactos de bala y un disparo de Itaka y a quien tres sujetos habían sacado de su domicilio en represalia por el ataque a la seccional segunda para liberar a su hijo. La esposa les preguntó en ese tono que era una afirmación más que una pregunta: «¿Se lo llevan para matarlo?», y los de la CNU no le respondieron.

El *Diario La Capital* informa en un recuadro que fue desmentida la identidad de un terrorista muerto en el intento de copamiento de la seccional segunda y la edición del 28 publica el *identikit* del sujeto que puso la bomba que estalló en el local de la CNU, de Hipólito Yrigoyen 2020.

El martes 27 de mayo el mismo diario informa sobre la prohibición de películas extranjeras por el ente de calificación cinematográfica. *"El país vive una situación de emergencia, dijo Isabel"*, también que no hay novedades en la investigación sobre el intento de copamiento de la seccional segunda. El miércoles 28 monseñor Pironio condena el ataque y en otro apartado de la misma noticia se menciona que el padre Norberto Sorrentino asumió como rector de la Universidad Católica.

Ese mismo miércoles un recuadro anuncia: *"Cuerpo acribillado en el Parque de Deportes. Matan a balazos al padre de un extremista detenido. No hubo ninguna comunicación oficial"*, y agrega que el cadáver presentaba veintiséis impactos de bala y uno de escopeta Itaka en la cabeza.

El 29 de mayo el ministro López Rega declara que reprueba la violencia contra los artistas amenazados —Bárbara Mujica, Alfredo Alcón, David Stivel y Sergio Renán— exaltando el patriotismo de quienes, encontrándose amenazados, optaron por quedarse.

Ese mismo día Catuogno es designado rector de la Universidad Nacional de Mar del Plata y puesto en funciones el 1º de junio.

El 31 de mayo sucedió lo de los floristas Juan José y Ricardo Emilio Tortosa. Se dijo que fue porque habían visto o sabían algo de lo de Coca Maggi, o por su militancia en el peronismo de izquierda.

Tal como lo informó la edición del primero de junio del *Diario La Capital*, ese día encontraron detrás del Parque Camet el cadáver de Juan José Tortosa. La CNU lo había ajusticiado respetando su estilo, el mismo que tuvieron con Gasparri y Stoppani: lo pusieron de rodillas, las manos atadas a la espalda y los ojos vendados. Le dispararon 38 veces con armas gruesas, tenía traspasado el cráneo, la espalda, el abdomen y los glúteos. Estaba casi destrozado: los disparos fueron de muy cerca y con armas muy poderosas, seguramente las que guardaban en lo de Granel.

Su hermano Juan Manuel reconoció el cadáver y declaró que su padre y hermano habían desaparecido del puesto de flores que tenían a la vuelta de la catedral. La CNU decía que eran montoneros y que estaban allí porque los protegía Pironio, sin embargo, Juan José Tortosa no tenía ninguna actividad política.

Al día siguiente fue encontrado el cuerpo de Ricardo Emilio Tortosa, también en el Parque Camet, con un disparo en la boca hecho a muy poca distancia. Su rostro estaba destrozado. Había sido expulsado de la Alianza Libertadora Nacionalista y participado en la toma del Instituto Nacional de Epidemiología, uno de los copamientos que el peronismo de izquierda había llevado a cabo como forma de lucha contra el avance de la derecha. Zampini enunció el oxímoron: "Tortosa militaba en la línea sana del peronismo".

La noticia de *La Capital* señala que ambos eran *"modestos trabajadores que desde hace tiempo explotaban el puesto de flores ubicado en la esquina de la Iglesia Catedral. Ninguno tenía actividad política... los cuerpos se hallaban a unos 300 metros uno de otro"*.

El trámite era el de siempre: sacarse esas causas de encima, sobreseerlas enseguida y las causas de los Tortosa no fueron acumuladas, total, el resultado iba a ser el mismo. Por suerte, la anterior estaba en la secretaría de Fiore, que como peronista de derecha tampoco iba a tener mucho interés en investigar a sus amigos de la CNU, entre los que estaban Alberto Dalmasso, Ullúa y Viglizzo, aquel profesor que, riéndose, dijo que tenía un alumno judío en el secundario y que lo volvía loco.

El 2 de junio juró Celestino Rodrigo como ministro de Economía y en la edición de ese mismo día aparecen avisos fúnebres de los Tortosa.

Eduardo Balestena

XII

El Loco Rivarola ya era secretario del nuevo juzgado. Su suegro, el general Brown, había ayudado a que, cansado de deambular por los pasillos de tribunales con un título pero "sin nadie a quien mandar", hubiera podido venir como secretario a Mar del Plata y de paso, sacárselo un poco de encima. El Loco extendió sus brazos hacia adelante, con las manos hacia arriba y los dedos como en posición de estar aferrando dos naranjas y dijo "sentir el poder". Pero sólo se trataba de uno limitado a los empleados y a los litigantes y, después de 1976, a los que venían por los *habeas corpus*.

Ullúa le decía "El Gran Gatsby" porque era rubio y venía en un Di Tella azul que era la parodia del Rolls Royce de Gatsby. En lo que sí resultaba ajustado el apelativo era en el aire de grandeza, a eso seguramente se refería, a que El Loco venía pateando puertas, llevándose a todo el mundo por delante.

Como el Di Tella, la tez clara y el cabello rubio eran la versión tergiversada de aquel Gatsby de Robert Redford que hacía furor entonces: una cara ancha, un cabello rubio peinado para atrás, dos ojos grandes puestos como al descuido a diferente altura, que ni eran verdes ni agudos, pero sí fijos y penetrantes y un labio inferior prominente y caído del lado derecho. Los trajes viejos, como de ordenanza, anchos, ajados y negros, tampoco ayudaban y también eran la caricatura de aquella escena en que Gatsby arroja al aire sus camisas al mostrarle a Daisy su enorme guardarropa.

Quien había ideado aquella cara debió haberse percatado de su error insoluble luego de haber querido arreglarla un poco haciéndola algo más ancha, momento en el cual seguramente terminó de convencerse de que ya no había remedio, de que — aunque dijera ser descendiente de Juan José Paso— cara de inteligente nunca iba a tener y que quizás era lógico que fuera así porque nunca iba a ser inteligente. Al menos la cara se correspondía con algo que lo definía como persona: una tremenda brutalidad que se expresaba de dos maneras: con una voz fuerte, imperativa y estentórea, y unos gestos amplios.

Una vez me vio con *Así hablaba Zarathustra*, de Nietzsche y me dijo: «¿Sabés lo que es eso?» y él solo se respondió: «la introducción al comunismo». Seguía la escuela de aquel comisario que, refiriéndose a un detenido y a la paliza que le había dado, le dijo a Fiore, el otro secretario: «Lo gasté; era un comunista». Éste le preguntó cómo sabía que era comunista y le contestó: «Porque tenía muchos libros».

El Loco nunca era capaz de hablar suavemente, decir algo agudo ni tener un gesto de cortesía, aunque fuese mínimo. Hombre coherente, siguió así el resto de su carrera y pudo no sólo ser nombrado juez civil en provincia sino también que, cosa que no sucedió con otros, los radicales lo confirmaran, dándole el acuerdo en 1984.

Grueso y raído, pululando por el juzgado por un amparo por el corralito, volviendo locos a todos, lo vi por última vez revolviendo unos tachos en un lavadero de autos, en Rioja y Garay, con el mismo viejo sobretodo color caramelo que usaba para ir a la cámara. Pero ya jubilado no era el de antes, no tenía más ese poder que tanto había anhelado y todos lo eludían o se burlaban de él.

Una vez lo vi entrar a la secretaría con el cabello despeinado y la costura del saco que unía la parte delantera derecha con la espalda completamente descosida. Lo estaba desde debajo de la manga hasta el ruedo y el saco, medio desarmado, se mantenía en su lugar por las mangas y la costura simétrica a la que estaba rota, la que unía a la espalda con el costado izquierdo. Era uno viejo, de cuadritos, color entre verdoso y marrón. Él y el juez se habían peleado a golpes de puño y, pese a ser mayor que él en edad, el juez lo había zamarreado. Nunca supe los motivos de la pelea.

Nada era de extrañar ahí.

Hubiera dado cualquier cosa por ver la escena, el momento en que el juez lo tomaba de los pelos y le tiraba del saco y ese otro en el cual sólo le concedía un día de la licencia que El Loco había pedido. Vino frenético a la máquina de escribir para hacer la nota: pedía quince días de licencia. El juez se la concedía pero sin goce de sueldo. Bajó frenético de nuevo e hizo otra nota: pidió un día.

El nivel de jueces y secretarios —tan distinto al de aquellos a quienes, con admiración, se refería siempre mi papá— ha cambiado desde entonces, ya la violencia no se expresa de esas maneras tan sinceras y poco educadas. Las que vinieron después fueron igual de poco educadas pero menos sinceras y directas. Pero eso es otra historia.

A lo largo del tiempo eso no ha cambiado mucho. Siempre vamos a buscar a la justicia algo urgente que sabemos que no vamos a poder encontrar ahí, donde la verdad más evidente se hace dudosa y todo es mezquino, insuficiente y cuando viene, si es que viene, ya es muy tarde.

El Loco la hace pasar. Es muy bella. Le indica sentarse. Obedece. Se sienta, lo mira con atención, se inclina hacia adelante. El cabello negro, levemente ondulado, cae vertical mientras el suave rostro de piel muy blanca queda en un leve ángulo. Parece tranquila. No lo está. Aunque no se note, está desesperada. El Loco le habla. Le explica, gesticula severamente. Abre muy grandes sus ojos descentrados y la boca, con ese labio caído, pronuncia sus sentencias con ese tono fuerte e imperioso. Ella escucha. Pronto la entrevista termina y ella sale. Entonces el Enano entra y, aludiendo a su belleza, dice que es "carne de ave". Es la esposa de Salerno que ha venido a interesarse por el estado del trámite del *habeas corpus* de su esposo, integrante de la gremial de abogados. Al verla tan linda El Loco la hizo pasar. Como casi todos, ella habrá salido sin esperanzas. Es, dentro de todo, una ventaja. El problema es justamente el inverso: tener esperanzas y depositarlas allí.

Recuerdo como si fuera hoy una vez que el contador Grillo, un educado y veterano profesional, fue por un *habeas corpus* que, como todos, había sido rechazado. Algunos lo eran luego de librar un solo oficio. A veces los oficios no eran contestados por las fuerzas de seguridad requeridas y no se insistía mucho reiterándolos y los peticionarios venían y venían, como si fueran a conseguir algo del juzgado, tan desesperados estaban. Allí se los "atendía" como lo que eran, personas desahuciadas que vagan por un limbo del cual nunca van a poder salir pero que lo ignoran y pretenden precisamente ese imposible, el de encontrar la salida y que el juzgado los ayude en esa empresa solitaria e inútil. Aquella vez el contador Grillo, suave pero digna e insistentemente, hizo un heroico esfuerzo por mostrar esa indefensión. Intentó argumentar sobre lo indiscriminado de aquellas persecuciones, habló de que quizás hubiese una justificación pero probablemente seguida por un "exceso de celo", eso dijo, "exceso de celo"; lo dijo tratando de encontrar una forma educada (pensaría que estaba tratando con personas educadas como él, que serían capaces de entenderlo) de llamar a la violencia extrema sin ofender la delicada sensibilidad de funcionarios que no parecían saber qué estaba pasando fuera de las paredes del juzgado. Hizo un alegato vibrante, sentido, buscaría conmover al Loco y a Colapinto, el oficial primero que estaba con él. El Loco lo dejó hablar y cuando se hizo un silencio, denso e incómodo, sólo le dijo: «Y ahora tiene que pagar las costas». Se dio media vuelta y se fue, seguido por el oficial primero, que le festejó eso de las costas.

El contador Grillo miró el piso, meneó la cabeza y salió agobiado, ya sin ese aire de dignidad tan suyo. Pensaría tal vez en el "beneficiario" (qué ironía de palabra) de aquella acción caracterizada por la inacción, en dónde se hallaría, qué estaría sufriendo en su encierro o si viviría y quizás más tarde lo hallaría en alguna de las listas de desaparecidos que sólo publicaba el *Buenos Aires Herald*.

Pero antes, en ese año 1975, cuando El Loco vino un día de mal humor porque la mujer fatal de la secretaría había rechazado —según ella— sus avances alrededor de una mesa de la Confitería Themis, Luisito le llevó un parte.

Otro más, pensó, de todos los que habían llegado entre mayo y junio, amén del intento de copamiento de la comisaría segunda, donde estaba detenido Soarez, por infracción a la Ley de Seguridad Nacional, en la causa Giganti-Soarez.

Esta vez había sido otro docente, Roberto Sammartino, seguramente un elemento subversivo como Coca Maggi, de esos a los que todos los que son como ellos aseguran que son unas buenas personas, pero que en realidad luchan por establecer la dictadura marxista.

"Cuántos subversivos hay", pensó El Loco, como Giganti y Soarez y De los Santos y Cervera. Comunistas declarados que tenían folletos y mimeógrafos y hasta vivían en pareja sin estar casados.

Esta otra era lo mismo, ese Sammartino buena pieza sería, como todos los psicólogos y esos de Humanidades.

Le pegó el grito a la empleada rubia de la mesa de entradas para que le trajera un café. Al escucharlo ella hizo un gesto, frunciendo la frente, mirando hacia arriba y meneando la cabeza.

Leía el parte de la comisaría cuarta como quien oye llover:

"El 5 de junio, un grupo de personas vestidas de civil, comandadas por un individuo de unos veintitrés años, de estatura mediana y tez blanca, siendo las 2:30 de la mañana se hizo presente en el domicilio de Francisca Rovirosa de Sammartino, en el cual se hallaba con su amiga Mónica María Haydeé Josefa Francisca Tomasic. Esa misma persona la interrogó sobre sus circunstancias personales y con quién estaba.

El sujeto dijo ser policía de una brigada especial y que habían resibido (sic) denuncias de que en el mismo se encontraría material subversivo, procediendo a requisar el inmueble en el cual permanecieron dos horas y desordenaron todas las pertenencias del domicilio, sustrayéndole una radio, dos televisores, un reloj de oro de hombre y la suma de trescientos pesos, luego encerrándolas en sus habitaciones.

Antes de irse cortaron la luz y las correas de las persianas, pero olvidándose del teléfono, con el cual cuando la declarante ya no escuchó más ruidos salió de la habitación y comprobó el gran desorden en que se encontraba la casa e intentó llamar a su hijo, domiciliado en la calle 14 de julio 2142, piso 2° departamento 10, pidiéndole a su hermana que fuera al domicilio ya que ella estaba encerrada.

Habiéndose hecho presente en el mismo, la hermana constató que la puerta estaba abierta y la casa completamente desordenada".

«Y el café para cuándo», gritó El Loco.

Tal como sucedió con el asesinato de Piantoni o los de la noche del Cinco por Uno, *La Capital* no informó sobre el asesinato de Roberto Sammartino.

"Horas después, las fuerzas del orden, alertadas por una llamada, toman conocimiento de que en la calle 202 y Colón se encontró el cadáver de Roberto Héctor Sammartino en posición semiarrodillado, el mismo había sido acribillado a las 3 de la mañana con treinta impactos de municiones de calibre 9,25 y 11 mm efectuados a muy corta distancia" sigue diciendo el parte policial.

***

Roberto Sammartino era profesor de Psicología Laboral en la Universidad Provincial y su asesinato por la CNU produjo un exilio de profesionales y el final de toda lucha contra los avances de la derecha.

Su hermana, María Elena Sammartino, y su esposo, Carlos Tabbia, fueron dejados cesantes por una resolución del rectorado, con la firma de Cincotta, así como otros, algunos de los cuales desaparecerían. Poco antes, en la casa de uno de ellos (Andrés Cabo) estalló una bomba.

En esa época, Carlos Alberto Cervera, ayudante de cátedra en la carrera de Arquitectura, fue cesado en su cargo e imputado en una causa por infracción a la Ley de Seguridad del Estado.

El Loco pronto se cansó de leer la causa y le pegó un grito a Joaquín para que la mandara en vista al fiscal.

Para el 14 de julio, después de un breve informe policial, ya el juez González Etcheverry había firmado el sobreseimiento, previo dictamen del fiscal Demarchi.

XIII

El personal de a bordo avanza con esos pesados carros que llevan hasta tomar posición en el comienzo del pasillo; lo hacen venciendo el leve declive que el desplazamiento del avión ha adquirido en su actitud de avance.

Miran a los pasajeros sin casi verlos, con una cortesía plástica, con un íntimo desdén, repartiendo primero los menús especiales y tratando de discernir las respuestas al enigma "pasta o pollo" después.

***

Un día Fiore mostró una radio con un pequeño televisor que le había dado Ullúa. «De dónde la sacaste», le preguntó y Ullúa se limitó a reírse. Fiore entonces le dijo, también riéndose: «Tiene todavía una mano agarrada a la manija». Ullúa volvió a reírse.

El 13 de junio el *Diario La Capital* da cuenta del hallazgo de otros dos cadáveres acribillados a balazos. El primero fue en la ruta 226 y Estación Camet: se trataba de un cuerpo maniatado, con sus manos calcinadas "con aceite de automóviles".

Tres horas más tarde, en el parque Las Dalias, calles 78 y 192, es hallado otro muerto con impactos en la cabeza y en el cuerpo.

La edición del 14 de junio informa que los cuerpos de las víctimas ejecutadas el jueves anterior correspondían a dos estudiantes de Arquitectura: el cuerpo hallado en primer término era de Jorge dell Arco, un estudiante de diecisiete años, cuyas manos fueron quemadas para dificultar la identificación. Estaba en Mar del Plata desde hacía sólo tres meses, y el segundo era el de Víctor Hugo Klein, de veintiocho años.

Detenido y torturado en 1971 por su actuación en La Plata, Klein fue liberado con la amnistía de Cámpora. Sin embargo, la creciente actividad de la CNU y el avance de la derecha hizo que decidiera dejar La Plata, ya que los grupos de derecha lo conocían bien y venir a Mar del Plata suponiendo que sería un lugar menos peligroso. El 20 de febrero de 1974 se casó con Susana Ure, instalándose en un departamento en Santiago del Estero 2097, que consiguieron a través del arquitecto Barilaro, amigo de Klein, que tenía un estudio de arquitectura. Comenzó a trabajar para una constructora marplatense[8].

Aquel día, Víctor Hugo Klein llegó a eso de las dos de la tarde al estudio para terminar una perspectiva, para la cual pidió al arquitecto utilizar el tablero grande. Un poco más tarde llegó un estudiante de diecisiete años que hacía poco que había arribado de Pehuajó.

---

[8] Daniel Cecchini- Alberto Elizalde Leal, ob.cit. "Operación conjunta en Mar del Plata", pág. 102.

Susana Ure, su esposa, estuvo con ellos entre las seis y siete de la tarde y ninguno de ellos vio los autos con varios hombres en su interior que los vigilaban. Cuando ella se iba él le dijo que no lo esperara, que trabajaría hasta muy tarde para terminar la perspectiva que debía presentar al día siguiente.

Intranquila, Susana Ure, embarazada de siete meses, durmió mal, se despertó varias veces y alcanzó a conciliar el sueño a la madrugada. Cuando despertó a eso de las ocho se angustió mucho al no encontrar a su esposo y salió rápidamente para el estudio. La puerta estaba sin llaves. Todo se encontraba revuelto, con cosas tiradas por el piso. Había manchas de sangre y, en las paredes, habían pegado tapas de la revista *El descamisado* donde se leía *"Montoneros"*.

Ya habían sido hechas todas las llamadas, a la Subzona militar 15, a la Unidad Regional y a la Seccional Primera.

Ese 12 de junio hacía frío, mucho frío cuando a las doce de la noche llegaron a Rivadavia y Rioja con el Falcon, el Torino y el Peugeot y los atravesaron cortando la calle. Uno de los que iban en el Falcon se bajó y empezó a dar las órdenes, a unos los hizo apostarse y cortar la calle y él y otros subieron.

Una vez delante de los ascensores, con la ametralladora en mano, el que lideraba a los otros se rió diciendo que los arquitectos siempre se pasan la noche dibujando. Había un tono de abierta burla a aquellos que tienen que hacer algo a deshora, un trabajo profesional que terminaría siendo inútil

«Al décimo C», ordenó a los otros y abordaron los dos ascensores. Salieron bruscamente y golpearon con fuerza la puerta a los gritos, los mismos de siempre: «Abran, policía». Del otro lado se descorrieron trabajosamente unas cerraduras y se abrió una puerta pero ahí no estaban Klein y Dell Arco, sino un grupo bastante grande alrededor de una mesa de reuniones. De pronto el cartel con un dibujo en grandes letras celestes que decía *"Asociación Marplatense de Rugby"* y un gran cuadro con jugadores en la pared del fondo de la sala donde estaba la mesa los alertaron. También esos cuerpos que, incluso sentados, se apreciaba que eran anchos y fornidos.

«No salgan», dijo él, «policía». Y cerró la puerta mientras otro decía: «La puta que lo parió, ¿quién te dio la dirección?». Abordaron los ascensores y bajaron al *hall* de entrada y ahí buscaron simplemente el piso en la pizarra de entrada del edificio.

Era el séptimo C.

De pronto apareció Oscar Cuello, el encargado, y le dijeron que eran de la policía. Le pidieron documentos y durante unos minutos interminables de dudas y de tensión Cuello pensó que aquel sujeto de baja estatura, de gruesos bigotes y ojos duros que lo observaba y le apuntaba dispararía. Pero no lo hizo. Sabía que nadie lo iba a citar, que a nadie podría llamar y que aun si fuera así, seguramente no diría nada, le dijo: «Métase adentro y no salga».

Entonces sí, seguros, fueron al séptimo piso y unos minutos después el encargado oyó los gritos y los disparos. «Socorro, llamen a la policía, que me raptan». Y luego los disparos, que retumbaron en el pasillo y que sonaban distinto a medida que iban corriendo hacia abajo, dejando un reguero de sangre en la escalera y luego de nuevo el ascensor y de nuevo los gritos.

En el estudio de Arquitectura, Víctor Hugo Klein, y Jorge Osmar dell Arco, un estudiante sin militancia, estaban dibujando cuando oyeron un ruido desusado para la media noche: los ascensores y sus puertas que se golpeaban y Klein se sintió perdido, entonces abrió rápidamente la puerta y empezó a gritar, tratando de escapar mientras que quien comandaba el grupo le daba un golpe, le disparaba y junto con otros los perseguía escaleras abajo. Otro aferró a Dell Arco y lo sacó para el ascensor, mientras el resto entraba al estudio, revolvía los cajones sacando cosas y colocaba panfletos.

Plantaron material "subversivo" y se fueron con una chequera del arquitecto Barilaro. Los cheques, con firmas adulteradas, circularon durante mucho tiempo por Mar del Plata, con uno de ellos le fueron pagados honorarios al abogado Bailleau. También se llevaron dinero en efectivo y todo los que pudieron manotear mientras Klein gritaba escaleras abajo.

Los gritos de socorro siguieron en la calle, inútilmente y ambos fueron subidos a dos autos, que partieron a toda velocidad.

Los tránsitos alucinados de las víctimas hacia la muerte, la desesperación subiendo por oleadas y ese terror primordial marcaban sus últimos momentos, aquellos de la definitiva y última soledad.

Pudieron ser llevados cada uno en un auto o juntos y ser testigo uno de la muerte del otro, no lo sabemos. Lo cierto es que Víctor Hugo Klein fue encontrado en las calles 78 y 192, en el Parque Las

Dalias, con las manos atadas a la espalda con cinta plástica amarilla y los ojos vendados. Quince disparos de pistola 9 mm y revólver 38 a quemarropa le causaron la muerte.

Jorge Osmar dell Arco apareció también con las manos atadas a la espalda con un cable, descalzo y muerto con seis disparos de balas de 9 y 45 mm. Tenía diecisiete años.

En la causa sólo fueron investigadas las actividades de Klein, sin que hubiese sido citado el encargado del edificio, y a los dos meses de su iniciación ya se encontraba archivada.

XIV

Las ediciones del *Diario Clarín* de los primeros días de noviembre refieren que "Deliberan en Economía sobre precios y salarios", que por el estado de salud del generalísimo Francisco Franco "Juan Carlos ya gobierna" y que "Se confirmó que Franco sufre de otra complicación: una peritonitis general".

Algo más abajo una noticia que, con la perspectiva del tiempo y la distancia, se convierte en algo muy relevante: ante la prensa extranjera el gobernador Calabró declaró que *"el gobierno debe producir cambios y que si no se producían se corría (sic) el riesgo de no llegar a las elecciones de 1977"*. El tribunal de disciplina del partido analizaba entonces su posible expulsión.

Entre amenaza y vaticinio, a la luz de lo acaecido en La Plata y lo que pasó después, la profecía no era tal sino el simple anuncio de lo que sucedería en unos pocos meses.

Ese lunes 3 de noviembre —mientras Delgado, Flipper y Otero estudian los mapas para salir a Mendoza desde San Juan— el *Diario Clarín* informa en varias notas, muy detalladamente, el sórdido y violento asesinato de Pier Paolo Pasolini.

El martes 4 un titular informa de manera destacada que la noche del 3 había sido asesinado el diputado nacional Pablo Ramón Rojas, de cincuenta y siete años de edad, estrechamente vinculado al sector vitivinícola.

A las 4:40 de la mañana fue encontrado su auto en la calle Paraguay a la altura del número 232, de San Juan. El diputado fue asesinado por dos heridas de arma blanca en el tórax y dos en la cabeza.

También fue encontrado un Peugeot azul con manchas de sangre que hicieron suponer a la policía que hubo más de un atacante y que alguno de ellos debió haber sido herido.

El resto de las noticias informa, entre otras cosas, sobre la falta de combustibles.

El 5 de noviembre se acentúa el estado de gravedad de Franco. En el orden nacional, se piden informes sobre gastos que originara la misión "diplomática" de López Rega (que en ese momento ya había huido del país).

Más adelante un titular destaca: *"Se esclarece el asesinato del diputado Rojas"*. La investigación policial *"permitió hallar una pista para el total esclarecimiento del asesinato"*.

Además de las heridas de arma blanca y los impactos de bala, *"presentaba signos de haber sostenido encarnizada lucha con sus asesinos. También se halló en el lugar el revólver percutido por Rojas, con seis cápsulas servidas"*.

El Peugeot azul fue encontrado en la localidad de Media Agua. En el auto, con manchas de sangre, había varios planos de San Juan, donde podían verse las marcas de salidas hacia Mendoza. Ello hizo pensar que el vehículo fue utilizado por los asesinos y que alguno de ellos habría sido herido en la lucha.

Alertada la policía mendocina, informó que en el Hospital Central de San Luis fue abandonado un herido de bala. El jefe de policía se trasladó allí y a su regreso ofreció una conferencia de prensa: el herido, Fernando Otero, de veinticinco años de edad confesó su participación en el hecho y que actuó en complicidad con Carlos Hugo González, también marplatense. *"La policía cree que se trata de un asesinato a sueldo... La víctima estaba trabajando en un proyecto de ley por el cual paulatinamente se iría envasando el vino en origen"*.

Para el 6 de noviembre la policía ya había encontrado el cadáver de Flipper en el paraje cordillerano El Papagayo con tres impactos de disparos en el pecho.

Pero el total esclarecimiento en realidad no lo era: nadie mencionaba a Delgado que, una vez más, como un hombre de las mil caras, había logrado escapar.

En la sección de espectáculos hay un anuncio de la película *Rollerball*, de Norman Jewison, con James Caan que tanto le gustó a mi prima Gilda —quien hacía su propia interpretación del significado— y a Ullúa.

Rafael Segura, entonces novio de mi hermana, estaba apesadumbrado por la muerte de Flipper. «Se lo merecía», le dijo mi hermana. «Era mi amigo», respondió Segura. Fue una suerte que mi hermana se cansara de él y lo dejara.

***

Además de vinculado al sindicato de los petroleros, Flipper lo estaba al vitivinícola y el diputado Rojas, en San Juan, presentó un proyecto para embotellar el vino en origen que perjudicaba al negocio del sindicato y a intereses muy importantes, por eso le encomendaron ir a San Juan a matarlo, a matar a un desconocido. Así se resuelven estas cuestiones.

Es un lugar que no conocían, y luego de llegar y seguir a su víctima, decidieron con Otero matarlo a puñaladas para no hacer ruido.

Ese 3 de noviembre el diputado nacional Pablo Rojas fue a cenar con unos amigos y luego de dejar el auto le desinflaron la cubierta trasera derecha y se pusieron a esperar en un Peugeot 504 que habían robado en Buenos Aires y un Fiat 128. Rojas tardaba. Lo estaría pasando bien. Mejor para él porque era su última cena. Apareció tarde. Caminaba despacio hacia el auto cuando se dio cuenta de que tenía una cubierta trasera baja. Maldijo, buscó la llave del baúl y lo abrió para sacar el crique y la rueda de auxilio. De pronto sintió el golpe que le asestaban desde atrás en el pecho, la sensación de algo clavándosele y giró hacia los tres que lo atacaban y sacó el revólver que tenía en la cintura y empezó a disparar. Otero a su vez sacó la pistola y le disparó hasta verlo caer, pero Rojas lo había herido a él y a Flipper. Delgado salió con el Fiat a toda velocidad. Otero se quejaba y Flipper estaba seriamente herido. De lo que sucedió luego, y que no sabemos con precisión, lo más probable es que hayan dejado luego el Peugeot, que conduciría Otero, para seguir en el Fiat.

Delgado vaciló, pensó que no podía continuar con los otros dos y de pronto vio el cartel de un hospital. Llegó hasta la puerta y lo hizo bajar a Otero. Flipper ya estaba muerto.

Esa noche siguió hasta Mendoza, con el auto lleno de sangre y el cadáver de Flipper y cuando se encontró en un camino solitario lo bajó, arrastrándolo hasta un cerro y lo dejó allí.

Cuando la policía revisó a Otero en el hospital le encontró tarjetas del fiscal Demarchi.

El juez que instruyó la causa por el asesinato del diputado Rojas dijo: «Según su propia confesión, Fernando Alberto Otero profesaba ideas de extrema derecha (se define a sí mismo como nazi), conformando en 1971 con otros integrantes de las FFAA un grupo de acción que destruyó mediante métodos violentos templos de la religión hebrea, por lo que se lo procesó y condenó en sede militar, según da cuenta el informe del Comando en Jefe del Ejército de fs. 1275/1272. El mismo posteriormente fue amnistiado de conformidad a lo dispuesto por la ley 20.508. Podemos afirmar que... en 1975 pertenecía a la... CNU... Sin hesitación se aprecia que el fallecido González, como Otero y otros prófugos, integraban aquella organización».

Otero fue condenado a prisión perpetua por el hecho.

***

La azafata detiene el pesado carrito, lo traba con un pie y comienza su breve y cansina letanía: «Pasta o carne… y para beber». Y va repartiendo las bandejas y entregando los vasos y a mí, la pequeña botella de vino tinto y el agua.

En intervalos largos, sin ganas de leer ni de mirar películas, encerrado, en el pequeño espacio se está pendiente de los avances de la tripulación que marcan también el avance del vuelo.

***

Ni bien se supo en Mar del Plata lo de Flipper y Otero, el trágico desenlace del asesinato del diputado Rojas, un trabajo simple, se dieron cuenta de que no eran invulnerables y, sin decirlo, pensaban en qué harían los demás si a alguno de ellos lo hirieran, si los abandonarían como a Flipper y Otero o se jugarían.

"Yo guardé silencio, pese al abandono, sobre aspectos importantes de los que tenía conocimiento… mi protagonismo en el suceso no fue meramente ocasional, obedeciendo al designio concertado de eliminar a Rojas", recrimina Otero desde la cárcel a sus compañeros en dos cartas que dio a su pareja y que ésta no alcanzó a entregar a sus destinatarios. *"Mucho me duele tener que llegar a pedir algo que me corresponde por derecho de militante… Les recuerdo que ustedes habían prometido muchísimas cosas, yo no prometí nada; y sin embargo cumplí como un soldado, y aun más, cumplí como hombre leal al movimiento, la mejor prueba es el sumario"*.

Los compañeros lo habían dejado. Las promesas de lealtad, de una virtud asociada a un asesinato, de un vínculo noble en medio de un acto despiadado, no alcanzaban a los otros.

En esos días Cincotta le ordenó a Lidia Ruggeri, prosecretaria de la universidad, que cambiara una resolución para no revelar que González era personal contratado y como ella no quería hacerlo, porque se trataba de una irregularidad grave, la amenazó, le dijo que sabían a qué colegio iban sus hijos y que podían terminar flotando en el mar, como había sucedido con un cadáver aparecido en esos días.

***

"El dolor era cual una carretera y la conciencia recorrió el camino del dolor. Si sus sentidos y sus sensaciones hubieran sido distendidos como la tensa piel de un tambor, entonces había llegado el momento en que comenzaba el redoble de ese tambor… No despertó de una vez, sino en oleadas". (Howard Fast *"Espartaco"* Sexta parte, cap. IV, pág.236).

***

Fue antes del golpe, el 16 de febrero de 1976 que secuestraron a Roberto Wilson, un trabajador del Frigorífico San Telmo que no tenía actividad política pero que, junto con otros, había intervenido en un reclamo laboral contra el frigorífico para que fuera incluida en el salario una bonificación que era pagada en negro.

En las ediciones de los días siguientes al hecho el *Diario La Capital* no lo menciona.

Sancionada como una herramienta para la persecución política, con tipos penales abiertos, la ley 20.840 de Seguridad Nacional servía —entre muchas otras cosas— para contener los reclamos de distinta índole que eran formulados al Gobierno y los trabajadores del Frigorífico San Telmo fueron procesados y encarcelados como infractores a esa ley. Aun así, la falta de pruebas hizo que debieran liberarlos.

Dos días después de su liberación Roberto Wilson fue secuestrado de su domicilio a las dos y media de la mañana. Era un grupo de civil que había ido en dos autos. La descripción de uno de ellos coincidía con el de Ullúa. Dijeron ser de la seccional cuarta.

En los años que vinieron luego vería a su madre, Tomasa Miño de Wilson, varias veces, con esa mirada de desesperación y fuerza al mismo tiempo, la de quien tiene que luchar inútilmente pero que tampoco puede dejar de luchar porque sólo ese alguien conoce la magnitud de la injusticia que está sucediendo, sin que ninguno de aquellos a los que debería poder acudir fuera capaz siquiera de concebirla aun en sus estribaciones más lejanas.

Hoy, la Base Naval es un lugar que en algunas ocasiones todo el mundo puede visitar y en sus amplios terrenos hubo estacionamiento, barracas de venta de chorizos, tortas y gaseosas, dándole al lugar un aire de *kermesse* escolar, con matrimonios con chicos que llevaban globos y paseantes de toda índole que esperaban subir a las fragatas de distintos países atracadas en la base y en la escollera Norte. En la

Escuela de Suboficiales de Infantería de Marina (ESIM) fue montado un parque de diversiones, en el cual quedó la capilla con distintas placas conmemorativas, ninguna aludía a quienes fueron secuestrados, torturados y asesinados.

En la época de la dictadura y en los tempranos años ochenta daba miedo circular por la costa, donde un enorme cartel colocado en el límite entre la Base Naval y la vereda, indicaba que si sucedía un desperfecto había que encender las luces, levantar el *capot* y permanecer con las manos en alto pues de otro modo los centinelas harían fuego.

En ese entonces, cuando yo era notificador, andaba en bicicleta y debía entregar una cédula, seguramente de alguno de aquellos *habeas corpus*, tan desesperados como inútiles, de la época de la dictadura y allí, mientras en la guardia me examinaban con ese desprecio que mostraban por los civiles, vi a Tomasa Miño de Wilson que comenzó a hablarme por lo bajo. No entendí bien lo que me decía y ahora, al comprobar que el secuestro y desaparición de su hijo se debió, como el asesinato del diputado Rojas, a los vínculos de la CNU con los sindicatos, no es difícil discernir las razones por las que estaba en la Base Naval. Posiblemente hubiera sido por alguna pista, algo que supo sobre el destino de su hijo, siete u ocho años antes. Posiblemente hubiera estado detenido allí.

En pleno romance Fiore y Bárbara fingían estudiar causas en el despacho de él, que era siempre una romería (con perdón de las romerías) por la gente que desfilaba. Primero los compañeros y, más tarde, militares. De estos últimos, uno que recuerdo es el capitán Petinatto, un personaje oscuro que, como un preanuncio del golpe carapintada de 1987, tenía la parte más saliente de la cara como si la hubiera sumergido en un líquido viscoso: al sacarla y secarse la misteriosa sustancia había fraguado en un instante, dejando así grabada la oprobiosa mancha, del mismo modo que si se hubiera mimetizado para una imaginaria y guerra futura. Yo, bromeando, le decía "cara sucia" pero a Fiore eso no le gustaba. También recuerdo al capitán Nani, muy alto, orgulloso y, que, igual que los otros, estaba por encima del resto: de allí esa actitud de superioridad y antipatía innata que los caracterizaba: no nos saludaban ni nos miraban, estaban en otro orbe. Bajo prisión domiciliaria, Nani está procesado hoy por la comisión de delitos de lesa humanidad, por ser uno de los jefes de inteligencia del GADA 601 durante la dictadura. Ellos reivindican ese pasado, del que forman parte Las Malvinas o el ataque a la Tablada y sienten lo que acaso sientan los de la CNU: que es parte de la lucha.

Fiore quería que lo nombraran juez federal en aquella época y explotaba sus muchos contactos (es increíble que con todo eso no pudiera obtener ese cargo); más tarde conseguiría ser veedor del partido justicialista en la provincia de Buenos Aires, alejándose de lo que, irónicamente se podría llamar "la función judicial". Sus vínculos con la CNU eran tales que — según lo informa la página fiscales.gob.ar— encontrándose en Buenos Aires, tomando café en abril de 1975 con Jorge Tribó, amigo de Daniel Gasparri, Fiore salió intempestivamente diciéndole que afuera había miembros de la CNU que venían a llevárselo y que los "había parado".

González Etcheverry era amigo de la familia de la esposa de Fiore y por eso lo nombró secretario. Alto y canoso, muy simpático, declarado mujeriego que enumeraba sus hazañas en esa actividad y una especie de galán peinado siempre para atrás, el idilio con Bárbara, especie de mujer fatal que, ignorando toda sutileza, llamaba la atención a los abogados buen mozos chistándolos y saludándolos por el nombre de pila, era como una aventura que lo consumía. Se pasaban horas en ese despacho, cada uno con un cuerpo de la misma causa, abierta siempre en una invariable foja, inmóvil, pretendiendo hacer creer que la estudiaban o analizaban como si fuera un rollo de pergamino del mar Muerto que esconde un secreto hasta ahora indescifrable para los más experimentados antropólogos.

En eso sonó el interno: González Etcheverry lo llamaba. Cuando fue al despacho lo encontró leyendo unos papeles con cara de preocupación y tras saludarlo y quedar en ir a cenar al Restaurante Teresa, en San Luis y Bolívar, donde eran habituales, le mostró una carta donde Tomasa Miño de Wilson le indicaba, con pelos y señales, quiénes habían sido los secuestradores de su hijo. Ella había investigado por su cuenta y averiguado lo que ni la policía ni el juzgado habían querido averiguar.

González Etcheverry le extendió las hojas y Fiore comenzó a leerlas. El informe era muy completo. Iba a ser difícil ignorarlo. Habría que buscar la forma de eliminarlo de raíz. La policía no había querido hacer ningún identikit pero según varios testimonios, todos coincidentes (también coincidían en que Roberto Wilson no era activista político), los secuestradores habían sido Carlos Alfredo Villarreal y Miguel Ángel Landín. Fiore no se sorprendió con eso porque Landín era amigo suyo, iba a la secretaría lo mismo que a la fiscalía y sabía que era fuerza de choque del sindicalismo más duro.

—¿Qué hacemos Leónidas? —dijo González Etcheverry.

—Si va a los diarios con esto, qué mal vamos a quedar —dijo Fiore—. Pero si lo usamos, va a ser peor porque vamos a traicionar a los compañeros… Sabe qué, jefe, el juzgado no se puede hacer eco de una información anónima.

—Pero es de Tomasa Miño y hay testigos.

—Sí, pero el primer informante es anónimo y esto vino por carta. Ahí está, esa es la salida: un informe anónimo. El juzgado no se puede hacer eco de eso, para investigar está la policía y el ministerio público, ¿qué le parece jefe? El honor ante todo —se rió—, no es serio que el juzgado se deje llevar por cartas.

—Pero los que testimoniaron ahí van a saber...

—Quién va a apelar, y si apelan, igual no va a pasar nada, mientras Miguel y Villarreal se pueden borrar por las dudas. El papel, jefe, aguanta todo…

***

Una de las cosas que determinó la investigación de Teresa Miño de Wilson fue la identificación del auto en que iban los secuestradores de su hijo, el mismo en el que luego irían a matar a Azorín y Crespo e intentarían secuestrar a Nisembaum y Leventi y que sería ubicado en el Sindicato de la Carne en Buenos Aires.

El automóvil de Villarreal coincidía con el que fue utilizado en el secuestro, señalaba, agregando que ella podía reconocer a los secuestradores. Enumeraba otras circunstancias, como que el operativo dependió de la central del sindicato, en Buenos Aires y que intervino la Policía Federal.

Cuando la información de que disponen los jueces o los argumentos de las partes son capaces de demostrar algo que no quieren ver, la respuesta es siempre la misma: ignorarlos. Antes y ahora.

Aquello no fue la excepción. Pese a todos los elementos de que disponía y previo dictamen del fiscal Demarchi, el juez González Etcheverry dictó el sobreseimiento de la causa poco después, "argumentando" que las informaciones de que se disponía eran anónimas y también rechazó la acción de *habeas corpus*.

Cuando fueron sustanciados los expedientes de la Comisión Nacional sobre la Desaparición de Personas (CONADEP), el de Roberto Wilson estuvo dos años perdido. Por aquella época vi a Tomasa Miño manifestando, con pañuelo banco, cuando el juzgado citó a declarar al coronel Barda. Lo recuerdo porque le tomé declaración —llevaba una corbata azul tejida. Es una forma de decir porque, asistido por el letrado con quien venían todos los militares, el doctor Gustavo Laya, hombre destacado en el fuero, se negó a declarar. Laya se acercó al mostrador de la mesa de entradas con la cédula de identidad de Barda en la mano y dijo: «Uno de los nuestros fue citado». Barda esperaba en un Falcon parado en la esquina de Viamonte y Bolívar.

Pero la visión que más recuerdo de Tomasa Miño de Wilson es en un garaje donde vivía, creo que en la calle Santa Fe, cuando fui a llevarle una cédula en la que seguramente se le informaba del rechazo de algo. Me abrió una de las puertas del portón y me hizo pasar. Había una silla y un calentador Bram Metal. Tenía ese aire suavizado y triste, de contornos esfumados, como los de los rostros y cosas en esas tardes de invierno cuando empieza a borrarse de a poco la luz y la que queda parece atravesada de polvo.

Para aquel entonces había sucedido la última oleada: primero, en un pasado remoto, pensó que la justicia debería hacer que le devolvieran a su hijo, que aquello era tan ilegal, tan enorme y doloroso que nadie podría tolerarlo. Luego despertó a otra oleada: a ellos no les interesaba esa injusticia tan dolorosa. Y la tercera: ellos por acción u omisión, la habían producido pero aun entonces esperaba que la evidencia fuera tal que al menos pudieran averiguar quiénes habían sido los culpables. Finalmente, aun esa esperanza se desvaneció ante la cruel realidad: que de todas esas "esperanzas" sólo quedaban cédulas que enviaban indicando diligencias absurdas, formalistas e inútiles. Más tarde, todo se desvaneció.

Antes había sido él y ahora ella misma estaba en la cruz donde reina la eternidad y el dolor insoportable que sube a los ojos, que adquieren la mirada de un lugar que han visto y del cual no se puede volver.

Para ese entonces González Etcheverry estaría retirado en sus campos de Entre Ríos o en Buenos Aires, donde había vuelto a vivir con su esposa luego de haberla dejado por una joven. Fiore había abandonado —física y materialmente— a su familia para irse a la Plata como veedor del partido peronista y volver luego como juez del trabajo en la época de Menem. Demarchi, que llegaba al juzgado en un Corvair 1960 convertible, seguiría siendo un influyente contacto político para todos los que buscaban hacer una ascendente y rápida carrera judicial. Y Ullúa se encontraría trabajando para los servicios o traficando armas y drogas, como sucedería hasta 1988.

Para la época en que Demarchi fue candidato a intendente, en 1983, todos sabían quién era y algo de lo que había hecho y todos iban a verlo para que movilizara sus contactos por ellos. Él lo hacía, después de todo, le deberían ese favor. Muy tarde comprendería que las cosas no funcionan así. Mientras, llegaba a la cámara —de la cual era conjuez— y todas las puertas se le abrían.

Es solamente a los que reclaman algo que el poder les quitó o una vida que les arrancó o muchas cosas que les quitó o muchas vidas que les arrancó a quienes la justicia no protege.

En un momento, cuando trabajaba en las causas de la CONADEP tuve esperanzas y más tarde, con el punto final y la obediencia debida, me di cuenta de que cualquier esperanza en lo que la justicia pueda hacer es irreal, falsa. Entendí que la justicia sólo hace operaciones: a veces le conviene hacer unas y a veces otras, nunca se arriesga y a nadie le interesa —o nadie efectivamente puede— sustraerse de esa trama.

***

"Secuestraron y habría sido asesinado Ragume, ex gobernador de la Provincia de Salta, por un comando guerrillero" dice el titular del *Diario La Capital* del 12 de marzo de 1976.

"Se agudiza la escasez de productos de la canasta" y *"Aumenta la paralización en el Gran Buenos Aires"* son títulos de las páginas interiores.

El domingo 14 de marzo hay un titular en la primera página "El crimen de Moreno y Dorrego", del que da cuanta un recuadro: *"Los cadáveres de Emilio Azorín y Juan Manuel Crespo son trasladados a la morgue del Hospital Regional. Ambos fueron brutalmente asesinados por un grupo de desconocidos, que aparentemente intentó secuestrar al segundo, quien se resistió. Al primero no se le conocen actividades políticas o gremiales, en tanto que no se ha podido determinar si Crespo era militante político o sindicalista". (Información pág.8)".*

En la imagen se puede ver el momento en los cuerpos son subidos a una ambulancia Rambler.

En la página 8 una foto muestra el frente del local, los cuerpos tendidos en la vereda, varios policías y una moto caída. La noticia con el título *"Dos jóvenes son asesinados al resistirse a un secuestro"* es muy completa.

Eran las 21:10 y el taller de motos de Moreno 3780 de Enrique Azorín, de veinticuatro años de edad, estaba por cerrar. Azorín conversaba con un cliente —Juan Manuel Crespo, de veintiséis años— al parecer sobre una moto que estaban viendo en la vereda cuando, de pronto, apareció un Ford Falcon oscuro con cuatro personas armadas. Se bajaron dos de los ocupantes y le ordenaron a Crespo subir al auto, mientras que a Azorín lo hicieron dar vuelta y poner las manos contra la pared.

Los desconocidos eran *"jóvenes correctamente vestidos"* —dijo uno de los pocos testigos que accedió a hablar con el cronista de *La Capital*—, intentaron hacer subir a Crespo al auto por la fuerza y él se resistió hasta que le dispararon. Los atacantes llevaban pistolas ametralladoras y para ese momento se habían juntado varios vecinos que salieron a la calle, algunos venían del *bowling* del Club Nación y otros de un bar muy cercano. Pensaron que era un procedimiento policial.

Cuando comenzaron los disparos, los que estaban allí se tiraron al piso. Los testigos estaban aterrorizados y no querían hablar, pero uno de ellos dijo al cronista: *"Me dio la impresión de que a quien querían secuestrar era a Crespo, porque a Azorín lo trataron de apartar. Al resistirse a subir al auto, lo mataron a sangre fría, pero cuando ya parecía que se iban volvieron sobre sus pasos, como si se hubieran arrepentido, y le dieron muerte al mecánico. Pero no fue un asesinato común, le digo que el que tiró a Azorín lo hizo de una manera como si se estuviera vengando, pues creo que le descargó la pistola ametralladora"*.

Azorín no tenía ninguna actividad política y gremial y era querido por la gente del barrio.

El policía hizo las diligencias de rigor: allanar los domicilios de las víctimas. Sólo comprobaron que no tenían ningún material "subversivo". Tampoco pudieron probarles ninguna actividad política. Sin embargo, no le tomaron declaración a ninguno de los muchos testigos y —pese a que la comisaría primera está a escasas seis cuadras del lugar— no trataron de ubicar a otros ni recabar información sobre el auto y los atacantes.

El 14 de abril elevaron el sumario al juzgado, el 21 dictaminó el fiscal Demarchi y al día siguiente el juez González Etcheverry firmó el sobreseimiento en la causa.

Quién sería Crespo y cómo habrían dado con él, sellando además la suerte de Azorín, es algo que nunca vamos a saber.

***

A Ullúa le encantaba como andaba ese Falcon. Siempre le gustó exigir a los autos y, como Gilda decía, los dejaba bobos. El Falcon Sprint era el que más salida tenía: con tanta fuerza las ruedas zapateaban si largaba el embrague de golpe y había que saber doblar y frenarlo. Con el correr del tiempo andaría en muchos, todos ajenos, todos de procedencia incierta, robados, sin papeles, hasta aquella Renault Fuego que tuvo a mediados de los ochenta.

Un titular en la parte superior de la primera página del *Diario La Capital* del martes 16 de marzo informa *"Conmoción por el intento de secuestro de un celador"* (*información pág.16*). El titular principal dice

"Violenta explosión en el Comando del Ejército" y una fotografía muestra vehículos destruidos por una bomba colocada por "organizaciones extremistas". La explosión produjo al menos la muerte de una persona.

En la página 16 se lee: *"El barrio del Colegio Nacional conmovido por un hecho. Fallido intento de secuestro. Un hombre joven eludió el secuestro y su consecuente muerte a manos de un grupo armado en plena tarde de ayer. Consternación en el vecindario".*

Eran cerca de las siete de la tarde de ese 15 de marzo. El Citroën iba a la altura de la mitad de cuadra por Alberti, entre San Luis y Córdoba. Fue en ese momento que, con las armas en mano, asomando los caños por las ventanillas abiertas les atravesaron el auto.

Cuando eso sucedió, los ocupantes del Citroën bajaron, Nisembaun, el que manejaba, comenzó a correr y Gómez, Delgado y Durquet alcanzaron a Leventi y lo tomaron de su abrigo, golpeándolo y queriendo subirlo al auto, pero girando rápidamente su cuerpo Leventi pudo quitárselo y ganar una pequeña ventaja sobre ellos que, sorprendidos, se quedaron con el abrigo en la mano. Entonces alcanzó a ocultarse en un baldío en Alberti, entre San Luis y Córdoba mientras Durquet le disparaba con una escopeta Itaka que produjo unas fuertes detonaciones que alertaron a todo el mundo sobre lo que estaba pasando.

El tránsito se detuvo y, ante la mirada de Ullúa, con un pie en el auto y otro en la calle, Nisembaun pudo escabullirse entre los autos y escapar.

"Intentan hacer subir uno al Falcon y el otro escapa... el lugar se llena pronto de curiosos, hay

desorden y bocinazos de los autos que no pueden avanzar... el que tiene asido al acompañante del conductor le da varios culatazos... forcejeaban, le grita 'rendite' y le sigue dando culatazos con una escopeta", Dice uno de los testigos.

El periodista de *La Capital* que publicó la noticia pudo averiguar la patente del Falcon: C-746.329, cuya descripción, así como la de sus ocupantes, coincidía con la del auto en el cual se movilizaron los asesinos de Azorín y Crespo dos días antes. El número de patente correspondía a un Fiat robado.

Un testigo le dice al cronista que *"el joven logró salvar milagrosamente su vida por las características del baldío. Además del pastizal alto en el que pudo ocultarse, seguramente se arrojó a un pozo que hay en el fondo. Cuando sus seguidores se asomaron al lugar en su busca creyeron seguramente que habría saltado los muros del fondo".*

"Se desconoce la identidad de las personas atacadas y un vocero policial mantiene reserva".

Momentos después llegan tres patrulleros, pero para entonces el Falcon se había alejado a toda velocidad.

Todos en "Fuenteovejuna", como se llamaba al ámbito donde circulaba la información sin corroborar, sabían quiénes andaban en ese Sprint (*"era un Falcon azul oscuro y los espejos eran del mismo color y estaban alineados en los guardabarros"*, dijo un testigo al cronista), que también fue utilizado para secuestrar a dos chicos de un colegio secundario.

Leventi pudo reconocer que uno de sus atacantes era personal de seguridad de la universidad.

La causa por el intento de asesinato y secuestro tramitó en el Juzgado Penal Nro. 1 de Provincia, pero sólo fue caratulada como "abuso de arma y lesiones leves". Iniciada el 12 de julio, fue dictado sobreseimiento el 23 de octubre sin haber tenido movimiento alguno, pese a los muchos testigos y a la identificación del auto, corroborada por un taxista que vio el hecho pero que no fue citado a declarar.

Ullúa lamentó que se llevaran el Falcon de nuevo al Sindicato de la Carne, en Buenos Aires, donde quedó guardado para sacarlo de circulación.

El titular de la edición de *La Capital* del 17 de marzo dice *"Dramático llamado a la unidad formuló Balbín"*. La edición también da cuenta de un policía muerto en un atentado con una bomba. Un titular reza *"Desenfrenada ola de crímenes y violencia conmociona al país"*; *"La triple A habría amenazado a la Sra. de Perón"*.

Ares, ministro del Interior, afirma: *"Un golpe traería mayores perturbaciones"*.

La CNU transitaba esa etapa, la que separaba al gobierno peronista que se disgregaba de la dictadura y algo estaba por cambiar, en ellos y en todos.

XV

Conversaciones con El Indio.

Como siempre, Llanos había contado todas las carreras que corrió hasta que se le terminó la herencia familiar y tuvo que volverse a la Argentina, pero el gusto bien que se lo había dado; el relato incluía la mención de esa larga recta en bajada de un circuito de ruta en Italia, a la orilla del mar: «A los 300 km parecía que el capot del Mercedes se iba a volar», decía. A Ullúa le gustaba ese lugar, en una esquina, con esos vidrios grandes y un gran afiche donde, como si estuviera en movimiento, se veía la difusa trompa de un Mercedes Benz W 195 que cruzaba la imagen desde la parte superior del borde derecho para abajo, con letras "Nurburgring" en rojo.

—Si esto camina lo que camina —dijo refiriéndose al Dodge 1500 con el que andaba Ullúa— con 72 hp, imagínate la fórmula 750: 750 kilos y 750 hp. Algo acotó Ullúa porque él siempre tenía algo para decir, algo que completaba lo que decían los demás, mientras El Indio pensaba en lo que había sido ese trayecto desde la calle Yrigoyen hasta la whiskería, en la loma casi la costa, a fondo, saltado las cunetas y tocando la sirena en los cruces de las avenidas.

Los whiskies les estaban haciendo efecto y escuchaban a Llanos como si hablara desde muy lejos. Ullúa se burlaba —siempre se burlaba de alguno— de un tipo que —le había contado Llanos— fue en un Di Tella y cuando preguntó cuánto era, Llanos le dijo treinta y cinco (por trescientos cincuenta pesos) y empezó a sacar billetes y billetes, hasta que Llanos le aclaró. El otro había pensado que eran 3.500. «Es que salgo poco», se disculpó.

Cuando Llanos comenzó a contarles sus carreras a unos que estaban en el otro lado de la barra, El Indio dijo:

—¿Vos crees que esto se va a terminar con los milicos?

—Ya estamos con los milicos... va a ser distinto, va a ser mejor...-

—Pero vamos a tener que obedecer órdenes... nosotros, que fuimos los que luchamos... yo maté como ciento diez zurdos.

—Contame de nuevo lo de la virgencita....

—Ja ja, me encantaba ponerles la virgencita. Se la puse a Scafide, el muy cagón se dejó: «le dije juntá las manos» y le até el trotyl con la mecha. Cuando lo sacamos al Pampa del baúl empezó a gritar: «Nos van a matar», delegados gremiales, combativos, mirá como terminan. La explosión se escuchó cuando nos alejábamos... Esa sí que estuvo buena.

—¡Qué tiempos! Nosotros acá quemamos a uno adentro del auto... Pero decime, ¿lo de las chicas del Mercante, el liceo, fueron ustedes o los montos?

—Ustedes también son bravos... hace unos meses fue, es una larga historia que arranca con la intervención y después con Maldonado, que dando clases se hace el bueno con los alumnos para hacerlos hablar pero que es implacable. En el medio hubo una interna... a una de las pibas se la movía el rubio Richie Walsh...

—¿El rubio Richie, tu mano derecha? ¿Fue él...?

—Y... se quería abrir y la otra andaba con Néstor...

—Ya con diecisiete años hay que ver cómo vienen estas pendejas...

—Sí, una tenía diecisiete, Zanandrea, la otra, Astorga, veinte, la que andaba con Richie, unas turras eran, como aquella otra, la Córica... fuimos con Richie y otros a levantar a la turra esa. Era delegada gremial en el hipódromo, donde el gobernador estaba metiendo gente de él y haciéndose una caja.

—Me acuerdo, la levantaron en la estación, en pleno día. Hay que tener huevos para hacer eso. Las pendejas tenían los tiros en la cabeza...

—No hubo más remedio, una quiso largarlo a Richie y la otra estaba con ella y sabía... Después de la intervención del colegio las cosas se les pusieron más duras a los zurdos.

—Como acá.

—Sí, pero allá era un secundario y además de mi mujer...

—La mía también entró en la universidad...

—Entraron la hija de Osornio, el jefe del distrito militar, el hijo es del grupo y participó de muchas operaciones con nosotros, ya te voy a contar una porque es de película. Se les empezó a poner pesada la cosa, más después de lo de la bomba, esa también te la voy a contar porque también es de película. A las minitas, nada de minifaldas y los varones, pelo media americana y cuando entraba el preceptor «buenos días señor» y nada de hacer sonar el banco al ponerse de pie, y no va esta minita y se mete con Richie. Ella no sabía y los compañeros, que lo llamaban Cuasimodo, le advirtieron, entonces lo pateó y ahí empezó a decir que no iba a terminar el colegio, que se iba a tener que ir, como tuvieron que hacer otros chicos, irse del colegio, hasta que Richie se calentó....

—¿Fue con lo de la bomba?

—Coincidió. La minita lo largó a Richie, pero la otra siguió con Néstor Causa y no sólo siguió sino que se comprometieron y festejaron con un gran asado. Los compañeros le hicieron el vacío pero nosotros nos vengamos... Bueno, ese día estábamos todos ahí, mientras hacían el asado, dale contar cosas, tuvimos muchas aventuras, pero de pronto hubo una explosión terrible, no te puedo decir...

—Sí, Pipi Pomares algo me contó.

—No te das una idea de lo que fue. Con decirte que el tío del Chino voló en pedazos, lo mismo que el perro que estaba oliendo la parrilla con el asado y nosotros terminamos con algunas heridas... Algún hijo de puta tiró una granada desde el paredón que daba a la calle. Te das cuenta, podía matar a cualquiera.

—Los montos...

—No, no fueron ni los montos ni los zurdos sino unos de Buenos Aires, enfrentados al gobernador, con los que habíamos hecho muchos trabajos y que defendían a Isabel en lugar de tranzar con los milicos. Fue un ajuste de cuentas, pero alguien les tiró el dato de que el asado era ahí, entonces fuimos a reventar las casas de algunos de los pibes que teníamos marcados, pero no estábamos seguros de si sabían o no, entonces no levantamos ni matamos a nadie, pero les afanamos de todo y les rompimos las casas: que supieran bien…

—Pero le reventaron la novia al Néstor…

—Una fue por venganza y la otra, ya te digo, era la amiga y sabía. El Néstor entendió, seguro con alguien había hablado y se corrió la bola y nos habían tirado la bomba.

—Qué grande, parece una película… Mirá Indio, las películas que se podrían hacer con todas nuestras acciones, ¿no? Otra que *Harry el sucio*. Qué sabrán Harry el sucio, Michael Corleone y Popeye… el de *Contacto en Francia*.

—Esto no es nada… mirá que hay para contar. Esto es una guerra y estamos en la lucha y no nos importa.

Hicieron un silencio; mientras bebían otro trago de *whisky* giraron la cabeza para la izquierda: a unos metros Llanos les contaba algo que no alcanzaban a escuchar a unos tipos de bigotes y hacía un gesto colocando una mano horizontal con la palma hacia arriba y la otra derecha por encima, en ángulo…

—El Mercedes parecía que iba a salir volando —dijo Ullúa riéndose y haciendo gestos con sus manos pequeñas y regordetas—. Y esos deben ser sindicalistas se me hace, pero no de los nuestros.

—Mucho Mercedes pero no hay como el Falcon… y cuando nos afanamos cinco Fiat 128 de una cochera; ese fue un golpe como el del camión que llevaba varios Peugeot XSE nuevos, de esos con el tablerito de competición, los llevaban a una agencia…

—Los estarán esperando… —dijo Ullúa riéndose con unas carcajadas tan sonoras que Llanos dejó el Mercedes y se dio vuelta para mirarlo.

—Que sigan esperando —se rió El Indio—. Con esos levantamos a Patulo Rave hace poquito, iba también el siete de infantería… terminó colgado de un alambre sobre un puente…

—Sí, el 24 de diciembre, hace muy poquito… Yo estoy pensando en después, en seguir con esto, pero aprovecharlo para otra cosa…

El Indio lo miró.

—Estoy en lo mío —le dijo—. Voy a seguir. No sabés todo lo que tengo en la quinta…

—Los de La Plata son un ejemplo para nosotros. Tuvieron que enfrentar muchas más cosas, la universidad de allá es muy grande y está cerca de Buenos Aires.

—Pero vos las pasaste. Fuiste preso.

—Por eso, hay que hacer que todo eso sirva, aprovecharlo… Pero acá no tuvimos infiltrados como ustedes. Acá el enemigo siempre fue claro: los montos, los judíos, los bolches… Contame bien lo del infiltrado.

***

Cuando sucedió el golpe todo el mundo pensaba que la violencia terminaría y, tras el anuncio de que quienes asumieran cargos públicos iban a cobrar solamente su sueldo de militares, se pensó que esa disminución del gasto público significaría —tras el Rodrigazo— un efectivo ahorro de dinero y que ese dinero volvería a la población de la cual había salido. Todos pensaban que una nueva era de honestidad comenzaba. Sin embargo, pronto fue claro que los sacrificios y la pobreza continuarían pero que no se podría protestar.

Mientras, una nueva mentalidad fue surgiendo. Postulaba tácitamente la precaución y el silencio, la conformidad y la aceptación y aprovechaba la plata dulce en viajes hasta entonces impensados; pero en aquella lejana época lo que yo menos imaginaba era que algún día podría viajar. El mundo entero parecía quedar muy lejos y la felicidad ser remota e imposible.

Había un matrimonio mayor que trabajaba en el juzgado, los López. Habían sido dejados cesantes con alguna oportunidad y ahora eran repuestos en sus cargos. Él protestaba por todo pero elogiaba a los militares y, como muchos, los dos vivían viajando y recorrían el mundo. Lo que más les gustaba eran esos números vivos de sexo que veían en Ámsterdam y que contaban con lujo de detalles escabrosos, comentándolos con compañeros o con abogados que también viajaban. Todos enumeraban además las cosas que compraban en el exterior y que traían de a dos. Museos o salas de concierto, ni una.

Acá todo era censura pero ellos elogiaban al Gobierno, a Videla, a Martínez de Hoz y se quejaban de que en el exterior criticaran la ceremonia de apertura del Mundial de Fútbol, aludiendo a que las formaciones, movimientos y banderas recordaban a los europeos a las juventudes hitlerianas.

En esa época ya no veía ni a Ullúa ni a mi prima Gilda. Piatti y mi otra prima estaban en la obra de la represa de Salto Grande. Antes de eso él buscaba alejarse de Mar del Plata y se había ido a Río Grande, en el extremo sur.

La CNU parecía haber desaparecido. Luego de que vino el nuevo fiscal aquellos personajes tenebrosos de 1975 dejaron de ser vistos.

Por mi parte, todo esfuerzo se concentraba en vivir sin mi mamá, en sobrellevar el juzgado que era como un cuartel laico y en tratar de adaptarme a la nueva vida de mi papá. En todo eso fracasé, pero me doy cuenta ahora de que no fue por mí, de que en el fondo fue algo bueno porque uno no puede, sanamente, adaptarse a todo eso.

***

Con mucha cautela extraigo la tapa metálica de la pequeña bandeja con la carne. Está caliente, huele bien y unos diminutos granos de arroz se esconden en el vértice superior izquierdo prestos a arrojarse al vacío en ese ataque artero que siempre hace el arroz.

Levanto el tenedor haciendo equilibrio. Como y bebo lentamente, procurando que el trance dure mientras, sin posibilidades de leer ni de ver nada, pienso en David el gladiador de *Espartaco* y las cuatro etapas de su vida: la época del no saber; el saber; la esperanza y, finalmente la cuarta, la desesperación, en la cual nos damos cuenta de que la esperanza nunca había sido posible y de que vivir es levantar un muro para protegerse del mundo todo lo que se pueda.

Pensaba que la esperanza me llegó cuando la había perdido y que eso fue muy tarde en la vida, mientras, aunque no muy conscientemente, vivía el no saber: no sabía, o era mejor no saberlo, que las decisiones de mi papá iban a ser funestas para mí; que el juzgado significaba una mentalidad que muta en las apariencias pero que siempre es igual y que, aunque pensara que eso no hubiera sucedido aún, en algún punto que todavía el juzgado no había alcanzado, las leyes y pronunciamientos garantizarían una justicia efectiva, cuestionarían un estado de cosas, determinarían responsabilidades y condenarían a quienes las tuvieran.

Cuando perdí esa esperanza nació otra: la que tenía en mis propios medios que aun ínfimos e inútiles, eran míos y que me permitirían hacer una única cosa que, aunque también fuera inútil, también sería mía: escribir, que es una manera de sobrellevar y de entender.

Mientras, todo estaba como en un letargo: antes de las siete de la mañana mi papá decía «arriba», encendía la luz y aparecía en la puerta con un jarro de mate cocido que yo tomaba mientras me vestía, siempre con lo mismo. En la cocina él escuchaba *Buenos días señor día*, el programa de Víctor Abel Giménez que así brindaba su *"saludo mañanero"*. Al llevar el jarro a la pileta y lavarlo iba por las efemérides: *"Voy a dar los detalles del día porque cuando los dije usted dormía como un potrillo blanco"*, y ya cuando íbamos en el Falcon pasaba *"la samba en recuadro"*. Para cuando mi papá me dejaba en Tucumán y Brown ya iba por esos recitados sensibleros con fondo de guitarra sobre temas telúricos, alternándose con obras tan profundas y tristemente bellas como *Mi peón, Segundo Molina* o *Nadie me fue a despedir cuando me fui de la estancia* de José Larralde. Mi papá dejaba el Falcon en la playa de estacionamiento de los tribunales de provincia y yo me iba al juzgado, en Brown entre Arenales y Lamadrid, a una cuadra y media. Mis pies pesaban toneladas. A eso de las ocho y media venía el oficial primero, hijo de un ex comisario. Para él la secretaría era precisamente eso: una especie de seccional en la cual reinaba y podía hacer todas esas cosas por las cuales hoy día la gente termina con "licencias por largo tratamiento" y que antes eran sencillamente la realidad, el estado de cosas. Alto y morocho, con unos gruesos anteojos oscuros, su instrucción primaria no le permitía distinguir "excepciones" de "ecsecsiones" (tampoco la secretaria distinguía "indexación" de "indexaxión"). Él moriría mucho después, víctima de una desenfrenada sesión con dos acompañantes sexuales que, al sobrevenirle un ataque fatal, lo desvalijaron y desaparecieron.

Pero en 1975 estaba en su apogeo e imponía esa disciplina castrense igual a la que se vivía en la calle.

Pronto comenzaron a desfilar "los de los *habeas corpus*", cuya presencia en sí misma cuestionaba aquel bienestar en que debía creer la mayoría para no sentirse en peligro.

***

Como el oficial primero había muchos otros.

El principal, que trabajaba en la secretaría dos, era el epítome de todos, el tipo más puro, más de acción de toda aquella oscura galería que eran el juzgado, la fiscalía y la defensoría en los años de plomo.

El principal hablaba todo el tiempo de lo que había hecho en un pasado remoto que lo templó como un soldado valiente y un fascista militante. Era un hombre "muy derecho" y retaba a todos los presos. A nosotros también nos retaba porque, a diferencia de él, éramos sólo empleados y nunca habíamos sido lo que se dice gente de acción; pero él sí. No sólo había pertenecido a las "Fuerzas de Seguridad", sino también a la Agrupación Tacuara, no precisamente dedicada a la cestería.

No era el único en aquellos días iniciales del juzgado, esa tierra de las últimas oportunidades.

En sus servicios pasados en tantísimas comisarías de la capital sintetizaba que «cuando no se podía no agarraba nadie pero cuando se podía agarrábamos todos», confesaba, refiriéndose a las regalías que, por distintos conceptos, cobraban gracias a aquel comisario que le había inculcado el concepto de democracia en su versión o todos o ninguno (una mística seguramente perdida). «Yo tengo cinco homicidios, pibe», decía, pero nunca llegó a contar detalladamente ninguno.

Luego eran las hazañas sexuales, aquellas que sobrevinieron cuando vendía enciclopedias de puerta en puerta, si Nicolella y García habían sido contratados por la universidad, el principal bien podía vender enciclopedias. Como la de los homicidios, era una hazaña sin documentar. Lo cierto es que alegaba que muchas mujeres necesitaban, por decirlo suavemente, su afecto. Será mejor obviar otros detalles de aquella larga épica de Tom Jones.

El principal era enorme, miraba torcido y alzaba el dedo índice antes de empezar sus peroraciones. Su piel de paquidermo estaba hendida de arrugas. Propuso una vez cobrar distintas tarifas por distintas resoluciones. Lo haya hecho o no, en ese, su viaje por el mundo de las causas penales, en el que lo guiaban las clases recibidas en la escuela de policía, había algo que le disgustaba mucho: que la gente viniera con *habeas corpus*, que preguntara por sus detenidos y que se quejara. Eso, en verdad, mucho no lo hacían: nadie se quejaba, nadie decía nada; todos aceptaban, todos callaban, todos obedecían o al principal o a los que eran como el principal pero más invisibles, por estar más alto o ser más poderosos: esos que nunca se sabía quiénes eran. Una vez un señor dijo: «Usted sabe lo que es esa gente» (¿sería padre, abuelo, amigo de algún desaparecido?). Para qué. Él le contestó: «Yo pertenecí veinticinco años a esa gente», luego sobrevino una encendida arenga: la conclusión era que la vida es un camino donde, no importa qué derroteros describamos, siempre vamos a ir a parar a alguna de esa gente, esté acá o esté allá, sea como el principal o no lo sea. Tiempos y estilos cambian, las reglas del juego no.

Pero si todo aquello le molestaba, lo que decididamente le enfureció fue cuando la gente empezó a traer los *habeas corpus* con formularios de la Comisión Interamericana de Derechos Humanos. Entonces, alzando su dedo, los increpaba diciéndoles:

«Esto a usted alguien se lo hizo». No podían tolerar que un organismo internacional se entrometiera en "la guerra" que habían ganado y se interesara por los izquierdistas que habían puesto bombas y matado gente.

En aquella época, los argentinos eran derechos y humanos y cuando la Comisión Interamericana de Derechos Humanos entregó su informe pocos se enteraron porque la Argentina había ganado el mundial juvenil con su futbolista estrella.

El principal siguió derroteros como los del país: dejó a los presos y ascendió a un puesto en el que controlaba fondos. Lo demás es fácil de imaginar.

Igual que Fiore, manejaba en un auto secuestrado en la causa "Jefatura de inteligencia judicial s/ Denuncia". Andaba en ese Peugeot 504 cuando el propio juez fue a detenerlo y lo encontró no en su casa sino, de casualidad, en un bar, donde jugaba a las cartas, sin saber que las suyas ya habían sido echadas.

Los mismos nombres que aparecían en los *habeas corpus* aparecieron en el informe de la CONADEP. Para ese entonces el principal ya había salido de la cárcel y era una sombra. La última vez que lo vi caminaba bajo la lluvia con una campera azul, como había sido su uniforme. Perdidas su casa y su familia en los pasadizos del tiempo, vivía en un hotel de mala muerte.

Su mundo cayó y se reorganizó, pero él quedó afuera. El principal se ha perdido en el olvido y los otros definitivamente se han convertido en el mal, así como se ha convertido en el bien todo aquello que los condena. Antes eran ellos el bien. Sujetos como el principal y los que eran más grandes, invisibles y poderosos. Esa clase de gente era el bien: «Los argentinos somos derechos y humanos».

El bien y el mal son siempre lo mismo y a la vez cambian, se adaptan a las circunstancias mutables de ese mundo que cae y se reorganiza y que al hacerlo siempre arrastra a inocentes. Inocentes que mueren, inocentes que purgan lo que hicieron quienes no lo eran, inocentes que reclaman, luchan y cuya vida es la cruzada por sobrellevar a un mundo sin inocencia.

La épica del principal, después de todo, fue en vano.

***

—Enrique, el Tío… esa es digna de una película de espionaje.

—¿Enrique se llamaba?

—No sabés lo que era, rubio, chiquito, simpatiquísimo, muy inocente, cara de nene. El padre era abogado, bien de derecha, ultracatólico y había sido socio y testaferro de monseñor Plaza en el Banco Popular, que quebró hace unos cuantos años y que dejó sin nada a muchos que habían puesto plata ahí…

—Bien de judío, quedarse con la guita ajena; vos sabés que una vez una persona fue a una hostería en Córdoba y había una Biblia forrada como en cuero, pero no parecía cuero y era distinto de cualquier otro material, parecía natural pero no se sabía qué era, se lo sentía muy suave y agradable al tacto y distinto a todo. Entonces esa persona le pregunta a la dueña de qué estaba forrada y ella sabés qué contesta… «De piel de judío… Mi marido la trajo de Alemania…».

—Muy bueno… para eso sirven.

—Para forrar biblias, hacer jabón y plata…

—El padre del Tío no era judío, pero de plata sabía mucho, eso te lo garantiza Disandro… Pero supiera o no, lo mataron a mediados del año pasado, no, sino del anterior, el 74. Fue confuso. Nunca se supo bien, pero alguien quiso cobrarse la factura y quedaron el Tío y la madre entonces, que lo adoraba y él quiso estudiar Derecho.

—Como el padre.

—Sí, pero no en la Católica sino en la Nacional.

—Una cueva de zurdos.

—Eso. Ahí el Tío empezó a tener otras inquietudes pero seguía yendo con nosotros a las reuniones con Disandro, López Osornio, Patricio, yo y todos los otros; estaba en esas reuniones y en las otras, donde planeábamos las operaciones y hacíamos liberar las zonas y a que no sabés qué hizo…

—Me imagino.

—En la facultad se acercó al grupo universitario de base de las Fuerzas Argentinas de Liberación y él mismo les propuso ser un doble agente, diciéndoles toda la información que tenía y comenzó a pasarles todo, pero todo, pero mirá si serán boludos los zurdos, que primero cuando les pasó el dato de que íbamos a reventar a Rusconi, del Partido Comunista Revolucionario, dieron tantas vueltas que si sí y que si no, que cómo se le avisa y por medio de quién que entre medio ya lo habíamos matado.

—Es inútil, digno de zurdos.

—Le pasaba la información a Omar Núñez y a José María Company y no va que Núñez empezó a armar una carpeta con los nombres, las operaciones y las fotos… de Disandro en las reuniones había, pero eran tan boludos que no sabían qué hacer con todo eso, si pasárselos al ERP o a los montos… típico de zurdos, se la pasaban deliberando…

—Bien que meten bombas. A mí me tocó una.

—Es un decir, pero para seguir sacando información el Tío necesitaba participar más y más, estaba cada vez más metido y llegó el momento en que decidí que tenía que salir con nosotros porque era uno de los nuestros y para él si se borraba iba a ser más sospechoso: estaba entre la espada y la pared… Pero no sabés lo que pasó entonces…

—No me digas... los perdió un detalle.

—Uno grande, muy grande o mejor dicho dos.

Los sindicalistas estaban muy animados hablando con Carlitos. Les gustarían los autos. Les servía otro *whisky*.

—El Tío les dijo que en la iglesia donde nos reuníamos había una salita donde guardábamos las armas. Entonces empezaron a vigilar la iglesia y a algunos de los que íbamos a las reuniones, pero…

—Algo hicieron mal porque no les da.

—Ese día se desencadenó todo porque primero detuvimos a Núñez, Company y Céspedes, de las Fuerzas Armadas de Liberación, que estaban marcados pero que se salvaron porque cuando entramos a la casa uno empezó a gritar y alertó a dos monjas que llamaron a la policía y la policía fue…

—¿Fue?

—Creer o reventar. No sabían nada y los muy boludos fueron. Igual los molimos a palos, tanto que la Federal no los quería recibir de cómo estaban y hubo que hacer un acta; hubo que blanquearlos porque había intervenido la policía y entonces, cuando les dimos vuelta la casa qué había ahí…

—La carpeta con todos los nombres.

—En la carpeta había información de todos; entre ellos, del subjefe del distrito militar, el hijo… todo. Y ahí saltó que no podía ser otro que el Tío el que les daba la información porque iba a la universidad…

—Que huevos el hijo de puta ese —dijo riéndose.

—Y cuando López Osornio se entera de eso, de que lo espiaban a él como a los demás, mira por la ventana y ve un auto parado enfrente y se le pone que era del que lo están vigilando y sabés qué hace, va hacia el auto con las llaves del suyo en una mano y la pistola en la otra y el auto que estaba enfrente de pronto arranca y sale, entonces lo sigue con el hijo, van a toda velocidad hasta que en 47 y 17 lo alcanza, lo encierra y sin decir una palabra se baja y le vacía el cargador, como el otro estaba desarmado le plantaron un revolver 38 corto.

—Qué grande, bien de Popeye… Me imagino el fin de la historia, el Tío cocinado a balazos en el camino ente Villa Elisa y Punta Lara.

—Tal cual… pero eso no fue todo, la misma noche que hicimos lo del Tío levantamos a Sastre, un colimba del colegio nacional que estaba haciendo el servicio militar bajo las órdenes de López Osornio y era amigo del Tío. Lo levantamos a la salida de un boliche.

Hubo que esperar. Qué cosa los antros a los que va la juventud… Le metimos dos balazos a quemarropa y lo tiramos en una cantera y con lo del Tío primero no dijimos nada, pasaron unos cinco días, del 7 al 11 de abril y una noche lo llamamos a la casa. La madre lo malcriaba… ya había perdido al marido. Lo citamos con una excusa. No sé si habrá sospechado algo o no, pero en lugar de escaparse fue, sabría que era inútil, que estaba vigilado, querría proteger a la madre, no sé. Primero lo llevamos al estudio del padre, abrimos con una barra de hierro y lo torturamos ahí para que diera más nombres. Lo demás ya te podrás imaginar.

—Me acuerdo de la noticia, el Dodge 1500 celeste acribillado a balazos con el cuerpo adentro.

El Indio hizo una pausa y miró para afuera. Se quedaron en silencio durante unos momentos.

—Muchas cosas, sí, han pasado muchas cosas —dijo levantándose y haciéndole una seña a Llanos para que les cobrara, pero tardaba.

Se hizo un silencio.

—De todo hicieron.

—Sí, hasta matamos al intendente de La Plata en plena ruta, pero ahora empiezan otros tiempos…

—Sí que estuvo buena, una intervención comando, jaja.

Carlitos se acercó y les preguntó qué tal.

—Muy bueno, cuánto es —dijeron tibiamente.

—Espero que vuelvan pronto… —les dijo mientras hacía un gesto con las manos: los tragos iban por cuenta de la casa.

—Sí, así nos contás de Nurburgring…

—Ahh, Nurburgring, no sabés lo que es, arbolado, lleno de curvas difíciles...

—Gracias Carlitos... Ah, Carlitos... —Ullúa no pudo con el genio—, quiénes eran esos sindicalistas...

—¿Sindicalistas? No, uno tiene un lavadero y el otro un restaurante, de política no cazan una, iban a juntarse con unas minas pero querían tomar algo primero.

Sin la menor brizna de viento y con una linda temperatura la noche estaba preciosa. Fueron hacia el auto y El Indio le pidió que lo llevara hasta el hotel del sindicato de marítimos unidos, imaginándose lo que iba a ser ese viaje por el camino de la costa a toda velocidad. Era parte de «la aventura de vivir peligrosamente, como decía la mujer de Flipper, pobre, como lo cagaron matando», acotó Ullúa cuando El Indio le comentó eso.

Mientras entraban al auto Ullúa le dijo:

—Te das cuenta, el Tío murió al pedo, todo lo que juntó quedó ahí y lo encontraron ustedes, se jugó por nada.

—Y bueno, es la "aventura de vivir peligrosamente".

—Para mí —dijo El Indio cambiando bruscamente de tema— que esté lo más cerca que estuvo de un Mercedes fue cuando se tomó un taxi 170, un hormiga negra...

Ullúa se rió.

***

Como todos, mi papá, que estaba en el Poder Judicial de la Provincia de Buenos Aires desde 1945, permanecía "en comisión". Es decir que podían echarlo por cualquier cosa en cualquier momento, como pasó con su viejo compañero Pepe Verde, empleado del Tribunal de Menores desde hacía años, peronista, militante, que fue suplantado en su cargo de secretario por la esposa de un teniente primero.

Poco después del golpe, el fiscal Demarchi dejó su cargo y volvió a la profesión —según Ullúa, seguía ejerciéndola aun en lo que, con mucho optimismo, podríamos llamar la función pública— y vino otro fiscal, uno de carrera, que fue dejado cesante por la democracia, que colocó en su lugar a la esposa del defensor del asesino de Silvia Filler. El Poder Judicial tiene esas paradojas, esas idas y vueltas que hacen que quien está ahora le deba el cargo a quien habrá de acusarlo de algo para ganar alguna ventaja para, a su vez, ganar más poder para ganar más ventajas que significarán —ellos piensan— más poder. Así cayó Demarchi, cuya "actuación" había permanecido en un piadoso olvido durante unas tres décadas, en las cuales promovió a muchos a los cargos que detentan en éste, el momento de su caída en nombre de lo que antes era invisible y hoy es políticamente correcto.

En esos días en que Chinicci acababa de asumir como fiscal llevé un expediente a la fiscalía: en lugar del bullicio habitual imperaba un denso silencio, en el espacio del cuadro de Rosas había un hueco y sobre el escritorio de Ullúa una bandera argentina. Él y Justel, peinados y bien sentados, permanecían muy serios y silenciosos, algo absolutamente reñido con su carácter.

La ola había roto y los precipitaba en una nueva orilla.

A los pocos días el nuevo fiscal les pidió la renuncia, si no la presentaban los sometería a un sumario administrativo.

Renunciaron.

***

Desde entonces sólo vi a Ullúa muy pocas veces y su figura fue haciéndose más distante y difusa.

Antes de su renuncia fui una vez a la casa de él y mi prima con Rafael Segura y fuimos con mi prima a comprar empanadas. En aquel momento tenía un Dodge 1500 blanco. Mi prima se bajó a comprar las empanadas y dejó mal estacionado el auto. No recuerdo si traté de estacionarlo o de apagarle alguna luz, pero lo cierto es que apreté una tecla y sonó una sirena igual a la de un patrullero y la gente comenzó a darse vuelta y a mirar, aterrorizada, en dirección al auto. Entonces salió mi prima del negocio con las empanadas y alzando el índice de su mano derecha y describiendo círculos con él y riéndose imitó el sonido de la sirena y dijo algo como: «Uhú, uhú… qué susto». Luego fuimos a una whiskería de un amigo suyo que decía haber corrido en Nurburgring con un Mercedes Benz.

Las pocas veces que lo vi después, al interrumpirse esa asiduidad que había habido con ellos, adoptaba un aire tajante, esa mirada "que corta la mayonesa".

En 1977 murió mi tío, en un accidente en la ruta a Necochea: la camioneta Chevrolet en la que viajaba chocó contra un ómnibus de El Rápido que se había parado en plena ruta. Su pequeña fábrica de detergentes había sido absorbida por una firma grande y prometedora pero dudosa, de la cual él era gerente de ventas y seguía visitando a sus clientes habituales pero ya no en el Ami 8, sino en una Chevrolet nueva.

Luego de su muerte, la firma negó toda vinculación y de tener un buen estándar de vida mi tía y la menor de mis primas tuvieron que salir a vender ropa para vivir.

Fue en aquella época que mi tía dijo: «Ullúa trabaja en el GADA, tiene una oficina y todo».

Son varios, y coincidentes, los testimonios de personas que lo vieron, a él y a Cincotta, en el Grupo de Artillería de Defensa Aérea (GADA), en las oficinas del coronel Barda. En algunos casos, brindó informes sobre detenidos, hizo gestiones, o estuvo con algunas de las personas que lo vieron allí y en un estudio jurídico, posiblemente el del Mudo de la Canale.

En la secretaría dos del juzgado Fiore, que tenía con los militares una relación tan estrecha como la que tuvo antes con los peronistas, iba a los asados de la "comunidad informativa", así se llamaba a los servicios de inteligencia cuya misión en esa época era la de individualizar a los futuros desaparecidos. Uno de los agentes de ese servicio era un hombre alto y canoso, delegado municipal de Batán que, como yo, iba a inglés a lo de De Cecco. Había formado pareja con la ex esposa de un desaparecido (cosas del universo femenino que jamás podré entender). Decía tener campos. Una vez De Cecco le dijo —sin anestesia, frente a todos—, aludiendo a que no le había abonado el pago mensual: «Che, vos que tenés campo, por qué no me pagás los cinco palos».

Hacia 1977 Ullúa, junto con otros, tenía una agencia de seguimientos e "investigaciones" (Agencia País) y una de las veces que fui a lo de mi tía, Ullúa estaba reunido en el *living* con un grupo en el que se encontraba el ex delegado municipal de Batán. Salí de la escalera y los vi: se hizo un silencio espeso y sentí un escalofrío en la espalda.

Ullúa fue convirtiéndose en una especie de fantasma. En casa comentaban su "tren de vida", sin que se supiera en verdad a qué se dedicaba. Tenían dos autos, mandaban a sus hijos al Gutemberg: mi prima los llevaba en una de aquellas van Suzuki, pequeñas, que tenían una forma que copiaba, en grande, al envase de un conocido un pan lactal. Las pocas veces que lo vimos a él, siempre andaba en un auto distinto.

Ese tren de vida iba a terminar bruscamente el 12 de julio de 1988.

Antes de eso, cuando el juzgado ya estaba en la loma, se apareció allí con alguien —de apellido Barsochini— a quien llamó "mi jefe", que había sido citado para prestar declaración informativa. Era un hombre corpulento, con ojos pequeños y cercanos a la nariz, aunque profundos y escrutadores, en ese gesto duro que tenía su rostro. Sin aclarar mayormente de qué era jefe Barsochini, Ullúa alegó que viajaría a Europa esa misma semana y quería declarar antes de irse. Le pedí que fueran a las diez de la mañana siguiente —para tener tiempo de leer la causa— pero a las siete y media ya estaban allí. Era algo referido, como no podría ser de otra manera, a un arma de guerra, creo que un rifle. Desconfié de esa anticipación en la hora convenida pero, de todos modos, se negó a declarar y la diligencia se circunscribió solamente a hacer el acta.

Esa fue la última vez que vi a Ullúa.

A partir de entonces se convirtió en una especie de leyenda, una que crecía a medida que iba enterándome de más cosas de él y, a la vez que su imagen se quedaba fija en la de aquella mañana, su sombra se agigantaba.

XVI

En 1983 el juzgado y los ministerios públicos se mudaron del edificio de departamentos de Brown 1848 a la casa de Viamonte y Bolívar, que pude conocer antes de todas las refacciones a que se vio sometida.

En la casa de la loma comenzaba otro capítulo.

Un personaje clave en esta historia y en nuestras vidas —Calígula— aparecería en 1985.

El juzgado crecía y, al menos externamente, cambiaba: aparecían otras personas, venían de otros lugares, acudían otros litigantes por otros temas. Los que llegaban después ignoraban lo que había sucedido antes y no creían necesario saberlo, seguros como estaban de ellos mismos y de sus propias posibilidades de darle su impronta al sistema. Ya no era como en los años setenta, ahora había que hacer órdenes de allanamiento, notificar al defensor oficial, tramitar los *habeas corpus* y hacer detalladamente las actas de cada acto procesal, entre muchas otras cosas.

Todo cambiaba y todo crecía en esa casa de piedra en lo alto de la loma, elevada todavía más por el promontorio en el que estaba edificada, alturas que hacían que, de varias ventanas, en especial desde las más altas del segundo piso, originalmente destinado al personal de servicio, pudiera verse el mar que, muchas veces, inspiraba una calma que contrastaba con toda la marea de lo que sucedía adentro.

Los presos iban y venían en aquellos turnos en pleno verano, con sus porros, sus "tucas" y sus hojas de marihuana y cada vez que sonaba el teléfono se me detenía el corazón hasta poder descifrar una frase como «habla el principal fulano, de la comisaría de Las Toninas para informar del hallazgo de estupefacientes en poder de…». Con suerte la comisión llegaría a las tres de la tarde. Invariablemente la primera pregunta era: «¿Hay algún menor?», y si la respuesta era «no», sobrevenía un suspiro de alivio porque si era «sí», había que ubicar a alguien de la familia y hacerlo venir para entregárselo. Eran familias, ya entonces, precarias, disgregadas y muchas veces desapegadas y cumplir el rito legal era como subir un palo enjabonado con una cuchara en la boca, en la que hay un huevo.

Otra presencia invariable era la de esos denunciantes que, haciéndonos dejar todo para atenderlos, venían a revelar la conexión local de Mossad o una oscura red de tráfico de cosas: «Tengo todo acá», me dijo uno, sacando una bolsa de polietileno arrugada llena de papelitos con muchas marcas y dobleces oscuros.

La única manera de sacárselos de encima era tomarles declaración.

***

El denunciante está sentado frente a mí, pero no se saca esos anteojos ahumados de pringosos vidrios negros. De su saco oscuro se alza ese vaho de ropa sucia y percudida. Comienza a hablar. Empieza con una digresión que necesita hacer para explicar lo que habrá de venir más tarde: alude al tema central, pero habla de otro, como si caminara con un pie en la calle y otro sobre el cordón. Pasa el tiempo. La digresión no se cierra sino que se expande hasta indicarnos, inequívocamente, la cruel verdad: su discurso es una digresión y no hay nada a revelar, no existe esa gran verdad, ese dato concreto, esa poderosa red. Cuando alegaba que no tenía más tiempo porque debía atender a los presos, respondía violentamente —porque fue muchas veces— diciendo que lo que tenía para decir era más importante que cualquier preso porque se trataba de algo grande.

Una señora vino a denunciar que le hicieron "una expectativa de asfixia" y que en la sucesión de su padre "hubo siete muertos".

La única manera es dejarlos y tratar de ir cerrando el acta, con la promesa de tomar medidas drásticas y urgentes después, valioso tiempo en que podremos atender a uno o dos detenidos más. Algo se nos ocurrirá para decirle la próxima vez que venga.

En un grupo grande ha caído un joven de cabellos largos que no deja de preguntar por un menor. Es vidente y dice haberle tirado las cartas a gente tan famosa de la farándula como "la señora Moria Casán". Un don fallido que no le permitió adivinar que iban a hacerle el procedimiento y a descubrirle la droga.

Pleno verano. Uno de aquellos viejos turbos que estaban en el juzgado de Brown empieza a hacer ruido y la hélice a girar más lenta y trabajosamente. Le aviso al habilitado que, como estudiante crónico de economía, está para cosas mucho más importantes que hacer arreglar todo lo que se rompe, salvo que lo que se rompa esté en el despacho del juez. Llega y pulsa la botonera del turbo que arranca en su pesada hélice con un denso traqueteo. El habilitado se agacha, mira al frente y coloca sus manos en el imaginario comando de un avión mientras dice: «El capitán Kirby nos dijo que era una misión suicida» y comienza a producir ruidos onomatopéyicos y simular con sus puños los estallidos del *flack* en las cercanías de un imaginario avión. Luego grita: «¡Perdimos el número dos!», se tira al suelo y exclama: «¡Nos derribaron!», pulsa de nuevo el botón, se levanta y se va. El turbo se detiene para siempre: nadie lo arreglará.

***

Una tarde salía del juzgado y el habilitado también estaba yéndose. Ofreció llevarme en un pequeño ciclomotor en el cual cargaba una caja de madera con libros, porque así como durante el verano se dedicaba a la venta ambulante de artículos de playa —paraba en Luro y Santa Fe y gritaba «cómprenle al turquito» y si le pedían rebaja decía «que Alá no lo permita» y hacía como si se cortara la mano, pero en el juzgado trataba mal a casi todos, desde el juez, que era su amigo, para abajo—, a la tarde también salía a vender libros jurídicos, que son caros y pesados y que muchas veces sirven para muy poco porque la gente va a buscar en ellos no la solución correcta del caso sino lo que quiere encontrar para resolverlo de una determinada manera. «Vení que te llevo», me dijo y comenzamos a bajar la empinada loma de Bolívar. Cuando estaba por cruzar Lamadrid el semáforo se puso rojo y entonces bajó los pies y empezó a gritar «ay, ay, ay» y una señora mayor y un auto se detuvieron y lo dejaron pasar en rojo. «Siempre resulta», dijo y agregó: «Es que no tengo freno atrás y si no hago así no puedo frenar».

Fue a ese escenario al que comenzaron a llegar, un buen día, las denuncias de la CONADEP y la secretaria y la prosecretaria las miraban como si fueran a picarlas y esa picadura pudiera, eventualmente, causarles un sarpullido o una grave dolencia. Pero no hay nada grave, nada que no se arregle, como decía uno que fue sumariado varias veces y en sus llegadas tarde entraba por la ventana: «el papel aguanta todo» y «acá con un piolín y una carátula le tiramos la preventiva».

Pronto el engranaje de la justicia empezó a chirriar y, a su pesar, a girar haciendo lo que siempre se hace en esos casos: citar a las víctimas para que cuenten todo de nuevo bajo la vaga promesa de que algo se haría, eso sí, no se sabía qué ni cuándo.

Pero algo sí sucedió, aquello negro y difuso que se cernía en los setenta comenzaba a tomar formas y nombres, de lugares y de personas y, más adelante, comenzamos a citar a quienes nunca imaginaron que serían citados.

Fue en todo ese paisaje del habilitado, los presos, testigos, medidas y trámites que sucedió lo de la "Operación Langostino".

El 12 de julio de 1988 tuvo lugar el primero de los procedimientos de la "Operación Langostino" en el marco de una investigación del juzgado en lo penal económico de Capital Federal a cargo del juez Julio Virgolini: doscientos cincuenta y seis kilos de cocaína de máxima pureza con valor de dos millones de dólares en cincuenta y un paquetes en papel metálico sellados, documentos falsos en una camioneta y otros trescientos kilos en otra. En una cupé Taunus fueron hallados treinta y seis mil dólares.

El 15 de julio ya había ocho detenidos.

Algo que no sabíamos entonces y que surge de las publicaciones en las que el *Diario La Capital* va informando sobre los progresos de la investigación y sus resultados es que la organización contaba con una pista de aterrizaje en Santiago del Estero, a donde llegaba la droga desde Bolivia. Hubo detenidos en Mar del Plata, Capital Federal y Avellaneda.

El procedimiento fue tan importante que el presidente Alfonsín felicitó al comisario Pirker, jefe de la Policía Federal. La droga, acondicionada en cajas de langostinos, estaba destinada a la exportación a Europa y Estados Unidos. La organización era de tal envergadura que hasta contaban con equipos de radio.

El 20 de julio allanan la casa de Ullúa y de mi prima. Encuentran armas: fusiles FAL y escopetas Itaka. La cantidad y calidad del armamento es tal que la instrucción considera la hipótesis de que Ullúa podría hacer contrabando de armas, además de drogas o participar de actividades golpistas. Calcomanías de Aldo Rico, credenciales y fotografías de Onganía y un cuadro del capitán Cativa Tolosa, asesinado por la subversión, parecerían sustentar esta hipótesis.

Orsini, uno de los imputados, era dueño de la Agencia de Investigaciones VIP, que tenía a su cargo unas cien personas: Ullúa era su jefe de operaciones.

No lo vi en aquellos días en que le tomaron declaración en la otra secretaría y lo remitieron a Capital Federal

Finalmente, la justicia parecía haber alcanzado a Keyser Söze (alguna vez mi papá afirmó que contrabandeaba armas) de una vez y para siempre y comenzó a ser una especie de cierre de la historia.

Pero algo más estaba por pasar.

***

Una vez terminada la frugal cena, ordeno las cosas en la pequeña caja metálica de la comida y espero a que la retiren.

El personal de a bordo ha dejado de pasar por el momento y los pasajeros —excepto los que duermen— trabajan afanosa y prolijamente en su comida. Luego de un rato, mientras el avión surca el cielo de la noche helada a diez mil metros de altura, comienza el retiro de las bandejas. Los carros se detienen, quienes los llevan calan el freno y recogen las bandejas sin casi mirar al pasaje.

Luego comienzan a pasar, los hombres con esas camisas de manga corta y por encima un chaleco azul y las mujeres con el cabello recogido hacia atrás y una chaquetilla azul con inscripciones en rojo: «café, por favor», «té, por favor», «agua». Parecen llevar una máscara sobre su verdadero rostro.

Me sumerjo en aquella época como en un agua oscura. Las personas son como esas máscaras, las que provienen de aquella época en la que yo no entendía del todo cómo eran las cosas.

Fue en esa época cuando construyó en torno de él un muro dentro del cual se confinó. Vivió dentro de ese muro y los signos de juventud desaparecieron de su rostro de fríos ojos verdes y nariz de pico de halcón... Su aspecto se tornó intemporal y a veces transcurría una semana entera sin que pronunciara una palabra... Vivía en su sueño y el sueño era su vida y su sustento.

Luego lo supe, entendí cómo eran las cosas y pensé que podía mantenerme más allá o que por mi esfuerzo podía cambiarlas y después descubrí que no, que me encontraba en un lugar en el cual nada era lo que parecía ni nada parecía lo que era. También me di cuenta, cuando ya era muy tarde, no sólo de que no se podría cambiar nada sino que el único esfuerzo era el de permanecer con vida, que no había nadie con quien hablar... y edifiqué un muro de silencio para refugiarme y he vivido en sus límites, eligiendo los contados momentos en que me interesaba salir.

Mi cabeza se ha deslizado y de pronto toma conciencia de eso y vuelve a erguirse. Han sido unos centímetros, los que me llevó el brevísimo sueño que, como un duende, acaba de atravesarme y recobro esa lucidez que perdí durante un instante y que, de pronto, me revela la fatiga que siento; pero las imágenes siguen. El pasado sigue y sigue la evidencia de que el presente es un tiempo hecho de cosas que pude salvar del naufragio que hubo en mi vida.

El personal de a bordo ha ido retirándose y los pasillos se pueblan de quienes, sometidos durante un largo rato a la cautividad de la bandeja en posición horizontal, se ponen de pie para estirar las piernas o ir a los baños.

Otro momento comienza.

***

Ullúa estaba finalmente en la cárcel y permanecería allí mucho tiempo. Las noticias sobre él fueron esporádicas, breves: en la cárcel se había recibido de abogado y, más tarde, salido en libertad condicional y asociado con Schocklender (además de condenado por el asesinato de sus padres, socio de Madres de Plaza de Mayo en una millonaria estafa) y luego citado por su participación en el centro clandestino de detención "La cueva", en la Base Aérea. En 2008, sin embargo, el juez le concedió la exención de prisión en ese proceso y a partir de allí nadie más volvió a verlo.

Keyser Söze, el mal, estaba libre de nuevo e, igual que el Diablo, cuyo mejor truco es convencer de que no existe, dejó flotando la idea de que su poder era tan grande que nadie hacía muchos esfuerzos por encontrarlo, protegido en la oscura maraña de los servicios, las fuerzas de seguridad y esas organizaciones tan extendidas como inasibles que, igual que unos brazos oscuros, lo abrazaban para refugiarlo en sus pliegues.

Menos Delgado —quizás, después de todo, Ullúa sea un falso Keyser Söze, sólo puesto para desviar la atención y el verdadero sea Delgado, que estuvo en todos lados, mató a más gente que cualquiera y nunca apareció; Ullúa era acaso como Kobayashi, su abogado, su chofer, su cara pública ante los demás—, sus antiguos compañeros habían ido cayendo, uno a uno. Demarchi, gracias a quien fueron nombrados jueces y funcionarios de acá —que ahora miraban para otro lado— y otros que venían del sur como de un destierro, dejando atrás historias oscuras de alcohol, violencia doméstica y actuación durante la dictadura, ya no andaba por el *hall* de la cámara con su presencia intimidante y su voz perentoria: huyó y se ocultó en Colombia, donde fue arrestado y, ante la negativa a su solicitud de asilo político, fue finalmente sometido a un proceso de extradición que concluyó en su remisión a Argentina y posterior alojamiento en una cárcel común.

Ya casi todos estaban presos y pronto, presos y juzgados luego del rechazo de la totalidad de sus planteos.

***

Como siempre, el Banco Nación rebalsaba de gente. Saqué mi número y antes de ir a hundirme en ese refugio antiaéreo a esperar mi turno, crucé a la Fonte para tomar un café y comer una factura, a fin de no sucumbir de hambre durante la larga espera. En esa isla que funciona como barra había, del lado de la pared, un hombre canoso de cabello largo, peinado para atrás que remataba en unas curvas que ascendían levemente y que tenía una pequeña barba que apenas cubría el mentón, leía el diario con solemnidad. Tenía un traje anticuado —no clásico sino anticuado— pero no era por eso que, pese al atuendo, no lograba estar elegante. Alguien que no lleva habitualmente un traje no se vuelve elegante por el hecho de ponérselo y menos se va a dar cuenta de que es anticuado. Algo siempre falla: la combinación de colores y motivos, el modo natural de llevarlo o algún movimiento. Sin embargo, ese hombre canoso, que parecía tan satisfecho y lleno de sí mismo, tan seguro, no daba la impresión de percatarse del desfasaje entre el traje y lo que él sentía de sí mismo. Tenía una leve sonrisa y me produjo esa sensación —que no siempre tienen un sustento claro— de que lo conocía o que, más que su rostro, lo que me resultaba familiar era ese gesto de hueca autosuficiencia. Sólo cuando a su lado vi a Granel, igual que antes, con ese mismo cabello hirsuto, algo largo, desordenado a los costados y más allá de los restos de lo que fue un bloque de fijador y ese saco arrugado, me di cuenta de que el primero era Justel, quien en las resoluciones judiciales figuraba como taxista.

De la década del setenta conservaban los rasgos pero, más que nada, el aire seguro y burlón. Estaban en un cuarto intermedio del juicio que juzgó a miembros de la CNU, cuyo auto de procesamiento tantas veces leí. Quién hubiera dicho al verlos que se trataba de imputados que estaban siendo sometidos a juicio oral, uno del que no sabían cómo iban a salir.

Señales de arrepentimiento no parecían tener. Quizás en su fuero interno, después de todo, conservarían la convicción de que el suyo había sido un triunfo y de que sus muertos se encontrarían bien muertos.

A diferencia de ellos, Ullúa —igual que Keyser Söze— era el mal, y también una leyenda y siguió vagando libremente, pese al elevado monto de la recompensa y a las referencias veladas que llegaban de que, en alguna parte, actuaba como abogado.

Así fue durante casi diez años, hasta que algo, inesperadamente, sucedió.

***

Las luces se van atenuando. Algunos pasajeros se levantan y caminan. Salgo. Voy hasta esa gruesa puerta de emergencia que está vecina al *office* del personal de a bordo y luego de servirme agua miro por la ventanilla redonda de la enorme puerta. Los reflejos de las luces tenues del avión son una adherencia que tiene la oscuridad que reina más allá. Corre un fresco artificial que a la vez que me despabila me hace sentirme más cansado.

La oscuridad se extiende hasta el infinito, como si navegáramos por la nada («estamos condenados a navegar por siempre», dice la voz del narrador en *El arca rusa*, es cierto: una parte de nosotros está condenada a navegar en el recuerdo, para siempre). El recuerdo está igual de cerca e igual de lejos que el mundo conocido o que la oscuridad, tan vasta.

Como la vida, el vuelo que pretendo que me lleve al centro de esta historia entra en otra etapa; a su fin podré develar los interrogantes o guardarlos para siempre, como parte de mí, como parte de todo eso que no tiene respuesta.

Ullúa acababa de ser detenido.

¿Ella lo sabría? ¿Le importaría? ¿Qué iría a pasar de ahora en más?

Él había tenido el poder de escapar de todo. ¿Lo conservaría ahora? ¿Algo inesperado habría de suceder o su suerte seguiría a la de todos los demás? ¿Cómo la tocaría a ella todo esto?

Estaba en camino de saberlo o de ignorarlo para siempre y para siempre seguir navegando.

SEGUNDA PARTE

La antigüedad tardía

Que relata las andanzas de una señora prostituta, de quienes la juzgaron a ella y a la CNU, de cómo unos buenos muchachos resuelven sus problemas sin importar lo que haya que hacer ni a quién, y sobre drogas depositadas en un tribunal que terminan vendidas en un prostíbulo de travestis.

"...if we wanted something we just took it.
If anyone complained twice,
they got hit so bad they never complained again.
It was routine. You didn't even think about it."
—Nicholas Pileggi y Martin Scorcese,
del guión de *Goodfellas* [9]

---

[9] "Si nosotros queríamos algo nosotros sólo lo tomábamos. Si alguno se quejaba dos veces, ellos lo golpeaban tan mal que ellos no se quejaban de nuevo. Ni siquiera pensabas en ello."

I

Sólo una vez pude ver a Deborah Salinas. Pero una vez fue suficiente.

A primera vista parecía una mujer común pero enseguida se notaba que no lo era, que estaba hecha de algo que resultaba bastante indiscernible y pronto también se hizo evidente que caminaba sobre una delgada línea que separaba la verdad de la mentira y que ella sabía manejar muy bien.

Vista como la vi, sentada a la mesa de un café con una polera celeste y un pantalón estirado, se confundía con cualquier otra mujer; pero apenas se estaba ante ella, su rostro, y particularmente sus ojos, irradiaban un oscuro y vago poder y cuando comenzaba a hablar, con su voz algo grave pero limpia y llena de matices, en la entonación y en especial en los silencios, convertía a la mesa en un escenario del cual se adueñaba para narrar ese drama lleno de aventuras que era la historia de su vida y todo lo que decía, por más extraño e inverosímil, parecía verdad.

Entonces, recordé las imágenes fugaces de dos mujeres en el gimnasio a quienes nunca había visto antes. Algo en su actitud realzaba sus cuerpos, cubiertos por ajustadas calzas y unas remeras musculosas cavadas que, junto a su estatura, resaltaban esa belleza transgresora que sus gestos y actitudes se encargaban de subrayar. Sus ojos se posaban, esquivos y provocativos al mismo tiempo y algo me hizo relacionarlas con La Casita Azul, con ese Mini Cooper azul Francia con el techo blanco, siempre estacionado al frente y esa larga y secreta afluencia de hombres que se hacía más notoria en la noche, cuando quienes vivimos en el barrio nos retiramos a descansar, ese momento en el cual la jornada de ellas recién comenzaba.

Hoy la casa está abandonada. Fue ocupada, desalojada, incendiada; sus puertas y ventanas forzadas por ocupantes con colchones y cacharros de todo tipo que intentaron adueñarse de ella y finalmente tapiadas. Hubo gente con carteles, hubo manifestaciones y sentadas en el frente, el mismo en el que antes estacionaba toda clase de autos u otros se detenían para arrancar enseguida.

Enseguida después de su clauruda, los gastados elementos de la decoración erótica de La Casita Azul —pantallas de lámparas con contornos de cuerpos en inequívocas y variadas posiciones, retazos de cortinas y lámparas con pantallas oscuras— sacados de la penumbra de los cuartos y expuestos en la bochornosa luz del día contaban por sí mismos una historia.

La que me relató Deborah Salinas fue su versión de esa historia.

***

Deborah Salinas quería que alguien escribiera sobre su vida pero cuando me conoció dudó de que yo fuera el indicado para cumplir con semejante tarea. Quien nos presentó no la veía como una tratante de personas, sino como una víctima. Víctima de la vida, de la violencia, de los abusos.

«Mis primeros recuerdos», dijo, haciendo una pausa, «son los de ir a ver a mi mamá cuando estaba presa». Quedó en silencio por un momento y miró hacia un punto en la lejanía, uno que se ubicaba en la esquina de la pared de la barra de Havanna de la Costa y también en el tiempo y en vaya a saber qué más. «Recuerdo que me llevaban y había un pasillo con unas puertas que estaban enrejadas en la parte de arriba y mi mamá salía de una de las celdas, se agachaba y me abrazaba».

Hizo otra pausa, fijada en el mismo punto y, lentamente, sus grandes ojos celestes se humedecieron. Su rostro, endurecido y entristecido por la prisión, por la condena y por la ruina, seco y curtido, asociado al tono de voz y a esa actitud de seguridad, seguía manteniendo esa atracción inexplicable que tienen determinadas mujeres y todavía ahora, su voz se apoyaba, gravemente, en sus certezas. No hablaba, afirmaba, planteaba la realidad última de las cosas y era fácil imaginar que en la cumbre de su carrera y de su vida, su voz sería la última, la más alta, la inapelable. El abuso del hombre que vivía con su madre, decía, había comenzado en aquellos frecuentes arrestos.

Ella era la heroína de una vida azarosa forjada por los hombres y se situaba en ese punto con el que se conectaba en el Havanna de la Costa, ese que estaba por encima de todos ellos.

Su voz se quebraba, se detenía, los ojos buscaban esa dirección escurridiza en un punto del salón mientras, lentamente, se humedecían. Desviándose de la búsqueda de ese punto en el fondo del salón clavó sus ojos en mí. Sentí que, hundidos en una historia tan desconocida y ajena, ella podía exponer subrayando, omitiendo, creando silencios y, más que nada, creando una atmósfera en la que los tres habíamos entrado y que reinaría mientras durase ese momento.

Como si su voz hubiese seguido un curso distinto al de sus ojos, dijo: «Entonces me escapé». «Aunque parezca mentira», agregó, «el que me ayudó en Tucumán fue La Hiena Ríos».

Imputado por asociación ilícita, amenazas como barra brava del club Cadetes de Concepción, La Hiena Ríos siempre estuvo vinculado al poder político y a la prostitución y alguien de su entorno fue condenado en el juicio por la desaparición de Marita Verón.

El Ministerio Público deseaba para Deborah Salinas una condena ejemplificadora y el fiscal general, alineado en ese momento a "justicia legítima", había presionado a la instrucción; pero el caso, finalmente, fue resuelto de una manera inesperada que les robó cámara, protagonismo y una de esas cruzadas típicas de los jueces y fiscales de "justicia legítima", es decir, de casi todos los jueces y fiscales.

Sin embargo, la posición de víctima, si bien posible, no terminaba de ser convincente.

Se hizo un silencio en el cual ella fijó su mirada no en aquel punto del salón sino en la calle.

II

"Su reinado ha de ser un prodigio de 'anormalidad'
tan universalizada, que ha de parecerse
a una normalidad.
Y los pocos 'normales' verdaderos
que aún sobrevivan
serán tenidos por dementes
y encerrados en un manicomio.
Porque el Gran Macaco
ha de imponer
una moral al revés,
pero tiránica en extremo,
así como él mismo es un mesías al revés".
—Leopoldo Marechal,
El Banquete de Severo Arcángelo,
cap. XXVIII, pág. 254, Editorial Sudamericana,
Buenos Aires, 1973.

Cuando recién llegó al fuero, Calígula todavía
no era Calígula. Luego lo fue y estableció su reino, que
buscó consolidar de muchas maneras y aunque fue

perdiendo poder en unos terrenos lo intensificó en otros, en aquellos en que sí era soberano.

Ese nombre le vino después y el que se lo puso fue el habilitado, aquel que bajaba de la loma con un ciclomotor cargado de libros y un solo freno, que era uno de sus amigos.

Primero secretario en Azul, durante la década del 70 y luego juez en 1982, por decreto de Bignone, durante la última parte de la dictadura, y llegó en 1985 como juez federal a Mar del Plata gracias a un senador radical a quien conocía.

Mucho después fue nombrado camarista por Corach, también con el apoyo de Demarchi, quien, conectado con el poder sindical, había hecho camarista a un secretario, uno que se excusó de intervenir en las cuestiones vinculadas a él.

La primera vez que vi a Calígula yo era notificador y subía la escalinata de entrada al juzgado. El juez del juzgado penal, al que yo volvería poco tiempo después, me lo presentó. En ese momento no me produjo ninguna impresión en especial, nada que pudiera vaticinar cómo era en realidad y, menos todavía, que en un momento destruiría nuestras vidas y nuestro mundo conocido.

Es como si con los años, igual que *El retrato de Dorian Gray*, esa fuerza oscura y turgente, que es uno de los rostros de la maldad, la más pura e indetenible, hubiera esculpido incesantemente esos rasgos, haciéndolos más afilados y llevándolo a él cada vez más lejos, hacia el centro de esa fuerza que al tiempo que todo lo domina, lo separa de la realidad y la convierte en lo que él cree o quiere que la realidad sea:

un espacio lleno de enemigos e intrigas que siempre tiene que conocer y actúa según esa convicción y no según la verdadera realidad.

Antes, aquellas señales de alarma eran sentidas como una nota falsa. Él no podía ser lo que, de pronto, un gesto, una palabra o una actitud revelaban que íntimamente era. Entonces, un destello filoso emanaba de sus ojos como un rayo.

Afectando siempre distancia e indiferencia, como si estuviera sumergido en algo complejo e importante, navegaba en una órbita extraña. Su mirada, un latigazo súbito y escrutador que paralizaba a algunos e ignoraba a otros o caía como una gracia con quienes buscaban estar bien con él, hacía evidente que el apelativo era perfecto, que, efectivamente, tenía ese rostro desalmado de emperador romano que a cada momento puede bajar un pulgar y lo hace, al mismo tiempo que puede alzar otro y deambular por los privados donde lo atiende una meretriz a quien luego va a procesar.

Pero en aquella época, la lejana época donde no habían sucedido las cosas inconcebibles y cuando el único problema eran los turnos y los detenidos, trabajar con él era sencillo y divertido, nos daba además esa confianza y esa libertad que el otro juez no nos daba, o al menos no me daba a mí.

La secretaria de la secretaría donde yo trabajaba era bruta e incapaz y también la madrina de uno de los hijos del juez, quien dijo que aunque no la tuviera, por una cuestión de jerarquía, siempre le daría la razón a ella. No existían entonces los celulares ni conceptos como el de maltrato laboral e imperaba el sencillo postulado que el subteniente Sánchez tan claramente había enunciado en la colimba: «Ajo y agua: a joderse y aguantarse». Era un ambiente denso y denigrante pero cuando nuestro juez no estaba, o en el trámite de los expedientes en los que no intervenía, Calígula me daba un vuelo que de otro modo yo no tenía y pronto me hice su estrecho colaborador, particularmente sustanciando las causas y haciendo los proyectos de sentencias en aquellos expedientes en que nuestro juez, para quien siempre fui nada más que un galeote, se excusaba de intervenir. Más de una vez supe acerca de la manera tan elogiosa en que hablaba de mí ante otros y el concepto tan alto en el que me tenía, con lo cual sentí que al menos alguien allí valoraba lo que podía hacer.

De este modo, nos tocó estar juntos en procedimientos, allanamientos, diligencias fuera del juzgado e incluso de la ciudad, que eran como aventuras y, pese a las horas, a las circunstancias, al cansancio, todo eso terminaba siendo gratificante y de vez en cuando yo armaba un grupo para ir a la Parrilla Los Chicos.

Era una época la mayor de las veces dura, pero también con algo que luego se perdió. Se perdió porque las circunstancias cambiaron o porque en realidad eso que yo creía ver no existía; que en un lugar como en el juzgado los vínculos no significan nada porque para que signifiquen algo debe haber aquello que es imposible encontrar allí: densidad, inteligencia, nobleza.

Sin embargo, en aquella época tenía la sensación de ser parte de un grupo, de ser incluido y no era un solitario, como lo fui antes y como lo sería después, cuando aquello tan terrible aconteció.

III

Con gestos graves y solemnes Deborah Salinas se volvía hacia esa larga y desconocida novela de su pasado. Miraba la ventana, miraba el secreto punto en el espacio en el que todo se fugaba y como si pronunciara una sentencia memorable, dijo: «Doce años estuve trabajando allí».

A la etapa de Tucumán también sucedió una rápida huida, ya con sus hijos. Una huida que, como la otra, se había producido a la madrugada y fue entonces que decidió venir a Mar del Plata, en busca de las pistas de alguien conocido.

«La noche que llegamos en tren fuimos a una pensión y con los últimos pesos que tenía compré un pollo para darles de comer a mis hijos. Comimos solitos, en la pieza de la pensión».

Comenzó a trabajar de nuevo al otro día, en un lugar por la avenida Colón; y más tarde se independizó.

Cuando hablaba del Mosca, no parecía referirse a su compañero sino a una especie de socio y, más tarde, a alguien que más que ser su socio vivía de ella.

Fue en esa época en la que empezó aquello de lo que hablaba como si hablara de esa, su misión evangelizadora. Comenzó a traer a chicas de Tucumán que "no tenían a dónde ir".

«Yo trabajaba en un departamentito en propiedad horizontal que había por 20 de Septiembre y un día la señora de la casa de al lado, una viejita que vivía en el departamento de atrás y que estaba barriendo la vereda, me saludó. Ella siempre alquilaba su casa y ahora esta estaba desocupada. ¿Está desocupada?», le pregunté. «Sí», me contestó. «Yo trabajo acá al lado». «Sí, te he visto, a vos y a las chicas. Claro que te he visto», dijo y me sonrió.

La vecina la había visto y lo mencionaba como algo natural. La legitimaba. Tácitamente ella aceptaba que lo que hacía no era digno de reproche y percibía los alcances de su misión redentora.

Así, en esa casa alquilada a la señora mayor, nació La Casita Azul.

«Acá venían varias de las que trabajaban en La Casita Azul. Unas se hacían la tintura, las manos o solamente se cortaban el pelo, cada una era distinta. Ignoro las razones y tampoco sé qué tendré que hace que muchos me tomen como paño de lágrimas o como confidente. Ellas me tomaban nada más como confidente porque nunca se quejaban. No se quejaban para nada. Sólo querían hablar, que las escucharan, que las trataran como personas, que les preguntaran qué hiciste hoy para comer o a dónde compraste esa chalina.

Me veían como alguien distinto, en la peluquería todo el tiempo, al pie del cañón, al lado de mi mujer, gordo, con poco pelo y una voz tranquila, entonces me contaban todas sus vidas. Sacando las compañeras no tenían a nadie acá y necesitaban precisamente eso, hablar con alguien que no perteneciera a su mundo pero que las escuchara. Unas eran chicas jóvenes, otras mujeres más grandes.

Me acuerdo de una que había dejado de trabajar y se había casado y tenido hijos, pero un buen día abandonó a la familia y volvió al prostíbulo.

Todas eran iguales en cómo cumplían y en lo atentas, conmigo y con Alicia, aunque algunas parecieran un poco desfachatadas y de la que más me acuerdo es de Mariela. Uno que iba en una cuatro por cuatro estaba loco por ella. La llenaba de regalos, le compraba ropa y le alquiló un departamento en uno de esos edificios nuevos que tienen de todo: cocina eléctrica y calefacción por radiador. Un dos ambientes enorme, con vista al mar, contaba; y ella dejó de trabajar. No es que la quisiera como amante nada más, sino que estaba muy enamorado, deseaba estar con ella porque la quería y salían a todas partes. Pero no permanecía siempre en la ciudad. Unas veces estaba y muchas otras no. Aparecía de pronto o desaparecía sin dar explicaciones. Lo que tenía para dar se lo daba. Ella vivía feliz, aun imaginando que eso no podría durar para siempre. La adoraba pero ella no terminaba de entrar en su vida; para protegerla, para mantenerla al margen, eso era imposible saberlo, esas preguntas eran nubes que aparecían a la noche, al apoyar la cabeza en la almohada o en esas largas semanas de espera. En esos meses dejó La Casita Azul y vivió digamos 'en pareja' con él, que no la ocultaba, que la llevaba a los mejores restaurantes o a pasar un fin de semana en

Cariló o Mar de Las Pampas. Pero así como venía, desaparecía.

Hasta que un día no volvió más.

No le contestaba el teléfono, no la llamaba, no le escribía. La tierra se lo había tragado y cuando, casi accidentalmente, vio su foto como un prófugo del caso de la efedrina supo que él sólo había querido protegerla y deseó que, estuviera donde estuviese, se encontrara a salvo y se acordara de ella.

Pero más extraño fue lo que me contó Norma, una chica muy linda, de unos cuarenta años que, luego del procedimiento policial y de haber declarado en el juzgado, tuvo que ir a la audiencia del trámite de apelación y se encontró con uno de sus clientes, un juez de la cámara. Por supuesto que ni siquiera la miró durante la audiencia y cuando se lo comentó, su abogado pensó que recusarlo iba a ser peor, pero conociendo a Calígula, supo que la suerte para Norma estaba echada».

IV

Antes de haber formado parte del *jury* a Campagnoli —enjuiciado por investigar a Lázaro Báez— por la acusación y de convertirse en un defensor de los derechos humanos, el fiscal Salas García había tenido que irse de Mar del Plata imputado por falso testimonio y por ser sospechoso en la desaparición de una meretriz. Cuando recién llegó, vino en un Taunus L que vendió para comprarse una casa en Los Troncos. Comenzó a andar entonces en un Ami 8 destartalado que una vez apareció sin una puerta. «Es que no le arrancó a la salida de la cena de fin de año y empezó a patearlo y a sacudir y tirar de la puerta hasta que se la arrancó», contó alguien. Pero parece ser que esa violencia no sólo la descargaba contra las cosas.

Desde el Tribunal pudieron ser comprobadas —por el juez Pedro Hooft— más de cuatrocientas llamadas a un prostíbulo y Verónica Chávez, la prostituta desaparecida, tenía el nombre del fiscal anotado en su agenda; sin embargo, él alegó no conocerla. Pero no hubo problema, dejaron que la causa por falso testimonio prescribiera y con eso la imputación al fiscal se extinguió.

Para evitar las presiones y eludir a la policía, que había obtenido un *identikit* con un rostro igual al suyo, Salas García, hijo de un prominente funcionario del Gobierno de Menem, se fue a San Isidro, donde se reinventó; y pronto nadie, salvo los allegados a la prostituta muerta, recordó ni el desagradable incidente ni su frecuentación de los prostíbulos, hábitos que le produjeron una enfermedad infecciosa cuyo tratamiento abandonó.

Nunca se supo si el loco de la ruta en realidad existió o si las prostitutas muertas o desaparecidas lo habían sido por una red de trata de personas de la cual la policía podría formar parte. Lo que sí se supo es que el fiscal estuvo vinculado a la desaparecida, que era asiduo concurrente a esos lugares y otras cosas más.

Sin siquiera una medida disciplinaria en su contra, ese hombre calvo, de ojos afilados, labios oscuros y finos, violento y cultor de las aventuras más sórdidas que la noche puede ofrecer, simplemente siguió su "carrera" sin problemas, una que lo llevó a formar parte de la acusación a un fiscal que, honesto, viudo y padre de familia, era todo lo opuesto a él. No sólo pudo hacerlo, sino también convertirse en un defensor de los derechos humanos.

Yo ya no estaba en el tribunal en ese momento, pero uno de sus jueces lo respaldó con lo que —aunque no resulte propia de un juez federal— para él era una afirmación incontrovertible: «¡Quién no salió alguna vez de putas!».

***

El derecho al conocimiento de la verdad surge de la obligación, establecida por la Corte Interamericana de Derechos Humanos, de que corresponde a los Estados el deber de investigación y punición de delitos de esta gravedad. Es obligación de los Estados Parte de la Convención Americana de Derechos Humanos garantizar el pleno ejercicio de los derechos y garantías consagrados en la convención. También en este caso se plantea el problema de que la convención —de 1969, ratificada por la Argentina por la ley 23.054 en 1984— es posterior a la fecha de los hechos investigados, lo que abre la cuestión acerca de su aplicación retroactiva.

El Tribunal Oral Penal Federal —donde, en lugar de haberlo sido en la Cámara Federal, fueron celebrados los Juicios por el Derecho a la Verdad, en los cuales fue investigada la CNU, actividad que fue la base de la imputación penal posterior de sus miembros— había sido creado a principios de los noventa y los jueces de la cámara, que actuaban como subrogantes hasta tanto fuera habilitada la conformación definitiva del tribunal, se resistieron a su apertura porque cobraban otro sueldo más por ejercer esa subrogancia. Pero cuando los titulares de dicho cuerpo estuvieron nombrados, se procedió a la puesta en funcionamiento definitiva.

Del juzgado 1 pasé al tribunal (estaba muy lejos de suponer entonces a dónde me metía), cuyos nuevos jueces eran dos abogados de la matrícula y un magistrado que anteriormente había sido juez federal de primera instancia en la Patagonia, traído de allí por Demarchi, a quien también le debía su nombramiento uno de los jueces de la cámara y el fiscal, ex juez en Santa Fe y luego imputado por encubrimiento de delitos de lesa humanidad.

Criticado por una parte de la doctrina, el nuevo Código Procesal Penal creaba los tribunales del juicio para la etapa del plenario, es decir, que los tribunales orales compartían la instancia con el juez instructor de la etapa sumarial en un procedimiento que seguía siendo inquisitivo, en el cual las mayores facultades seguían estando en manos de los jueces y no de los fiscales. El problema más importante era que las sentencias a dictar por el tribunal colegiado luego del debate oral, que venía a suplantar a los alegatos y la sentencia del anterior proceso escrito, no podía ser impugnada por el recurso ordinario de apelación sino por el de casación, más restringido, lo cual fue interpretado como una lesión al principio de la doble instancia y de la revisión amplia de las sentencias.

Carlos Elbert, amigo, profesor de posgrado en la UBA, prestigioso autor y compilador de la colección *Memoria criminológica*, donde fue publicado mi libro *La fábrica penal*, ex juez de la Cámara Nacional en lo Criminal y Correccional de la Capital Federal, directamente argumentó que la reforma había sido llevada a cabo por el Gobierno para llenar a su antojo las numerosas nuevas vacantes y asegurarse la impunidad en procesos de corrupción, en lugar de optar por una reforma más radical, con un proceso más rápido y mayores garantías en cuanto al poder de los jueces y a las posibilidades de revisar sus sentencias. El objetivo era tener una justicia afín al Gobierno. Cuando en 1990 el doctor Jorge Antonio Baqué decidió renunciar a su cargo como juez de la Corte Suprema de Justicia de la Nación, Elbert fue a pedirle, a título personal y en representación de "vastos sectores del Poder Judicial", que se quedara. Baqué respondió: «No saben lo que viene ahora», aludiendo a la corte menemista.

Visto a la distancia y a la luz de todo lo que pasó después, no queda otra cosa que darle la razón a Elbert y a Baqué, porque fue el poder político el que tuvo la última palabra cuando aquello inconcebible efectivamente sucedió.

V

De pronto Deborah Salinas hizo un silencio, comenzó a respirar honda y lentamente y a erguirse, como si el aire llenara su cuerpo u obedeciera a una determinación de elevarlo.

Ella se elevaba sobre los hombres, no quedaban dudas. Los conocía y despreciaba y sus palabras profundas y graves los acusaban en cada entonación. Entonces pronunció su sentencia, la que era producto de su larga vida azarosa, de su aptitud para transitar la oscuridad, vivir en ella y sobreponerse a sus golpes: «El hombre es un animal cazador».

El hombre, sostenía, siempre necesita dominar, conquistar, no importa el precio, sentir que dispone de algo y que ese algo del que dispone le corresponde por una prerrogativa.

Era muy cierto porque no sólo se refería al sexo, sino al dominio de los demás, al hacer de lo público una prerrogativa, un espacio donde es natural imponer la voluntad y del cual es natural sacar ventajas.

«Mis chicas eran como hijas para mí. Venían sin saber leer ni escribir y una apareció llorando cuando por primera vez sangró, porque no sabía nada y le tuve que explicar».

Puesta en otra clave, la afirmación dejaba entrever que ella traía a menores. ¿De dónde las traía y a qué precio?

«Yo nunca atendía durante el día. Atendían las chicas y en el verano, después de las doce, algunos días, no se abría para nadie porque los que llegaban venían de Chapadmalal» (aludiendo a la residencia presidencial), «entonces yo bajaba». Hizo una pausa antes de agregar «entonces yo bajaba». Era posible imaginarla en una escalera, descendiendo lentamente, la mano en la baranda, con las miradas posadas sobre ella.

Sonrió con picardía e hizo un gesto asintiendo con la cabeza.

Volvió a la historia de "sus chicas": «Las llevaba de viaje, las llevé a Egipto y vimos el mosaico con La Casita Azul, el primer prostíbulo».

«Eso es lo que yo les daba a mis chicas, lo mismo que no había tenido yo».

Afirmaciones así y otras como la de que el entonces presidente —«un tierno y un divino»— era su mejor cliente, la ponían en una altura, aquella a la que había podido llegar imponiéndose a la adversidad y en su momento de apogeo le habrán hecho suponer que era como una reina.

Pero eso estaba destinado a terminar.

Yo la miraba en silencio, mientras recordaba a aquellos autos que, incesantemente, se detenían allí, el movimiento de hombres, unos jóvenes, otros no, unos inadvertidos y otros no, unos pacíficos y otros no; las madrugadas con muchos de esos hombres saliendo del lugar y la otra historia, la del Fabián, que vendía drogas al lado de casa y de quien se decía que se ocupaba de la "seguridad" del local. Lo cierto es que había usurpado una casa, contigua a la nuestra, en la cual almacenaba distintas cosas —más que nada papel de cocina— que, también se decía, provenían del prostíbulo.

Cuando se produjo el allanamiento intentó enfrentar a la policía, pero estaba tan drogado que un solo golpe bastó para derribarlo y, también se dice, el agente de policía lo levantó de los cabellos que eran, doy fe, abundantes, largos y, agrego, para nada limpios.

Una noche, en esa ruina usurpada que era —y sigue siendo— la "casa" contigua a la nuestra, El Fabián estaba haciendo un asado en el piso superior, que no tenía ventana, y quemó un ropero antiguo. Salían chispas del fuego y, sentado en el borde de la ventana gritaba y hacía exclamaciones dirigiéndose a quienes pasaban por la vereda.

Los autos llegaban, se dejaban ver, él salía, se abría el vidrio, sucedía un intercambio y partían rápidamente.

No me pareció oportuno preguntarle a Deborah Salinas por El Fabián, lo importante era escucharla, conocer su historia, registrar su voz, asumir que, a fuerza de vaya a saber qué cosas, se vivía como una suma sacerdotisa del sexo, arte y práctica que dominaba a la perfección pero que, en rigor, no le importaba y que le permitía concluir, con su enorme autoridad, en esa sabia sentencia: «El hombre es un animal cazador».

¿Fue cliente de ella Calígula? No lo sabemos, aunque es muy probable. Sí sabemos que lo fue de Norma y que no se excusó a la hora de confirmar su procesamiento y todas esas suposiciones, como la justificación de ese juez del tribunal y como la actividad del fiscal, hacen natural algo que está reñido con la moral más pura y espartana, esa que debe exigirse a un magistrado, conforme a la cual es inconcebible que un hombre que juzga y condena gente sea asiduo a los prostíbulos o denueste a las mujeres. Cuando un cargo no es un conjunto de obligaciones, que deben ser más severas a medida que es más alto, sino una prerrogativa, entonces todo se tergiversa, todo se puede y para lo que sirve el poder es para buscar impunidad.

Es extraño que alguien como Deborah Salinas, que se había construido a sí misma y establecido el prostíbulo más famoso de Mar del Plata, pudiera estar con alguien como El Mosca, que aunque llevara las cuentas y organizara todo, no hacía otra cosa más que vivir de ella.

También lo es que ese sexto sentido, el de la supervivencia, no le hubiera anticipado que, llegado a una envergadura importante su negocio podía peligrar precisamente por eso, porque "el hombre es un animal cazador" y la cacería consiste a veces en aprovechar algunas cosas y en condenar otras. Lo es que su perspicacia no le permitiera detectar ese cambio de viento. Pero las cosas son así, lo más seguro sucumbe a veces por causas imperceptibles, difíciles de detectar, pero firmes, que están allí, casi a flor de tierra.

Llegado un día, o, mejor dicho, una noche, cuando fue el allanamiento del local, cuando ella fue detenida, junto a aquellas a quienes había hecho venir y a quienes protegía y hacía trabajar (varias de las cuales acabaron testimoniando en el Centro de Asistencia a las Víctimas del Delito de Trata de Personas), El Mosca tuvo la suerte de llegar un poco después que la policía. Entonces, al ver el despliegue, los patrulleros, el resto de los móviles, los testigos y toda la parafernalia usual, simplemente se volvió sobre sus pasos. Maletín en mano, regresó a su casa, tomó el dinero, los papeles y todo aquello que pudiera necesitar o comprometerlo y desapareció sin dejar rastros.

Era una muestra más de que no se puede confiar en los hombres.

De pronto todo se había venido abajo. Toda una vida en la que ya no se podría empezar de nuevo. Ya no la buscarían el presidente, sus ministros, sus escoltas, su séquito, ya no iba a ser esa soberana del mundo del sexo, sino sólo una tratante de personas.

«Pero si son mis chicas», decía, «si yo les di lo que no tenían».

«Con qué autoridad moral me juzgan si los conozco a todos, si todos eran clientes míos», me dijo. «Yo no soy cualquier prostituta. Soy *una señora prostituta*, tengo mis códigos y los cumplo, pero ellos no tienen códigos, estaban conmigo y ahora me persiguen».

La incontrovertible verdad de esas palabras podía hacerse extensiva a todo lo demás: la CNU y los delitos de lesa humanidad juzgados por un cliente de prostitutas que además de esas hizo muchas cosas más.

Para juzgar a uno hay que juzgar a todos y quien puede ser juzgado no puede juzgar. Sólo puede juzgar quien es independiente e inocente y no tiene un interés propio: es decir, nadie o casi nadie.

La verdad no pertenece a ninguno en particular, es independiente y a veces hay quienes tienen el poder de verla, de enunciarla, de plantearla en términos que no se pueden negar. Se pueden ignorar, como efectivamente se hace, pero no negar.

La persecución a Deborah comenzó, se hizo simbólica y ella fue crucificada. Convertida en el enemigo público número uno, el mismo fiscal general que participó en el *jury* a Campagnoli —que había llevado a cabo importantes investigaciones a lo largo de una brillante trayectoria en la función— empezó a presionar al fiscal de primera instancia para obtener una condena ejemplar, para crucificar a Deborah Salinas o ponerla en una pira y prenderle fuego.

Pero algo no salió como se esperaba.

Una organización de meretrices testificó a favor de ellas. «Déjennos trabajar», dijeron, «juzguen como trata de personas a los tratantes de personas, pero nosotras somos trabajadoras. No todas somos lo mismo».

Sorpresivamente el ministerio público y la defensa, después de valorar muchos testimonios, acordaron un juicio abreviado en el que ella se declaró culpable a cambio de que le fuera impuesta una pena mínima y privaron al tribunal y al fiscal general del juicio oral que tanto anhelaban hacer.

Pensé que reproducir su habla era quizás una de las mejores maneras de contar la historia: el habla enumeraba los hechos, les daba una atmósfera, una inflexión que permitiría al lector jugar por sí mismo si lo que ella contaba era verdadero o falso.

Le dije que el problema no era escribir su historia, o, mejor dicho, la novela de su historia, sino publicarla. Entonces agregó, con un aire de seguridad, meneando la cabeza y sonriendo también con esos enormes ojos claros que una hora antes se le habían llenado de lágrimas, con una voz de suficiencia: «Yo puedo hacer que se publique», que dejaba entrever que alguien en el tenebroso mundo editorial, alguien acaso muy importante, quizás equivalente al primer mandatario, cuya asiduidad ahora no significaba nada, le debía algo. Ese algo que ese alguien le debía haría que su testimonio fuera único, porque había sido su cliente y ella recibido sus confidencias; y que a partir de eso podría poner en marcha una indiscernible línea de favores y pasar de ser una mujer derrotada a un *best seller* (materia había para ello, decían sus ojos). Cierto o no, se trataba de dos posibilidades: que ella aún siguiera percibiendo las cosas a partir de su fantasía o que aun derrotada conservara esa seguridad, esa esperanza, precisamente porque se basaba en una posibilidad cierta y concreta.

Comenzó a desgranar entonces historias de varios de sus clientes, entre ellos un antropólogo. Así como jueces y fiscales, también había tenido clientes con vidas interesantes, talentosos y honestos, lo que la reinstalaba en su lugar de "señora prostituta" y la corría de aquel otro en el que evitaba por todos los medios ser puesta, el de "simple prostituta" y, menos aun, el de "tratante de personas" por el que había sido condenada.

Su historia buscaba ser pública pero seguía siendo secreta, seguía deslizándose en oscuros recovecos de su memoria o de su imaginación.

Nunca sabremos cómo fue.

Ya preparado con grabador, con material para tomar notas, con una nueva entrevista convenida, ella se excusó primero por un malestar, luego por una grave enfermedad y, como todo lo suyo, sin saber si esas justificaciones eran verdaderas o falsas, nunca más la vi.

Es igual que *El cuento más hermoso del mundo*, de Rudyard Kipling, que termina con la frase *"y el cuento más hermoso del mundo seguirá sin escribirse"*. Las vidas de Deborah Salinas no se remontaban a miles de años, como las de Charlie Mears, quien había sido un galeote griego y luego uno vikingo, pero tenía muchas vidas y más intensas que las del protagonista del cuento, porque habían transcurrido en mucho menos tiempo. En una era soberana; en otra, víctima; en una era conquistadora y en otra condenada; evangelizadora o explotadora; triunfante y derrotada; lo mismo que si hubiera llegado a las playas de Furdustrandi, las largas y prodigiosas playas, vivido la canción de Einar Tamberskelver y enfrentado no las tormentas de los vientos que vienen del equinoccio, sino los intereses de los hombres, cambiantes como una veleta. De hombres como Calígula y otros que, con un estilo diferente, eran casi como él (nadie podía ser igual que él). La saga salvaje se convertía en una en la que enfrentaba a otra índole de piratas.

Su historia sirvió para juzgar a jueces y fiscales, para decir que la línea entre los que juzgan y son juzgados es a veces muy delgada y que el hecho de que ellos juzguen no se debe a que sean mejores o inocentes sino, simplemente, a que están del otro lado de la línea.

Ellos pueden ocultar sus faltas o sus pecados sabiendo que siempre van a contar con una estructura que los justifique, los proteja y siga dándoles poder y que otros serán culpables aunque clamen su inocencia, porque su "culpabilidad" no tiene nada que ver con la verdad sino con algo que es necesario para que la ecuación funcione y unos sean buenos al precio de que otros sean malos, aunque los malos no sean tan malos y los buenos, definitivamente, no sean buenos.

¿Era culpable Deborah Salinas? Nunca lo sabremos. Posiblemente sí, posiblemente no. Lo cierto es que quienes la juzgaron no eran inocentes. Ellos siguieron con sus vidas como si nada hubiera pasado. Siempre es así, todo lo que es inherente a ellos, a los que tienen poder, a la larga se olvida; se trata de una operación más, aunque para los otros sea definitivo.

La historia de Deborah Salinas no es *El cuento más hermoso del mundo*, eso es seguro, tanto como el hecho de que seguirá sin escribirse.

VI

*"...no estoy seguro de que una sociedad
pueda pasar sin tribunales y sin jueces;
pero...pude experimentar con profunda angustia
hasta qué punto la justicia humana
es dudosa y precaria".*
—André Gide
*Recuerdos de la Audiencia Provincial,
Ruán, marzo de 1912,*
"No juzguéis".
Tusquets, 1996, pág. 13

Mi hijo era chico cuando, una vez, en la esquina de Moreno y San Luis, vi pasar a un Chrysler Cruiser retro y me quedé observándolo, no sé con qué expresión que le hizo decir, mientras me daba una palmada en el brazo: «No te preocupes, ya te van a pagar». Tenía once años. Él no reparó en otra cosa que no fuera la desolación y el desamparo que vivíamos, uno que lo hizo tratar de conformarme.

Quienes dicen que los chicos captan y registran todo, que eso que escuchan los afecta, que lo almacenan en alguna parte de su mente y saben que, aunque no puedan comprender qué es lo que está pasando en realidad tienen la impresión —imborrable— de que eso es muy malo, muy injusto y que no se sabe cuándo terminará, si es que alguna vez terminará; quienes dicen eso tienen toda la razón del mundo.

Otra vez, en un silencio, preguntó: «¿Qué significa la causa penal?». Tenía cinco años y mucho después me confesó que su mayor miedo era que yo fuera a ir preso y que al no poder enfrentar esa situación me suicidara en la cárcel. Eso lo sintió entonces.

Esa y otras imágenes me quedaron grabadas a fuego —otras solo me quedaron grabadas—. Las llevaré mientras viva: una es la de estar cruzando la plaza Mitre para ir a la cámara a hacer una diligencia tan urgente como inútil, cuando los vi, con sus guardapolvos, en el viejo Ford Sierra verde claro de la señora que los iba a buscar a lo de su abuela y los llevaba a la escuela. Iban por San Luis, cruzando Colón y yo sabía que esa rutina no pasaría de fin de mes, que al cabo de ese tiempo su vida sufriría las consecuencias de lo que sufría la nuestra y la sensación de desamparo que sentí me atravesó para siempre. Ellos iban ajenos a todo, ignoraban el mal del que muchos son tan capaces y que ejercen de una manera tan impune como efectiva, desconocían lo que nosotros habíamos aprendido: que no les importábamos a nadie. Pero, inocentes, ignorantes de todo, cruzaban Colón con sus útiles, sus mochilas, sus guardapolvos hacia su día de escuela mientras yo iba al infierno.

En el tribunal las cosas eran lo opuesto al juzgado. Mate, chistes, actividades extracurriculares, como la de Bienamino, el relator de Cicero y ayudante en una de sus cátedras, que iba a gimnasia en el horario hábil. «Yo no pedí estar acá, a mí me ofrecieron el cargo», argumentaba y con eso no tenía la obligación de cumplir que en el juzgado teníamos todos. Julito, el empleado de la fiscalía, iba tan borracho una noche que no pudo encontrar su casa, en Caisamar. Detuvo el 4L que entonces tenía y se puso a dormir en una esquina. Con los otros iba a correr en *karting*.

Baqué le dijo a Elbert: «No saben lo que se viene».

A Santino, el relator de De Vito, el juez que, luego de una exitosa carrera como abogado penalista, lideraba el tribunal, le gustaban mucho las mujeres y, a pesar no sólo de ser casado y tener dos hijas sino de ser de corta estatura, poco agraciado físicamente y de no tener ningún atractivo visible, iba de aventura en aventura. Seguro de sí mismo, violento y arrogante, venía de "trabajar" en la política y desconocía absolutamente tanto la disciplina tribunalicia como el sacrificio. La auditoría encontró droga en el cajón de su escritorio cuando fue secretario.

Bienamino pensaba quedarse en una feria de enero y pretendí informarle las tareas por hacer; entre ellas, la guarda del material secuestrado y se resistió a recibir la llave del mueble donde se guardaba la llave de la bóveda. No quería asumir ninguna tarea que no fuera la de sus cátedras. Luego usaría eso contra mí, insistiría en que yo había pretendido endosarle la llave para probar que otros la tenían.

Pero la estrella era El Flaco Gambino, muy amigo de De Vito, profesor como él y famoso por el maltrato a los alumnos de la cátedra de procesal penal. Vivía haciendo chistes. Era el alma del tribunal y su novia, una rubia, alta y de ojos verdes, lo había engañado con B, en aquel entonces —antes de emprender su carrera política— *disc jockey*, a grado tal que no se sabía de quién era la hija que había tenido. Esos intercambios eran frecuentes entre esa camarilla, muchos de los cuales tenían —tienen— cargos de jueces o fiscales en provincia. Entendidos en fútbol, vivían hablando de jugadores y partidos y hasta los veían en horario hábil cuando eran "importantes".

Para ese entonces yo estaba profundamente arrepentido de haber dejado el juzgado para ir ahí. Una vez me acercaba al despacho de Gambino, que estaba hablando con De Vito de algo que parecía importarles mucho y su gesto era oscuro e imperioso, y entonces me corrió un frío por el cuerpo y pensé: *Con quién estoy metido*.

En 1995 El Flaco Gambino, junto con el fiscal Salas García, fueron coordinadores —o algo así— de los juegos panamericanos. Creo que El Mudo De la Canale, vinculado a la CNU y en cuyo estudio Ullúa trabajó, formaba parte de la organización de los juegos. No quedaba nadie en el tribunal en la hora en que había actividades deportivas y los juegos se cerraron con una fiesta en Chocolate, una disco entonces muy de moda. Gambino usaba un saco rojo que le habían dado. Pero en determinados momentos la simpatía se transmutaba en órdenes, un trato autoritario y el expreso mensaje de que eran ellos quienes disponían cuándo se bromeaba y cuándo no.

Profesores de Derecho Penal y Procesal Penal, tenían la convicción de su superioridad, la que el éxito profesional, económico y sus contactos avalaban y así vivían nulificando causas que venían del juzgado, de "primera instancia" como decían algo despectivamente. Lo hacían por toda clase de vicios procesales y, mucho más tarde, cuando Santino fue obligado a renunciar por lo de las drogas y ellos le garantizaron enviarle clientes que habían atendido, nulificaron una causa por comercio de estupefacientes en razón de que el allanamiento había sido nocturno. No se excusaron por el conocimiento del defensor.

Los vínculos que tienen varios de ellos son tan grandes que ahora, que comienza la reforma del código de provincia, no solamente organizan los cursos de capacitación sino que disponen de los futuros cargos, para ellos y para muchos en el fuero que así, alineados a este poder, serán pronto jueces o fiscales, algo que produjo la migración de mucha gente del fuero federal a provincia.

Es lo que se juega y defiende en ese ruedo. Qué son las vidas de cuatro personas ante eso.

Con una memoria prodigiosa, sin el menor atisbo de inteligencia, tacto y, menos aún, cultura, De Vito —junto con Gambino— era la voluntad y una gran parte de los contactos políticos del tribunal. Lo secundaba Cicero, que vendía la imagen de un hombre culto, inteligente y formado, con una larga trayectoria profesional y docente, pero que tenía una trastienda que disimulaba detrás de una fachada barroca y pretenciosa.

El restante, Viña, había sido puesto por Demarchi y venía del sur. Tenía problemas con el alcohol y con el idioma: no manejaba a ninguno de los dos. Años después lo vimos deambulando, tambaleante y borracho, por las calles de Bruselas.

De lo que se trataba era de mantener ese clima de eterna fiesta, donde "todos éramos iguales", las obligaciones eran laxas y los controles, algo propio de los galeotes de la primera instancia, que para eso estaban.

El ordenanza entraba diciendo «salud la barra» y contaba hazañas sexuales que había llevado a cabo cuando era vendedor en la Casa Bruno Breda. Agregaba otras de pesca y episodios como el de un pez que saltó del agua y le mordió el pie. Testimonios como el suyo, y como los de los policías, fueron muy relevantes. Uno de aquellos policías, cuando yo andaba con la Honda CB 400, 1979, tenía una Harley Davidson nueva y me pregunté cómo alguien así podría tener una moto de cuarenta mil dólares.

Todo ese mundo informal y dorado, toda esa época en la cual hasta escenas de un capítulo de un teleteatro fueron filmadas en la sala de audiencias, terminó un buen día de 1997, cuando descubrí que en una causa en la cual se había celebrado juicio oral faltaban setecientos dólares, que hubieran debido estar depositados en el banco y no guardados en el tribunal. La disposición de los efectos dependía de los jueces y la custodia era responsabilidad del secretario. Al menos, eso era lo que estipulaban el Código Procesal Penal y el Reglamento del Poder Judicial de la Nación.

Antes de que eso sucediera, un día en que bajaba a la bóveda, sentí otro escalofrío que me atravesó.

Pronto me di cuenta de que faltaba mucho más dinero en otras causas. En una, no estaban veinte mil dólares que el tribunal había ordenado sacar de la caja de seguridad en la que el juzgado lo había depositado para llevarlo a la bóveda —el tribunal había sido un banco antes— pese a que el destino legal era remitirlo al Poder Ejecutivo porque era dinero confiscado.

Como custodio de los efectos secuestrados en las causas penales, el secretario —que tenía como yo la llave de la bóveda— era legalmente responsable por esos faltantes, pero más que nada era amigo del presidente del tribunal.

Lo que vino después fue tan rápido como increíble: con un informe del secretario, es decir, del propio responsable, el tribunal —sin contar con ningún elemento para eso— me responsabilizó a mí, me suspendió preventivamente y remitió las actuaciones a la cámara utilizando una norma que era para la situación de que alguien fuera sorprendido cometiendo un delito.

"Es un malentendido que pronto se disipará... pasa el tiempo, el malentendido no se disipa", esa frase de *Manuel de Historia* me giraba y giraba cuando me di cuenta de que eso, que no resistía el menor análisis, era aceptado sólo porque funcionaba y resultaba lo más fácil para dejar a salvo las carreras de los demás, entendí que la verdad no importa. Sólo importa lo que

funciona y que si lo hace es porque se trata no de la verdad sino de un pacto para poner en su lugar otra cosa y creerla, haciéndola real.

Sentí entonces dos cosas: que me arrojaban a un pozo inmenso del cual me llevaría décadas poder salir —si es que alguna vez podía; en rigor, nunca pude del todo, ni eso ni volver a la vida de antes—; y que la honradez, la inocencia y una larga carrera judicial no servían absolutamente para nada y que hasta entonces lo ignoraba. Nadie tampoco advertía ese peligro: que en el poder judicial la honradez no es un valor defendible, que, así como con la verdad, hay otros por encima.

«No saben lo que se viene», dijo Baqué a Elbert.

Pasó el tiempo, pese a lo grosero y obvio, el malentendido continuó.

Cuando fui al banco a cobrar mi último sueldo estaban ellos hablando de fútbol y riéndose. Hicieron un silencio. *El ladrón cree a todos de su condición*, pensé. Es así o simplemente fue lo que necesitaron hacer para salvarse. Lo primero que se les ocurrió. Nunca lo sabré.

En la cámara reinaba El Viejo Longhi, hijo de un juez de la corte en la época de Perón, abogado de Lorenzo Miguel y correo del ex dictador; había sido imputado en una causa por infracción a la Ley Penal Tributaria que luego desapareció; era un déspota, un enorme paquidermo de ojos claros que vivía hablando de sus hazañas sexuales y que fue encargado de tramitar el sumario administrativo que, pese a todas las responsabilidades de quienes habían tenido las llaves y manejado los efectos, se me siguió a mí solo y que duró nueve años.

Aunque parezca imposible de creer, el secretario, quien tenía la responsabilidad legal por la custodia del material, no fue sometido a un sumario administrativo ni tampoco quienes habían tenido su llave y accedido a la bóveda con ella, entre los que estaba Santino. El Viejo no sumarió a nadie. Simplemente dejó las actuaciones allí, sin atender a ninguna de mis peticiones. Argumenté que la norma que habían invocado no era aplicable y que la finalidad de la medida era posibilitar la investigación que, en este caso, ya se había producido y que ello equivalía a un castigo anticipado. El Viejo nunca trató esos argumentos ni tampoco muchos otros.

Cuando la DGI allanó el Hotel Costa Galana —en esa época en que Tacchi decía: «Los voy a hacer mierrr daaa»— buscando pruebas de la evasión del impuesto a las ganancias, se encontró con una carpeta con coimas a concejales, políticos y funcionarios. Pero El Viejo votó la nulidad de la orden de allanamiento. La DGI no podía ser parte y allanar al mismo tiempo, sostuvo. Quinientos mil dólares decían que le habían pagado.

El Viejo sabe que yo soy absolutamente inocente. Se lo ha dicho a su amigo Cogan Mori. Pero, igual que todos los demás, no hace nada. Pese a la grave vulneración al derecho de defensa que ello significa, cada planteo es ignorado. Los escritos ni siquiera son proveídos. Sin sueldo, sin esperanzas, sin que a nadie le interesara cambiar las cosas, privado de mi trabajo, sin posibilidad de una defensa real y efectiva, todo naufragó ese día en que llegué a lo de la mamá de mi esposa cuando ella estaba por llevar a Mariano al jardín. Tenía cinco años.

***

Un único sueldo, y ahora no lo teníamos. Acorralado, vivo en un pequeño rincón de lo que era mi mundo. Uno sin salida. Es asfixiante. Es desesperante y a la vez sorprendente: es todo tan grosero, tan obvio y al mismo tiempo tan efectivo. No le importamos a nadie. Podemos morir. Nadie se daría por enterado. Todo en la calle sucede lejos, como con sordina. Y salimos del mundo así, expulsados.

Pronto me sumergí en la lucha. Aunque fuera inútil, me mantenía vivo. Yo tengo urgencia y la cámara, como siempre, no la tiene y sus tiempos son los de la Real Audiencia. En la época de la Colonia, la alzada era la Real Audiencia de Sevilla y para los recursos había que depositar mil quinientas monedas por un resultado remoto. "A las mil y quinientas" significa que algo, por más injusto, demorará una eternidad. Los recursos no son ni más rápidos ni más justos y todo es resuelto a las mil y quinientas, o sea tarde, mal y nunca.

Al principio se sucedieron los llamados. Nadie lo podía creer. No importa, dicen, se investigará, las cosas se aclararán, la verdad saldrá a la luz. Declaro. No pasa nada. Expongo mis razones: son irrefutables. Pero no pasa nada. Nadie escucha. Es así de simple; cuando se tiene razón y es evidente, basta con ignorar lo que tienes frente a ti .

Los llamados comienzan a espaciarse. El silencio y el tiempo se adueñan de todo y las esperanzas desaparecen.

Un mes; otro; otro más y otro más. Sin obra social, sin dinero, sin nadie. No nos podemos enfermar. Ellos no se pueden enfermar. Si sobrevivimos es por nuestro propio esfuerzo.

En esa época Gambino es nombrado juez en provincia, sus responsabilidades en lo que había pasado no significaron nada porque El Viejo se encargó de garantizar su impunidad, siendo como era, amigo de De Vito, que había sido su abogado en el caso de la infracción a la Ley Penal Tributaria en aquella causa que luego desapareció. La última vez que vi al Viejo fue cuando entró a la cámara caminando con un andador. Demarchi lo sostenía.

Pido a alguien que vaya a buscar mis cosas: las sacaron de mi despacho y las metieron en cajas. Ellos, tan garantistas, en lugar de presumir mi inocencia y aguardar los resultados de la "investigación", en el curso de una medida preventiva, asumieron que nunca volvería y me quitaron todo. Las fotos de mis hijos, los casetes, los libros. Me los devolverían muchos meses más tarde en cajas. Ellos dispusieron de esas cosas tan sagradas. Podían hacerlo. Informo la irregularidad al Viejo. No hace nada.

El tiempo se hace más corto y a la vez más largo. Hay que luchar por llegar al fin del día sin desesperarse. Eso es de por sí un logro. Y luego empieza el siguiente día. Las fuerzas nacen de los argumentos y de la lucha, pero ni los argumentos ni la lucha sirven para nada, porque si sirvieran pondrían en peligro precisamente lo que el espíritu de cuerpo ha decidido preservar. El precio no es después de todo tan alto: sólo se trata de una familia, una de tantas. Argumentos y lucha son un fin en sí mismo: sirven para eso, para sobrevivir, que en eso se convirtió nuestra vida. Antes éramos una familia, con fines de semana, cumpleaños, festejos, el día a día, el pediatra, el jardín y las compras. Ahora somos sobrevivientes. En eso nos convirtieron. Tanto valen esas carreras. Lo peor: todos lo aceptan y nadie lo ve. Es que es tan inaceptable que no se puede ver. Todos lo aceptan y nadie lo ve. Todos lo aceptan y nadie lo ve. Todos lo aceptan y nadie lo ve y sigue, sigue, sigue. A nadie le interesa que se solucione.

Viene el cumpleaños de Mariano. Igual se lo festejamos. Más que nunca, hay que protegerlos, preservarlos, que no se sientan como nos sentimos nosotros: devastados. Pasa. Se filtran los comentarios —siempre hay esos "bienintencionados" que, aunque no queramos oírlos, nos traen la última novedad— acerca de todo lo que están haciendo, no para salvarme a mí, sino para salvarse ellos. Vienen las fiestas. Pasan. Ya no hay alegría. Sólo hay angustia. A nadie le interesa pero el tiempo pasa, continúa pasando.

También la infancia de mis hijos continúa pasando.

Finalmente estamos sobreviviendo, finalmente hemos podido sobrevivir justamente por eso, porque es lo único que podemos hacer.

Ahora no son semanas. Son meses. Intentamos una acción de amparo. En lugar de resolver el juez, aquel tan simpático con quien trabajamos tanto, se excusa. Pese a lo que dice la ley de amparo, se excusa. En los amparos primero hay que resolver la procedencia de la vía y la medida cautelar, luego las otras cuestiones. Por supuesto, hace todo al revés. Primero sustancia las excusaciones y cuando no hay otra salida, después de meses, dicta una medida cautelar. El poder judicial no la cumple. Azzi, la defensora oficial, tan luchadora y justiciera, puesta por Arslanian en un cargo creado para ella, también logra apartarse de la causa (no quiere malquistarse con el tribunal, tan ligado al poder político al cual ella misma debe su nombramiento). Pido que de la lista de conjueces nombren defensor oficial *ad hoc* a un abogado activista de los derechos humanos. El juzgado me reconoce el derecho. El fiscal de cámara —más tarde procesado por encubrimiento de delitos de lesa humanidad durante la dictadura— se opone. Aunque eso no vulnere ni el orden público ni el derecho de nadie, igual se opone y esa cuestión baladí lleva meses. Terminan por nombrar a Cogan Mori, el conjuez siempre dispuesto y afable, un anciano alto, simpático y bromista pero absolutamente falto de conocimiento e inteligencia, dos cosas que, al fin de cuentas, nada significan, o sea que es el candidato ideal para defender a alguien a quien a nadie la interesa que pueda defenderse. Acabará sus días solo y concursado civilmente, debiéndole a cada santo una vela. Ese es el defensor.

Los derechos humanos no son para nosotros.

Los balnearios de Punta Mogotes semejan una especie de línea Maginot, grises y extensos, con sus altas torres a las que los números de colores parecieran corresponder no a los balnearios, sino a una nomenclatura militar, mientras mis hijos juegan en la orilla y el mundo queda lejos. Muy lejos. Nosotros quedamos afuera. Estamos y no estamos. Nadie se da cuenta de que ya no pertenecemos al mundo. Somos sólo nosotros, no formamos parte de nada más que de lo que nos une, de nada que no sea nosotros mismos. Por la ancha avenida de la costa van y vienen los autos. Buscamos que nada en la vida de ellos cambie pero un día, en la cocina, Mariano levanta la vista y dice: «¿Qué quiere decir la causa penal?». Tiene cinco años. Para él es lo mismo que para nosotros: un monstruo que nos devora y del cual no nos podemos defender. Entonces entendí, realmente, la magnitud de lo que nos están haciendo.

Vacío la alcancía del taxi de Nueva York para contar las monedas. Son una pila, hay de diez, veinticinco, cincuenta centavos y de un peso. Mariano entra de pronto y, alegremente, exclama: «Que suerte que tenemos plata, ya no nos tenemos que preocupar».

Mariano empieza primer grado. Dejó el jardín. Ahora que estoy suspendido puedo llevarlo yo a la escuela. Vivo así su primer día de clase y cuando entra, cruzo a hablar por teléfono al abogado de la asociación judicial.

Sin embargo, volví a recurrir una negativa del Viejo Longhi y, justamente gracias al voto de Calígula, la situación revirtió.

Tardó meses y aun uno más, ya que la firma del otro camarista se demoró. Siempre es así en las cosas más urgentes: algo los demora y las cosas pasan para el mes siguiente o el próximo acuerdo o el otro o el que viene después del feriado. Ellos nunca siguen a las cosas sino que las cosas deben, en la medida de lo posible, seguirlos a ellos. En la medida de lo posible porque cuando vuelven a "analizarlas" ya cambiaron, son otras porque la realidad continúa, lo que quiere decir que las cosas se ponen peor. Eso significa el cambio: que todo empeora.

Terminaban las marchas y contramarchas, los hoy es esto y mañana es lo contrario. Hoy me van a levantar la suspensión. Mañana, hay que ver qué piensan hacer los jueces. Hoy es esto, mañana recibieron un llamado del tribunal y es lo opuesto. Presionan. La corporación cierra filas, se protege: hoy por ti, mañana por mí.

***

Me reincorporaban al precio de pedir licencias mensuales por motivos de salud y cuando dejé de pedirlas porque lo que quería era trabajar, me mandaron a la biblioteca, donde reinaba la bibliotecaria "mezcla de vaca sagrada y zarina, todo en decadencia, que trataba a todos mal".

Ese 28 de noviembre de 1998 fue una alegría: luego de más de un año privado de mi trabajo, entre la suspensión y la forzada licencia, volvía a trabajar. Me planché la camisa, elegí uno de los trajes preferidos. La alegría se disipó enseguida, apenas llegó la bibliotecaria y una piedra se estacionó sobre mi pecho.

Antes veía pasar los autos a la orilla del mar en Punta Mogotes, ahora veía desfilar la vida forense en un escritorito mientras la bibliotecaria —pese a tener mi mismo cargo— era conmigo igual de déspota que el tribunal y Montti.

Ahora, luego de haber publicado libros y dado cursos tenía que hacer fichitas en la máquina de escribir. Sobreviví. No fue fácil, pero sobreviví. En una vida anterior, Tatiana Nicolsky, la bibliotecaria, a la inversa que *Orlando* de Virginia Woolf, era hombre y comandaba un escuadrón del ejército ruso. Los soldados, con sobretodos largos cubiertos de nieve y esas botas gigantescas con pieles, le tenían terror. Los llevó a la muerte en una maniobra inhábil en el curso de la cruenta batalla de Sinop y mientras duró esa vida ni se arrepintió ni dudó. Ahora tampoco.

Luego de las invasiones bárbaras la vida se replegó de las puertas de los monasterios para adentro, se le llamó "la antigüedad tardía".

El tiempo de la antigüedad tardía comenzó a transcurrir. De a poco los campesinos comenzaron a sembrar la tierra diezmada por los invasores bárbaros.

Los invasores bárbaros no se van. Siguen pisando la tierra incendiada pero en una parcela muy pequeña yo siembro.

Los ataques de los bárbaros sobrevenían de pronto, irrumpían en el momento más inesperado, apenas parecía que iba superando lo peor, repentinamente me mandaban notificaciones, me citaban para aquellas cosas para las que no habían molestado a nadie. Montti, el fiscal de cámara, a quien también había puesto Demarchi, me imputaba por peculado, una figura destinada a quienes administran fondos públicos, es decir, aquellos que tienen a su cargo el manejo de fondos y la facultad de emplearlos y que los desvían para una finalidad que no es la que corresponde. Todos lo aceptan y nadie lo ve. Cuando denuncio las presiones de los jueces para que sean investigadas, en lugar de eso me imputan de nuevo a mí por haberlos denunciado y no los investigan. No investigan ni los llamados ni las presiones.

Siete horas duró la declaración a la que me sometieron. Siete horas en la que ese antiguo secretario de un juez comprometido con la dictadura gritaba y vociferaba y, a los seis días, la anhelada falta de mérito y la causa que, de pronto, se duerme. Había secuestrado mi máquina de escribir, libros, papeles. Sólo faltaban las fotos de mi familia. Nada nos protege de esos excesos. *"Veo la imagen de un demonio flotar sobre ti"*, decía Ian Holm en *The Pig*, la película sobre brujería y juicios a animales y agregaba: *"Siempre funciona"*.

Robbio y Maldonado, juez y secretario, que venían de la marina («No saben lo que se viene», dijo Baqué), me dispensan el mismo trato que a cualquier detenido. Robbio se iría luego del fuero, con cinco pedidos de enjuiciamiento, el más grave por favorecer a Supermercados Toledo en el corralito: antepuso el amparo de Toledo a los otros, rompió el estricto orden. Pero no se iría destituido o enjuiciado sino ascendido, antes de que todo eso otro pudiera pasar. El Consejo de la Magistratura sí que sabe hacer las cosas bien. Robbio se convertirá en juez del Supremo Tribunal de Tierra del Fuego. Así es: grandes responsabilidades, ningún castigo, responsabilidades imaginarias, castigo ejemplar. Que todos lo vean. Que todos estén advertidos de que así son las cosas.

Maldonado era suboficial de Marina y en esas largas guardias estudió derecho. Mejor dicho, repitió en mesas examinadoras lo que memorizaba de libros de derecho. Conservaba la brutalidad y la disciplina cuartelaría que había llevado, escrupulosamente, a la práctica forense.

Yo estoy desde que se inauguró el fuero en Mar del Plata, ellos vinieron con el menemismo. Yo rendí examen de ingreso, hice los años de la escuela de capacitación, fui practicante *ad honorem*, estuve en los turnos, llevé las causas con preso, hice sentencias; ellos cayeron de un avión en paracaídas y me tratan mal. Pese a criticar a los jueces garantistas de tribunal, los tratan bien a ellos y a mí como a un preso más.

Robbio no sobresee la causa, simplemente dicta una falta de mérito pero al secretario sí lo sobreseerá.

Gozó haber citado al Flaco Gambino a declaración indagatoria. En ese entonces no nos dejaron consultar el expediente. Alto, delgado y moreno, eterno ganador, enarbolando un credo garantista, Robbio disfrutó en tenerlo bajo su dominio por un rato. Cuando finalmente pudimos ver la causa, resultó que se había justificado delegando sus tareas —informalmente— en mí. Las obligaciones inherentes a un cargo no se pueden delegar. Si un piloto delega el comando de un avión y se estrella, no podría alegar esa delegación para endosarle la responsabilidad al copiloto porque el comando de la nave es su obligación número uno.

Pero Robbio lo sobreseyó. Crease o no, citando una jurisprudencia que era el fundamento de un caso totalmente opuesto. A mí me dictó una falta de mérito, pero al otro lo sobreseyó, pese a lo absurdo de su línea de defensa. Citó un precedente de un caso de la recaudación de un parque nacional. El responsable había delegado esa responsabilidad a otro y le habían robado la caja con el dinero. Igualmente le atribuían responsabilidad a quien había pretendido delegarla porque la costumbre administrativa no genera una obligación que legalmente no existe. Vale decir que el precedente me daba la razón a mí y era opuesto a lo que invocaba Gambino y a lo que Robbio falló.

Uno de los conjueces de la cámara votó por revocar el sobreseimiento. Viejo profesor de Derecho Penal I, abogado en ejercicio, era un anciano encantador, extremadamente culto que citaba *La divina comedia* en italiano. Autoridades como eran de la facultad, lo desplazaron de la cátedra porque lo consideraron muy desactualizado. Fue el único que resolvió así. Llevó el caso hasta la Cámara Nacional de Casación Penal, que resolvió en la misma línea y ordenó procesar a Gambino. Léase bien: Robbio lo sobreseyó y la casación revocó ese pronunciamiento. Igualmente en la cámara se las ingeniaron para salvarlo con el recurso habitual: cajonear la causa y luego conformar el cuerpo con otros conjueces, amigos de De Vito. Gambino fue finalmente sobreseído hace poco.

Soy inocente por donde se lo mire. Igual que en *To Kill a Mockingbird*, no hay autoría, no hay responsabilidad pero la causa no se termina. Hay que matar al ruiseñor. En la novela tampoco existía el hecho ni ninguna prueba, pero si algo no suelta el Estado nunca es el poder de someter y castigar a un inocente; esa posibilidad debe quedar siempre abierta como moneda de cambio durante todo el tiempo que se pueda. La puerta de entrada al sistema penal tiene dos metros y la de salida treinta centímetros.

No hay nada, pero por las dudas la causa sigue.

En *O Brother, Where Art Thou?* los ex presidiarios son indultados. Llegan al lugar donde uno de ellos vivía y son capturados por un alguacil y sus hombres, que se preparan para ahorcarlos. Uno de los prisioneros dice: *"El gobernador nos indultó, lo dijo la radio"*. *"Aquí no tenemos radio"*, responde el alguacil mientras pasa la soga sobre una rama. *"In dubio pro reo"*, dice el principio. «Acá no tenemos principios», dice Robbio. Tiene razón. Ninguno tiene principios. El sistema no los tiene. Por eso ellos están ahí y los dejan.

Recién, con esa falta de mérito, respiramos —los brotes sembrados en la pequeña parcela durante la antigüedad tardía germinaban en una débil flor— y en ese julio pude volver al País Vasco —en el cual había estado con mi familia y hecho cursos en Oñati y en la Euskal Erriko Unibersitatea— pero, por primera vez, iba con mi esposa y mis hijos y —aún sometido a la mezcla de vaca sagrada y zarina, todo en decadencia— vivimos lo que parecía el final de la pesadilla.

Entonces estábamos lejos de saber que la pesadilla no había hecho más que comenzar.

VII

Marta le contó a Katrina que Calígula tomaba Viagra. Fue Katrina —amante de otro camarista— quien los había presentado. Calígula no tardó en darle un contrato que había pedido en la corte y menos tardó en quitárselo cuando perdió interés en ella y buscó sacársela de encima.

La relación de Calígula con las mujeres era como él: violenta y tornadiza. Cuando trajo a su amante con un cargo en un ministerio público había sido lo mismo, pero quizás, en lo de violenta, lo haya sido con todos, como cuando un cuidador de autos no le permitió estacionar en un lugar prohibido y él le respondió: «No sabe con quién está hablando», y como el franelita lo insultó, lo hizo detener por desacato y le formó una causa penal; o una vez en que llamó por teléfono a la estación de trenes para preguntar por la llegada de un tren que traía a un familiar y como no le dieron la información, repitió el «no sabe con quién está hablando» e insultó al interlocutor. En respuesta, La Fraternidad detuvo el tren.

Sus vínculos con la pesca eran también tan cuestionables como con la prostitución. Nunca falló en contra de los intereses de las pesqueras y sobreseyó a un empresario imputado por desobediencia, al incumplir una medida de no innovar en un amparo ambiental. Con la segunda, se le probaron una gran cantidad de llamadas con el administrador de un local investigado por trata de personas. Él había logrado detener varias veces la investigación. Pero en lo que definitivamente reinaba, sin ningún freno, era en la persecución del personal.

No obstante, cuando comenzó a ser implementada una política judicial respecto a los derechos humanos y creada una secretaría específica, con muchos contratados, todos conocidos y beneficiados suyos y del otro camarista, se convirtió en eso en que también se convirtieron otros: un abanderado de los derechos humanos que intervenía en juicios por delitos de lesa humanidad, conformando otros tribunales y cobrando jugosas subrogancias.

Ahora todos habían sido luchadores desde la época de la dictadura y se confundían con quienes realmente lo habían sido, que a su vez necesitaban de ellos por una cuestión de conveniencia: para que las causas avanzaran o los imputados fueran juzgados de una buena vez. La farsa siguió. La farsa sigue. La línea de negocios la hace posible: unos por una cosa, otros por otra, todos la toman como algo real.

El cliente de Norma, el amigo del administrador del prostíbulo, el que había detenido al franelita podía poner en una pica la cabeza de un escritor, un padre de familia, un funcionario honesto sin que nadie le dijera ni reprochara nada y sin que nada pudiera detenerlo: ese es nuestro sistema. No se trata de que él sea como es —nunca lo ocultó—, sino de que le permitan hacer lo que hace.

Cuando ya todo parecía estar quedando atrás y el perjuicio sólo era el de los meses en que no cobré, sucedió algo: el tribunal reclamó que volviera a trabajar allá. Me negué por la violencia moral que eso significaba, entonces me mandaron a una junta médica.

Debía abandonar todo e ir a Buenos Aires, no una sino tres veces y no durante tres días sino durante tres semanas a explicar a quienes lo último que harían en el mundo sería escuchar explicaciones.

***

Me visto de traje y corbata y voy a tomar el colectivo para volver al día siguiente. Me encuentro con Yoshihara, un ex compañero del servicio militar. Luego de esa época nos reuníamos en su casa a escuchar música. Me cuenta su vida. No puedo contarle la mía. No tengo nada para decir. Soy inocente pero me avergüenzo. No puedo decirle que me mandan a una junta médica y le digo algo, no sé qué.

Llego a la mañana temprano. Nervioso, hambriento y sin dormir. Cruzo. Es frente a retiro. Un edificio de arquitectura fascista. En el *hall* hay vitrales con esas típicas figuras gigantescas, cuerpos atléticos con un haz de algo en la mano. Proclaman un optimismo irreal en ese lugar sucio e inmenso donde las personas van y vienen, haciendo trámites forenses; pero en el piso a donde voy no es así.

Es como aquella película con Tim Robbins que narra la historia de unos ex soldados que investigan una enfermedad secreta que sospechan haber contraído. Hay una escena en la que el personaje es llevado en una camilla que va cada vez más rápido, tanto que la rueda delantera comienza a sacudirse y de pronto traspone una puerta en la que el hospital deja de ser real: hay fragmentos de cuerpos e imágenes siniestras mientras la camilla va más y más rápido.

En ese pasillo muerto en el que me ha dejado un inmenso y sucio ascensor con puerta hermética veo de pronto un sillón de dentista y un joven sentado en él. Está como dormido o anestesiado. Más allá hay un largo banco con espectros que aguardan. Me siento en la punta. Yo soy otro espectro. La mujer que está a mi lado me mira con una cara leudada como un pan que hubiera caído en el agua, y desde las ondulaciones que bordean las rasgaduras, donde no alcanzan a verse los ojos, me mira y una voz de ultratumba me pregunta la hora. A los cinco minutos me la pregunta de nuevo y a los cinco minutos de nuevo.

Por el pasillo camina un guardia de la SS, con paso oscilante, erguido y risueño. Las horas empiezan a pasar.

Ya estamos muertos y no importa que pasen las horas porque nuestro tiempo es el de la eternidad, o más que la eternidad, es el de un limbo en el cual fuimos arrojados. Todo sigue pero nosotros quedamos a un lado y todo para que alguien pudiera salvarse.

La mujer de cara leudada entra y al cabo de un tiempo, que no se mide con nada porque todo allí es estático, sale, feliz de que le hubieran dado otro mes de licencia psiquiátrica.

El joven en el sillón de dentista ha desaparecido.

La camilla que me transporta va más rápido, la rueda se sacude para uno y otro lado y me llaman.

Comparezco ante tres médicos en un escritorio. Uno es el guardia de la SS. Otro es una efigie de cabello canoso, anteojos de marco negro que se limitará a hacer gestos negativos. Como proviene de otro espacio y de otro tiempo: el espacio de la superioridad y la altura y el tiempo eterno que contiene al tiempo de todos los demás, no necesita hablar y se limita a mirar hacia abajo desde ahí. Uno de ellos desciende un escalón de aquel espacio y me dirige la palabra. Más que dirigírmela, me hace un gesto: no necesita hablar y es él quien puede seleccionar qué tanto puede hablar aquel a quien inquiere, como si hubiera cometido una falta terrible.

Entonces les cuento, intento mostrarles los papeles, explicarles cómo fui seleccionado por una culpa que no es mía y cómo… pero me detienen. No les interesa. No están ahí para escuchar. Esperan que confiese algo para mandarme a la hoguera o que lo niegue para someterme a una ordalía, como la del agua: si el cuerpo flota el pecador está poseído y hay que llevarlo a la hoguera; si se hunde, es inocente. Morirá ahogado pero su alma irá al cielo. Mi alma no irá al cielo porque no hay cielo —cómo puede haberlo— y no existe el alma, no hay algo que esté dentro de mi cuerpo que valga la pena: así, igual que los jueces y fiscales, lo ven ellos, esos "agentes de la salud".

Les muestro el informe del médico clínico y el de la psicóloga. He tenido que ir a una psicóloga. No lo decidí yo, simplemente fue preciso ir. El que se dignó a hablar hace un gesto de rechazo. La efigie niega y el guardián de las SS se ríe.

No creen en la simple verdad. La simple verdad no interesa.

Cuando la tortura parece terminar se abre una puerta y entra una mujer pequeña, temerosa, con razón, de los psiquiatras que interrogaron a Sophie Sholl. La ordalía del agua recién comienza, la tortura ha sido el primer paso del juicio del santo oficio al que sólo llegan culpables. De qué, no importa, ya se encontrará algo.

Piensan que estoy de licencia. A ese grado desconocen el asunto que me ha obligado a ir ahí. Les dijo que estoy trabajando y que quiero seguir trabajando, que no quiero estar de licencia, pero que no puedo volver a trabajar al lugar donde se me seleccionó como responsable de aquello que no era mi responsabilidad.

No pueden percibir una verdad tan simple como esa.

Menguele hace un gesto y la psicóloga, porque era una psicóloga y allí sigue sometida al poder de la corporación médica, me hace escribir la historia de mi vida en una hoja.

No entiendo qué tiene que ver la historia de mi vida con todo lo que me hicieron.

Cuando finalmente termino, me dice que tengo que volver dos veces más, en dos semanas diferentes. Intento explicarle. Soy de Mar del Plata. Estoy trabajando y estudiando. Tengo familia. Hago deportes. Estoy volando. Pero todo eso pertenece a un tiempo pasado. Uno donde estaba vivo y era libre. Ahora no termino de ser ni una cosa ni la otra.

No están allí para escuchar explicaciones ni menos para acceder a las demandas. La ordalía es inflexible. La corporación se alimenta del sufrimiento y por eso lo produce.

Desde ese momento me convierto en un fantasma que carece de existencia propia porque debe deambular por los oscuros pasillos del edificio fascista con gente muerta en un pasillo muerto bajo la custodia de las figuras con haces de espigas.

La siguiente vez me hace el *test* de Roschach. Tengo que mirar manchas y decir qué me parece que son. No puedo decir cualquier cosa; si digo que simplemente me parecen marchas estaré loco; si digo que veo la ciudad de Paris de noche, también. Así es el mundo de los psiquiatras y el de los psiquiatras del poder judicial es un submundo de éste. Uno donde van los que fracasaron en la profesión.

Ya dejé definitivamente de ser padre, escritor o asistente social: soy simplemente un cuerpo poseído por el espíritu maligno que ellos buscan en mí. Por eso no merezco respeto alguno. No soy humano. La camilla traspuso la puerta más allá de la cual empieza el límite y acelera más y más, la rueda se sacude, tiembla. Yo estoy encerrado. No tengo vida. Tengo algo que guarda cosas de cuando sí la tenía pero ahora no hay nada. En cualquier momento la camilla se detendrá y alguien habrá de conducirme más allá de otra puerta, en un lugar de pesadilla en el cual deberé vivir para siempre.

La tercera vez debo comparecer de nuevo ante los inquisidores.

La novela de Levrero sigue y yo soy el personaje. Atraviesa paisajes oscuros y lóbregos que evolucionan hacia la negrura de un bosque del que salen horrendas criaturas fantásticas.

Intento presentarme con algo de lo que queda de quien fui la primera vez en que debí comparecer ante ellos, hace siglos, cuando me encontré con Yoshihara, una figura de sueño que proveía del mundo en el que yo alguna vez viví y del cual fui expulsado.

Pero su actitud cambió. La efigie seguía sin hablar. El guardián de la SS me dijo que ahora conocían más cosas de mi personalidad —pensé en qué cosas de mi personalidad podrían haberse reflejado en esas hojitas escritas o en un montón de manchas donde en nada se verían mis novelas, mi familia ni mi pasada condición humana—.

Menguele me vuelve a preguntar por la licencia. Le reitero que no quiero una licencia, que lo que quiero es pasar a la oficina de jurisprudencia y hacer algo que tenga que ver con mis capacidades, mi experiencia y mi cargo y no volver al tribunal que me trató como un delincuente para preservar las responsabilidades del secretario y el juez de ejecución.

Menguele desciende del bosque de Brasil desde el cual habla y aconseja al miembro de La Rosa Blanca al que ya ha decidido enviar al cadalso: «Entonces tiene que venderse».

La ordalía termina. Parece mentira, pero termina. Aunque nunca pueda volver del todo del limbo al cual me arrojaron y deba seguir allí durante mucho tiempo más, al menos esta parte del medio del camino de mi vida termina y me espera Virgilio que, sin que yo lo sepa, habrá de conducirme no al cielo sino al infierno.

Pese a todo y, como no podía ser de otra manera, la junta dictamina que puedo volver al tribunal aunque eso me produzca "disgusto o displacer". No se trata de injusticia, de angustia ni nada de eso, sino de que ellos reducen todo a un simple "displacer". Esos son los términos en que la corporación concibe a las cosas, no como lo que son en realidad: una injusticia, un acto de violencia institucional; sino como algo que puede ser o no ser, que puede ser placentero o no serlo; y me pregunto cuál es el lugar del placer, si es que hay alguno, porque hasta donde lo veo, se trata de sobrevivir, de sufrir unos momentos más y otros menos y el placer no tiene lugar para nada allí. El placer no pero sí el displacer.

El placer era los fines de semana, la salida del jardín, volar el PA 11, todo eso que hacía en el mundo del que fui arrancado.

Llovía, en la escena final de la película con Tim Robbins, sobre los cadáveres de los soldados que estaban investigando esa rara enfermedad. Cuando lo hacían, ignoraban que ya estaban muertos y que eso que vivían era una pesadilla.

Yo también estoy muerto cuando voy a la junta médica, por eso no se altera nada. Ya soy un cadáver sobre el cual cae la copiosa lluvia y ellos lo saben.

***

En el último momento, la cámara mandó a alguien al tribunal en mi lugar. Alguien de quien querían deshacerse y que fue mi moneda de canje, mi salvoconducto para no volver a la picota de la que pude salir y a la cual sobreviví a costa de mucho esfuerzo, mío y de mi familia.

Pude respirar de nuevo y permanecer un momento más de los robados a la angustia, porque la vida pasó a ser eso: leves momentos sobrevivientes del temor y la angustia.

Desde mucho antes vivía con miedo al teléfono, a las cartas, al correo electrónico: podían atacar en cualquier momento y siempre iba a ser eso, algo sorpresivo. Mi terapeuta le llamó Síndrome de Ansiedad Generalizada y los médicos de la junta médica lo ignoraron, igual que los jueces.

Pero ese año desfiló también y durante el siguiente todo pareció haberse detenido y permanecer en ese pasado que, trabajosamente, se alejaba ahora que me habían cambiado a la Oficina de Jurisprudencia.

La oficina era un refugio: allí contaban sus historias la depiladora, la vendedora de cosméticos y una larga serie de compañeras que iban como quien va a un santuario donde poder rezar, confesarse y dejar ofrendas. Hablaban de él, de la otra, de si fue o si vino, si la llamó o no. Venían de una inextricable red de favores secretos. Una estaba allí por haber sido amante de un consejero del Consejo de la Magistratura, a quien su esposa sorprendió y ella terminó aquí, junto a Katrina, la amante del camarista. La pareja de él también los sorprendió y persiguió en su auto: ella se arrojó en la persecución, en la esquina de Independencia y Colón. Katrina veía el canal *Infinito* y hablaba de la metafísica, pero no de la de Aristóteles,

Hegel o Heidegger, sino la del alma, la "espiritualidad" y el karma de una vida inmaterial y mejor que flotaba entre flores y símbolos de un colorido mandala.

En medio de todo eso podía ir haciendo lo que en realidad quería: la jurisprudencia de la cámara, después de todo, era una variedad de escritura, una que implicaba un análisis previo de las sentencias y resoluciones.

Varias veces le insistí a Cogan Mori en desarrollar ciertos planteos argumentales y solicitar el sobreseimiento de la causa por haber transcurrido el término de la extinción de la acción penal. Asentía de una forma en que percibí que no pensaba hacer nada.

Entonces, algo más sucedió: a Montti, que clandestinamente había estado entregando fotocopias de la causa a los jueces del tribunal, le fue ordenado investigarlos por la posible comisión de delitos en el caso. Desesperado, rogó que se lo apartara de la causa —de haber impedimentos debió hacerlos valer al comienzo de la "investigación" y no según los vaivenes de sus resultados—, entonces la procuración nombró a fiscales que vinieron de Buenos Aires y, pese a que la acción penal se encontraba extinguida y de que no había elementos nuevos, me citaron otra vez a prestar declaración indagatoria por un delito diferente (el de malversación culposa, cuya acción penal podía extinguirse con el pago de esa multa, por el cual el Ministerio Fiscal no formalizó requerimiento de instrucción en su momento). Teóricamente, el Ministerio Fiscal había perdido la oportunidad de requerir por ese delito cuya acción penal ya no subsistía.

El Estado necesita de la disponibilidad del poder. Nada lo limita. Ni el tiempo ni el sentido común. Si las diligencias ordenadas fracasan, como refuerzos, podrán venir otras, tantas como sean necesarias y si no revelan nada o lo que revelan no es lo que quieren oír, basta con ignorarlas. Los fiscales —llevan el castigo en el ADN— seguían siendo como en los años setenta, instando la persecución a cualquier precio, en lugar de velar por la corrección del proceso (como decía la Ley del Ministerio Público). En lugar de examinar si la acción penal estaba viva, la ejercitaban dando por sentado que lo estaba y solicitando algo que el Ministerio Público no había requerido antes.

A los seis días de la declaración el juzgado debía resolver mi situación. Para esa fecha estaríamos de viaje, uno planeado durante meses, y como esa resolución tampoco fue notificada —como era obligación legal que lo fuera— transcurrí todo el viaje sin saber qué había pasado.

Así recibí el nuevo milenio en el País Vasco: ignorante de lo que ese monstruo había hecho conmigo y lo que planeaba hacer en el futuro.

No disfrutaba, no dormía, no veía nada porque un mal presentimiento me atravesaba, uno tan indefinido como el que había tenido aquella vez, al bajar a la bóveda del tribunal, antes de que todo sucediera: un frío que me atravesaba, una sensación que buscaba disipar.

El viaje de vuelta de Buenos Aires en el Tienda León se me hizo angustioso y eterno. Apenas llegado llamé a un abogado que conocía la causa. Me dijo que había sido dictada una nueva falta de mérito, por haberse cumplido los seis días de la declaración, pero que los fiscales apelaron.

Meses y meses más por un delito sólo reprimido por multa y del cual no había elementos para responsabilizarme. Traté de encontrar consuelo pensando en que si la falta de mérito fue dictada por el simple vencimiento del plazo, no había un agravio que pudiera habilitar el recurso de apelación, porque el auto de falta de mérito era esencialmente revocable.

Los meses comenzaron a transcurrir de nuevo en la incertidumbre más absoluta acerca de lo que podría pasar.

Resolví que como ya habíamos pasado tantas cosas terribles, no podría volver a suceder todo de nuevo. Lo decidí íntimamente, pero no me convencí, y día a día, semana a semana y luego, mes tras mes, esperaba angustiado lo que podría suceder, mientras trataba de vivir mi vida lo mejor posible.

«Yo voy a confirmar», le había dicho Calígula a Cogan Mori.

Un día, a la hora de salida, Calígula desvió rápidamente la vista para no responder al saludo que yo había comenzado a hacerle. Inmediatamente supe que algo tramaba.

El 17 de agosto, a las ocho y media de la mañana, me llamó el secretario de la secretaría penal para decirme lo que nadie se atrevía a decirme: que Calígula me había dictado un auto de procesamiento.

Ahí supe que la pesadilla recomenzaba, esta vez con mayor fuerza.

Cuando, finalmente me atreví a leer el texto y desmenuzarlo entendí que no resistía el menor análisis.

Era un delito atribuible a un cargo al cual le cabía un deber legal —cuidar los efectos— y que la costumbre administrativa de delegar esa tarea —delegación que en el caso no había existido— no significaba ni eludir la responsabilidad inherente al cargo ni hacerla nacer en otro. La ley es la fuente del derecho penal y no la interpretación o la costumbre. Un delito responde a un verbo típico: hacer o no hacer tal cosa. No cualquiera puede ser su autor: debe tratarse de alguien cuya probable autoría la ley haya previsto.

Los delitos son islas, definidas por la ley. Más allá de esas previsiones se encuentra "el mar de la libertad". El juez no puede hacer distinciones que la ley no hace ni extender un tipo penal más allá de lo que la ley prevé.

Todo el "desarrollo" era una oscura elucubración de Calígula. El poder de castigo debe ser siempre limitado, por el tipo penal y por la característica subjetiva del autor. Calígula hacía una interpretación extensiva de un tipo penal, lo hacía aplicable a otro sujeto que ese tipo penal no había previsto y hacía distinciones que la ley no hace.

Era algo reñido con el derecho penal más elemental.

¿Lo hizo de bruto o por maldad?

Dos conjueces, amigos de De Vito (uno de ellos, El Gordo Garaguso, figura como de la CNU en el informe de la DIPPBA), se adhirieron a ese voto.

***

La causa vuelve a primera instancia. Recurrimos. Robbio y Maldonado no proveen el recurso ni lo notifican. Cogan Mori no va a juzgado a averiguar qué pasa. Un día porque llueve, otro porque hace calor. Yo estoy paralizado. Todo sigue.

El hermano de una que trabaja en la secretaría civil de la cámara está en el cuerpo de auditores de la corte. Le hago llegar por Silvina un resumen de los hechos y copia de las presentaciones. Nunca me contesta aunque nos da ropa usada de sus sobrinos: «Así es como nos ayudamos», dice.

Calígula se persigue: el departamento judicial está lleno de enemigos. Como los pacifistas de la guerra de Vietnam para Hoover, todos son enemigos para Calígula, que quiere irse a La Plata a cubrir una vacante de camarista. Pretende un traslado, pero lo hacen dar el concurso y sale anteúltimo. Él, que es camarista desde hace casi veinte años gracias a Corach, no puede no sólo ganar un concurso sino ni siquiera acercarse a los primeros puestos. No me sorprende. Lo sorprendente hubiera sido que lo ganara o al menos arrimara a los primeros puestos.

La restante arbitrariedad es que ante las decisiones de una cámara no procede el recurso de apelación. El procesamiento es apelable pero si lo dicta una cámara, no lo es. Lo que corresponde, en ese caso, es revocar la falta de mérito, reenviar las actuaciones a primera instancia y si allí se dicta un procesamiento, este pueda ser impugnado por recurso de apelación. Escribo un artículo sobre eso.

La doble instancia es una garantía del proceso y está prevista en el Código Procesal Penal y en los instrumentos internacionales.

De este modo, el procesamiento dictado por la cámara sólo podría ser impugnado por el acotado recurso de casación, reservado para las sentencias definitivas, y más restrictivo. Es decir que la cámara violaba la garantía de la doble instancia y dictaba algo que no estaba facultada para dictar y que yo no podía recurrir.

Una arbitrariedad manifiesta.

Hechos estos planteos, Robbio, el juez de primera instancia, simplemente no los trata.

Los invasores bárbaros regresaron y esta vez diezman los pocos cultivos que quedaban en mi parcela de tierra.

El Khemer Rouge doméstico arrastra a su prisionero. No hizo nada pero es un prisionero. De eso se trata. Lo saca de la ciudad. Lo confina. Lo culpa —como en *The Killing Fields*— de tener un brote. En la antigüedad tardía se aprovecha el más mínimo recoveco para sembrar un brote y aun eso es tomado como un crimen.

Aquel día voy al acto del jardín. A mi hija le toca llevar la bandera. Tiene cinco años, es su último año en el jardín antes de empezar la escuela y esta vez lleva la bandera. Es algo que sucede una sola vez. Sólo una vez se tienen cinco años y se está en preescolar. Lleva la bandera y yo siento una opresión muy grande en el pecho, una tristeza infinita y una impotencia absoluta. Después de cuatro años la pesadilla no sólo no puede quedar atrás, sino que la han dotado de la fuerza de renacer. Renacer, destruir y reinar. Lo hará durante otros tres años. Sé que son los últimos momentos de una forma de vida, que ahora empezará el sobrevivir.

El Khemer Rouge se reivindica. Está muy seguro. Nada le importa.

La infancia de ellos sigue transcurriendo, sigue yéndose así, gota a gota, entre tristeza y tristeza, injusticia tras injusticia. Todas forman parte de un cálculo del cual nosotros no formamos parte porque no le importamos a nadie.

Solo en la oficina busco antecedentes, leo autores, recopilo fallos y veo desfilar a todo el mundo por el *hall*: van al alojamiento de los policías a ver en la televisión cómo las torres gemelas fueron atacadas por terroristas que tomaron el control de aviones de línea.

Las torres gemelas caen en escombros. Nuestra vida también, pero nadie lo nota.

Todo lo que encuentro me ayudaría si pudiera hacerlo valer en alguna parte.

Un viernes me suspenden de nuevo.

Recurro pero la corte me da tres días, como si viviera en Buenos Aires, y declara extemporáneo el recurso, que ha demorado más en ser interpuesto porque yo no vivo en Buenos Aires, sino a cuatrocientos kilómetros.

De nuevo en la calle.

Hace frío, es viernes. Voy al locutorio a hablar con el abogado de la asociación judicial. Mientras él habla, veo a mi esposa en la calle. El viento despeina sus cabellos y se estrecha a sí misma en un abrazo ante el frío.

Es la imagen de la desolación.

Estamos a merced del frío y del viento, sin esperanzas, sin posibilidades, nuestro cadáver bajo la lluvia porque todo este tiempo habíamos estado muertos, aunque ingenuamente tratáramos de seguir viviendo, estábamos muertos, sólo que no lo sabíamos.

Una llamada corta y suma ya nueve pesos —cuánto— y todo lo que me dice es incierto, nada en concreto. No hay nada que se pueda decir. Cuánto. Hay que cuidar cada peso y se van hablando inútilmente por teléfono.

Calígula se compró un BMW y llega en él a la cámara. Todos lo van a ver. No lo usa. Va y viene en un auto oficial con chofer.

Me citan de la policía para hacer los informes de concepto y solvencia.

En lugar de estar trabajando, tengo que ir a la policía. Voy. Están los policías que eran custodios en el juzgado cuando yo trabajaba allí: Florentín y El Ave del Paraíso; le decíamos así porque tenía un buche enorme y tirante. Son compasivos. Me tratan bien. Como cualquier preso, voy a entintarme las manos y a que me hagan no uno sino cinco juegos de fichas. El ritual del castigo necesita de muchas fichas. Pienso que, pese a todo lo que hizo, a Calígula nunca le van a entintar las manos. Nunca tendrá que pasar por todo esto. Voy a una pileta de cemento a lavarme las manos con agua fría y me dan un trapito pequeño, lleno de tinta. Froto y froto. La tinta no sale. Ha impregnado mis dedos, mi piel y la ha traspasado para quedarse impresa en mí. Mucha tinta, agua fría y un trapito: lo que nos dan para quitar algo no tiene ninguna proporción con aquello que nos queremos quitar.

Llego a casa. Los chicos están con la señora que suele venir a cuidarlos. Oculto mis manos. No quiero que me vean así. Voy al baño a tratar de lavarme. La tinta se hace menos persistente pero sigue sin salir.

Calígula ha logrado entintar las manos de un escritor, un padre y un hombre honesto y él es invulnerable.

Otro tiempo se instaura.

Mi esposa ha entrado a trabajar en el juzgado civil. La mandan a la secretaría del corralito. La llevo en el auto, rezando para que no me deje, como la vez en que del caño de escape brotó una nube de vapor o la otra en que se incendió. Vemos la cola que arranca por Bolívar, dobla en Viamonte, sigue hasta Colón y dobla por la avenida hasta la mitad. Todos vienen a interponer acciones de amparo por el corralito. Las jornadas de ella duran como hasta las cinco o seis de la tarde. Viene exhausta. Vuelve exhausta a una casa sin alegría ni esperanzas.

Yo deambulo por el limbo exprimiéndome el cerebro a ver qué puedo hacer.

A veces dejo a mis hijos en la escuela y salgo en la moto. Cuando me notificaron el procesamiento volví al barrio de cuando era chico. Muchas de las personas que conocía entonces estaban aún allí. Hablé con ellas. Buscaba volver a algo. Ellos seguían allí. No se habían ido. Yo sí. Quise construir una vida y ahora ese sueño acababa de caer. Pallavecino, el de la borrachería, ahora está en una silla de ruedas. La señora de Lucero barre la vereda. Está más vieja, pero sigue siendo la misma. Todo el barrio está más feo. No es el mismo de cuando yo era chico y todo estaba en el futuro lejano. Ese futuro lejano que no contenía esperanzas sino una pesadilla. Salgo de los escombros de esa promesa. Todo fue en vano. Creía haber superado todo lo que me sucedió pero no. La muerte de mi mamá, la de mi papá, la de mi hermana. El destino no se puede torcer: rige para algunos y es un cielo despejado para otros, como Gambino y Calígula. Pensaba que el destino puede quedar atrás, ser superado, pero no. De nuevo se impuso eso que me separa de las cosas, de la felicidad.

María José empieza la escuela primaria. Cuando la empezó Mariano, en 1998, yo también estaba suspendido. Que linda casualidad. «Que Dios te bendiga», me dice alguien a quien le doy una moneda y le respondo: «Mejor que no me bendiga más». Dios protege a Gambino y a Calígula para que no sufran. Que tengan salud. Que nada malo les pase y todo eso se cumple. Siempre estarán enteros para la maldad.

No me dejaron tener a Wlasic como abogado, lo pusieron a Cogan Mori, que era un inútil. Lo despido y voy a verlo a Wlasic, pero tengo que pagarle. Por suerte no es interesado.

Tiene el estudio —de algún modo hay que llamarlo— en Luro, entre Catamarca e Independencia, en esa parte donde los vendedores ambulantes tiran sus mantas y ofrecen chucherías.

Es un departamento en un edificio feo y berreta. El encargado es un cancerbero, si estoy cerca de la puerta se aleja para no abrirla y mascula un gruñido a manera de saludo cuando no puede eludir el saludo. Guarda la entrada al mundo del más allá.

El ascensor es lento y hace un ruidito particular, tic, tic, tic, que, igual que el olor a tierra, a viejo y a humedad, se incrusta en los sentidos primero y en la memoria después; y de ninguno de los dos se irá nunca.

Hay que ir temprano el miércoles, único día en que atiende. Yo rendí libre Derechos Humanos con él en la Nacional. Nunca me imaginé que tendría que ir a verlo.

Llego antes de las cuatro. «El doctor no está», me dicen y me siento. Hay revistas *Quorum*, del Colegio de Abogados. Como a todos lados, hay que llevar para leer o el *walkman* para escuchar música. La música es mejor. Se pueden cerrar los ojos y aislarse algo más.

Empieza a entrar gente. Nadie saluda. Todos son hoscos y secos, llevan ropas gastadas y raídas y nadie tiene un gesto amable. Hunden los ojos en las revistas *Quorum* con discusiones jurídicas ya perimidas, que seguramente tampoco entiendan, pero no importa.

Pasa fumando una abogada, una mujer con nombre de nibelungo de la tetralogía. Lleva una chalina negra que, en el perfil afilado y la voz de cigarrillo, la hace parecer un cuervo. La espalda, con una pronunciada curvatura, es una pechuga de pollo puesta para arriba, la curva saliente de la pechuga viene a ser la espina dorsal del nibelungo o del cuervo —según se opte por una u otra semejanza—. La secretaria habla por teléfono con otra: "Dónde estabas guachita, ayer que te llamé". *Con razón siempre da ocupado el teléfono*, pienso.

Navego en el limbo o en una profundidad que es como el silo de Carlomagno, ese abismo insondable que vimos en Roncesvalles, al cual se dice que arrojaban los cadáveres de los guerreros. Es lo mismo. Soy un guerrero y un cadáver y me arrojaron al abismo: están reunidos todos los requisitos.

Entra un hombre. Es un abogado, un personaje oscuro con voz de humo que alguna vez atendí en el juzgado. Con sus bigotes de Cantinflas viene huyendo de una oscura mafia mexicana, llevando una bolsa de polietileno en cada mano y se pierde en el pasillo, mirando para atrás. Nadie lo persigue. La mafia mexicana no vendrá a buscarlo aquí.

Es la pareja de una abogada que llega más tarde y habla por teléfono desde un escuálido y sucio privado lleno de papeles desordenados, con una voz alta y segura, como si estuviera tratando algo importantísimo.

Pronto el diminuto *living* del departamento se llena de gente. Pero no es gente. Es aquello en lo que un gran problema convierte a quienes una vez fueron gente. Por eso hay que venir temprano, mucho antes de las cinco, que es la hora en que empiezan a atender.

A medida que se acerca la hora, la bandada de pequeños animales salvajes que hay encerrados en mi estómago comienza a abrirse paso y, uno a uno, se liberan y persiguen, causándome ese dolor típico de los nervios. Las peores cosas en mi vida me sorprendieron sin que pudiera reaccionar demasiado y, por las dudas, ante cada posible novedad, mi cuerpo supone que me van a sorprender de nuevo. No se equivoca.

Pero es peor hablar por teléfono. Tengo que lograr la comunicación antes de ir a buscar a los chicos a la escuela, después la línea estará ocupada todo el tiempo. Hay que llamar cada cinco minutos con la tarjeta línea —el teléfono está tan caro que es la única manera de hablar, marcando una seguidilla interminable de números, con mucho cuidado de no equivocarse— porque si nos llegan a ganar de mano ya siempre dará ocupado. «El doctor no llegó»; «el doctor no llegó». Ocupado. «El doctor no llegó». Ocupado. Ocupado. Ocupado. Ocupado. Llegó. Finalmente la voz que dice «ya le paso» y él que, en el mejor de los casos, responde que no hay novedades.

Pasa el tiempo. Los animales se agitan. Cinco menos cuarto. Dos horas más tarde son cinco menos cinco.

Las cinco, finalmente. Los animales dejan de deambular y se atacan mutuamente. Cinco y diez. Cinco y cuarto. Cinco y media. Ni en la música me puedo concentrar. Seis menos cuarto. El departamento entero se mueve. Las paredes avanzan. La gente sigue interesadísima en las revistas *Quorum*.

Se abre la puerta y entra. Mi corazón se detiene. Un pastor benévolo ha conseguido encerrar momentáneamente a los animales salvajes. Mi respiración se hace más rápida y mi corazón acusa el enojo de los animales encerrados. Galopa. No hay a donde ir, pero galopa. A dónde. A ninguna parte.

Él, que comenzó a luchar por los derechos humanos en la época de la dictadura, se asombra de todo lo que nos hacen. Paso. Saca el lápiz y la hoja. Comienzo a decirle una palabra. Suena el teléfono.

Me empieza a explicar sobre lo que pasó en el amparo y en la causa penal. Esas arbitrariedades que eran inimaginables y temibles efectivamente no se produjeron, las que se produjeron son mucho peores y han quedado firmes, producen efectos. La corte se niega a contestar el informe circunstanciado. La causa ha tomado rumbos inexplicables. Cuando es algo terrible para mí se produce rápidamente. La improcedencia y el absurdo lo hacen inesperado y ya está, el camino para tratar de revertirlo es azaroso, difícil, lento, conjetural, depende de esto y termina siendo absolutamente inútil. Para huir del fuego sólo me queda trepar por un palo enjabonado.

Eso es lo bueno. Eso responde a la curiosidad y a la necesidad de enterarse para concluir que es mejor no enterarse, no saber lo que ha hecho el horror últimamente ni cuáles han sido sus últimos pasos en la parcela que habíamos salvado de la antigüedad tardía y de lo que quedaba de nuestra propia vida, de la cual ya nunca se irá.

Wlasic lleva la cédula. La hace sellar. La trae. La agrega. Va con el oficio. Vuelve. Es tenaz en esta lucha donde no pasa nada porque el contendiente es aquel que además decide si las cosas pasan o no.

El ritual se cumple. No sirve para nada, pero se cumple.

Finalmente mi respiración se hace más rápida. Los animales han vuelto a liberarse y debo salir. Si quiero respirar debo salir. La gorda sigue hablando por teléfono con los abogados de la corporación multimillonaria y salgo, no por el ascensor sino por las escaleras del edificio como si estuviera en llamas.

Seis menos diez. Qué suerte, qué temprano me liberé.

Hundo los auriculares tratando de que la música cubra al menos algo de todo lo que siento, pero en lugar de eso me taladra el cerebro. Cómo será.

Voy rápido para casa. Necesito estar con mi familia. Con lo único que me queda de todo mi mundo anterior.

No puedo ni siquiera pasar cerca de la cámara. Tampoco hay nadie allí. Nunca lo hubo. Nunca lo habrá.

De nuevo, el tiempo transcurre. Lo hace lentamente. Cada día es una meta. Hay que llegar a él, atravesarlo y luego, si no hubo novedades, respirar esperando el siguiente.

Ya no hay llamados.

Nadie se acuerda de mí.

Nadie tiene un gesto solidario.

Nada.

O piensan que soy efectivamente culpable o no quieren ver las cosas que son capaces de hacer Calígula y el sistema al que pertenece.

Estamos afuera del sistema de los derechos humanos. Ningún organismo de derechos humanos siquiera me responde. Estamos absolutamente solos.

No dejamos de pensar en planteos. Los hacemos incesantemente. Los llevamos. Nada pasa.

En el amparo nos rechazan todo, pese a los argumentos, a aquel caso igual, vuelto a exponer. Nada los conmueve. Exigiéndose al máximo, mi esposa habla con los conjueces del amparo. Les explica. La escuchan. Le prometen. Uno de ellos, Eduardo Hooft, fue el defensor de Corres, el asesino de Silvia Filler. Su voto fue terrible: no sólo ignoraba el antecedente —un caso idéntico— que hubiera inclinado las cosas en mi favor, sino que se lamentaba de que el Estado no hubiera recurrido a la medida cautelar para poder votar su revocación. La república y el absolutismo monárquico son para él lo mismo. Ninguno de los dos puede ser interpelado. En lugar de los plazos de horas y días que prevé la ley de amparo, todo dura meses y años. No hay tiempos. El fundamento del derecho al juzgamiento en un tiempo razonable es precisamente que, si éste no se produce, surge la presunción de que si el Estado no lo respeta tácitamente está aceptando que aquellos a los que somete a juzgamiento son culpables o carecen de derechos que deban ser garantizados. Son "luchadores por los derechos humanos", juzgan delitos de lesa humanidad y al mismo tiempo ignoran esta simple verdad. Después de todo, tampoco importaba demasiado porque cuando hubo sentencia la corte no la cumplió.

Los derechos humanos no son para nosotros.

Voy al gimnasio; hago las tareas de la casa; plancho los guardapolvos; llevo a los chicos a la escuela.

Entre un planteo y otro escribo un artículo *Los silencios del sistema penal*. Es publicado en México.

Empiezo a escribir como nunca antes y desarrollo una serie de artículos y un seminario taller: *La fábrica penal (un enfoque interdisciplinario del sistema punitivo)* y lo presento a quienes publicaron el artículo inicial y nace la posibilidad de ir a México a darlo.

El sistema penal no es racional ni está construido para descubrir la verdad. Sólo le interesa construir a un culpable simbólico. Logra hacer creer que esa operación es la verdad. Lo hizo con las brujas y los estigmas médicos. Para alimentarlo no se necesita haber hecho algo sino sólo ser vulnerable.

Mi postulado se transformará luego en un libro.

Voy y lo imparto en el Departamento de Estudios de Posgrado. Es un éxito. Allí conozco a Zaffaroni, quien me patrocinó en un escrito que la corte rechazó en un solo renglón: «Estése a lo dispuesto a fojas 120», sin tratar ninguno de sus argumentos.

Hablo con el gremio. Me obligan a afiliarme. Me piden los antecedentes. No los leen. Les pido que me apoyen en la petición. No hacen nada.

Sigo yendo a inglés. Los viernes hago mi clase y los talleres, espero a Mariano; luego vamos a buscar a María José al taller de pintura, los dejo en casa, guardo el auto y nos guarecemos. Es viernes. La semana terminó sin ninguna nueva calamidad y sobrevivimos, como la rama de *Crujido de una rama quebrada*, la poesía de Hermann Hesse:

"Rama en astillas quebrada,
colgando año tras año, seca cruje su canción al
viento, sin corteza,
raída, amarillenta, para una larga vida,
para una larga muerte fatigada.
Duro suena y tenaz su canto,
suena obstinado, suena secretamente amedrentado
todavía un verano, todavía un invierno más".

Simplemente me sostengo. Simplemente nos sostenemos. Un día más, una semana más, un invierno más.

Los viernes son un momento de alivio, ensimismado, nuestro. Son las siete y media. Ya volvimos de *Speakeasy* y miramos *31 minutos* en el televisor de la cocina. Es un noticiario chileno con marionetas; tiene secciones fijas, como el *rating top* (con temas musicales inolvidables: "Mi muñeca me habló" o "Tangananika, tangananá" y muchos otros que nos sabemos de memoria), y personajes (como Tulio Triviño, Policarpo Avendaño o Juan Carlos Bodoque y su nota verde). Es brillante. Se ha alzado el puente levadizo y me siento a salvo, feliz de haber sobrevivido una semana y de tener una tregua hasta el lunes. Construimos los momentos con nuestras propias manos y entramos en ellos. Cerramos la puerta. No entran Calígula, ni Montti, ni Hooft, el defensor del asesino de Silvia Filler. A la noche les leo los libros de la colección de *Página 12*: *Los hermanos no son cuento*, de María Inés Falconi; *Historias del circo*, de Ricardo Mariño; o *Las aventuras de Don Sapo en Buenos Aires*, de Gustavo Roldán. "Mi hermanito y la guerra del pis" o "Los hermanos no son cuento" nos dejaron sus frases. *"Era una guerra y el pis estaba ganando"* o *"la próxima vez que me digan querés un hermanito voy a decir mejor comprarme un triciclo"* no son frases, son testimonios de que existía otra cosa, una que nos hacía reír, que nos mostraba la otra cara, la inocente, aquella donde no reina la maldad y había que hacer eso: entrar y refugiarse; entrar y quedarse y ahora recordar, agradecer a la historias y a su enorme poder de mantenernos con vida, pensando en leerlas de nuevo a la noche siguiente, de elegirlas, de esperarlas, de recordarlas mientras por fuera de nuestros muros reina la maldad más pura, una que sin embargo no tiene el poder de vencernos.

Sobrevivimos un invierno más, y otro, y otro, y otro.

«No saben lo que se viene», dijo Baqué.

Es el día de hoy que pasar la esquina de San Luis y Rawson, donde vivíamos, me produce una tristeza invencible porque rememoro todo aquello, esos seis años de pesadilla son los que más pesan de los doce que vivimos allí. Todo se ha olvidado: las primeras alegrías, el nacimiento de María José, los vecinos... sólo perdura el recuerdo de la época nefasta. Tal es el poder que tienen, el de aniquilar la memoria y envenenar los recuerdos.

***

Ya no vuelo. Antes con diez pesos, una vez al mes podía despegar, hacer un circuito en el PA 11 y aterrizar. No perdía la regularidad. Pero en la crisis del 2001 el *default* hizo que los aviones se quedaran sin seguro y no se puede volar. Pierdo la regularidad. Para recuperarla debería pagar al instructor y volar una hora. No puedo permitirme eso.

Estaré casi tres años sin volar.

Tengo que ir a hacer un trámite a la obra social. Debo ir a la cámara. Voy con mis hijos. No tengo con quien dejarlos. Pasa Calígula. Nos ve. Mira para otro lado. No es nuevo. Es lo que siempre hizo y lo que todos también hicieron. Mirar para otro lado.

Los sábados espero el programa *Un viaje al interior de la música*, de Horacio Lanci. Lo dan por *Radio Concierto*, de doce a una. La música es lo único que tengo. Me abraza, me estrecha, me da calor, nutre a mi mente y a mis sentidos. Grabo los programas en casetes en que tenía grabadas otras cosas. No puedo comprarme casetes nuevos y tengo que usar los que ya tenía, aunque eso signifique sacrificar registros que atesoraba. Luego veo *Meet the Ancestors*, el programa del antropólogo Julian Richards, de la BBC. Un mundo emerge ante cada hallazgo. Un rostro es reconstruido, una identidad y una forma de vida son reveladas.

Después comienza la tarde, ese momento en que la semana empieza a girar sobre su punto de inflexión, el que conducirá, inexorablemente, al lunes y en todo lo que pueda suceder con los monstruos que nos devoran. Procesos y procedimientos deberían garantizar la justicia pero en lugar de eso nos devoran. Devoran al inocente. Responden a la lógica de *La fábrica penal*.

Primero pasaron los días, luego las semanas. Ahora son años.

Casi no me quedan amigos.

Con uno de ellos, el mejor, casi el único, comenzamos a ir a ver a la Sinfónica. Empezamos a ir a los ensayos generales y él me dio la idea de escribir sobre los conciertos y comencé a hacerlo no sólo sin dificultad, sino encontrando un enorme foco de interés en eso. Era algo que podía hacer perfectamente y que, pronto descubrí, me apasionaba hacer. Como quería escribirlos responsablemente, hablaba con directores y solistas. Los entrevistaba. Comencé a hacer reportajes y a escribir una columna en el diario. Seguí haciéndolo después. Sigo haciéndolo ahora.

La música me sostuvo. La música no sólo no había dejado de estar, sino que se arraigaba cada vez más, con mayor intensidad y profundidad y ese sentido nuevo me hacía redescubrirla y escucharla de otra manera.

***

Un día Zaffaroni fue nombrado juez de la Corte. Fui a verlo a la Corte.

Reeditamos nuevamente los planteos en la causa y en el administrativo y, esta vez, abierto el paso por una llave mágica, la Corte entró en el fondo del tema y tras casi tres años dejó sin efecto la suspensión preventiva que sufría; y el 12 de mayo de 2004 volví a trabajar. De no haber conocido a Zaffaroni hubiera seguido suspendido vaya a saber cuánto más —por un delito castigado por la simple pena de multa y que no era aplicable a mi cargo— y no sé qué hubiera podido pasar. Zaffaroni me había aconsejado pagar la multa pero sin admitir la responsabilidad, simplemente para que levantaran la suspensión por todo lo que significaba. Consideré que era muy arriesgado y que podían agarrarse de eso para considerarme responsable y asumir que el pago de la multa equivalía a reconocer la responsabilidad.

Pero ese punto había quedado atrás. Volví a la Oficina de Jurisprudencia, logré desplazar a Katrina y ponerme de lleno a elaborar los boletines de jurisprudencia en las distintas materias y tratar de lograr la publicación de los fallos de la cámara en las revistas especializadas y en el diario. Me fue muy bien con eso.

Wlasic hizo un planteo de prescripción en la causa penal, con fundamento en fallos plenarios de la Cámara Nacional de Casación Penal. Pensé que íbamos a tener que llegar hasta esa instancia para que nos dieran la razón, una que esperaba que el Khemer Rouge nos negara en primera instancia y en la cámara.

Pero no, con una resolución de dos carillas, breve y sencilla el juez subrogante, que ocupaba el lugar de Robbio, resolvió favorablemente a nuestra postura ya en primera instancia, agregando que para el llamado a ampliar la declaración hecho por los fiscales en 2000 ya la causa estaba prescripta, porque el llamado a ampliar la declaración carece de los efectos interruptivos que sí tiene el llamado inicial.

Contra todo lo que era dable esperar, los fiscales —esos inquisidores que persiguen con pinzas y tenazas— no apelaron, la resolución quedó firme y, de un día para otro, la causa terminó.

VIII

Algo inesperado sucedió un año más tarde.

Un juez dispuso un allanamiento en un local de prostitución. Buscaban drogas.

Las que encontraron estaban en sobres oficiales del Tribunal Oral Penal Federal. Era droga que no había sido quemada, como lo disponía la ley y, tal como sucedió con el dinero, alguien aprovechó esa falta para robarla. Esa, y no otra, era la oportunidad facilitadora a la que se refiere la malversación culposa, una oportunidad dada no por cualquiera sino por quien tenía facultades para disponer del material o lo tenía legalmente a su cuidado. Eso es lo cierto. Todo lo demás es pura elucubración.

Lo mismo que los cuarenta mil dólares ocho años antes, ahora alguien había estado sacando drogas que, en lugar de ser destruidas como lo ordenaba la ley, reingresaban al circuito de comercialización. Ese alguien o quienes hayan sido, pudo o pudieron hacerlo porque el delito en sí nunca fue investigado. La actividad se agotó en atribuirme toda la responsabilidad a mí para salvar los verdaderos responsables de las sanciones que les hubieran correspondido, pero no en averiguar qué había sucedido realmente. Nadie investigó a ningún miembro del tribunal ni a los policías (como aquel que tenía una Harley Davidson de cuarenta mil dólares).

Por eso volvió a pasar.

Como el que lo descubrió esta vez era hijo de un juez de la Suprema Corte de Justicia de la provincia, a quien a su vez le debían favores, no pudieron hacerle lo que me habían hecho a mí. Sí desplazaron a otros. Por un motivo u otro.

Santino rogó a quien había descubierto la falta de drogas a no decir nada pero era algo imposible de ocultar. Para preservar sus propias responsabilidades, los jueces lo hicieron renunciar pero lo ayudaron mandándole clientes y pasó a ser un prominente abogado de toda suerte de malandras de alto vuelo.

La Corte hizo lo que no había hecho antes: investigar. La auditoría que hizo el Cuerpo de Auditores de la Corte Suprema en el tribunal descubrió muchas otras irregularidades —administrativas y funcionales—, entre ellas, la falsedad de fechas en actas y el intento de sanear los faltantes con una quema que el juzgado interviniente logró detener.

De Vito movió todo lo que tenía. Gracias a eso y a su cercanía con altos miembros del Gobierno y con los consejeros lograron que el Consejo de la Magistratura, pese a todas las pruebas y a lo que una consejera había manifestado públicamente, sobreseyera la causa y no acusara a los jueces, como el Cuerpo de Auditores esperaba que hiciera.

Los únicos jueces que caen son los obvios, aquellos cuyos delitos no se pueden ocultar o los que enfrentaron al poder: Bernasconi, Trovato, Leiva por investigar a Monetta.

Santino vivía presentándose a concursos y había descuidado la función de secretario a grado tal que en el cajón de su escritorio fue encontrada droga. También allí, al alcance de todos, estaba la llave de la bóveda y yo me preguntaba si cuando Gambino era el secretario eso habría sido distinto.

Su defensor era un abogado de la farándula y logró que el juicio fuera postergado, desdoblado y algunos mamarrachos más; finalmente, pese a las pruebas en su contra, fue absuelto. Pero eso no era absolutamente todo. Santino, que era violento y atacaba a cabezazos, estaba imputado en una causa por lesiones contra el hermano de una ex novia o amante. La influencia que tenían en el fuero provincial era tanta que lograron que el fiscal archivara la causa amenazando con hacer que se reabriera un sumario administrativo que había tenido.

Así se hacen las cosas, al estilo de Vito Corleone.

IX

En la novela *Las almas grises* —que transcurre durante la Primera Guerra Mundial— hay un fiscal, a quien el juez de instrucción odiaba, sospechoso de haber asesinado a una niña. El juez instructor fue a ver al fiscal a su castillo. Buscaba decirle con su presencia que estaba a su merced. Pero luego optó por la solución convencional (la de Calígula y el tribunal): culpar a dos desertores del crimen y torturarlos salvajemente hasta que confesaran. El narrador se preguntaba las razones, para concluir que finalmente, aunque eso no sea posible de entender, ellos siempre terminan ayudándose.

Calígula primero alimentó el escándalo contra los jueces del Tribunal como para sentirse que los tenía en sus manos, pero finalmente, mantuvo su relación con ellos. La corporación cerró sus filas y fue como si no hubiera pasado nada. Pensados con la lógica convencional o el sentido común son imposibles de entender. Las familias pactan una tregua para poder seguir con sus negocios.

Hasta Wlasic, tan inquebrantable, sucumbió cuando De Vito le presentó un libro sobre derechos humanos. Un juez que había defendido a un represor, justificado que un fiscal fuera a los prostíbulos porque él también había ido y falseado una investigación, ahora presentaba un libro de derechos humanos y juzgaba a la CNU.

El Tribunal y Calígula dejaron de ser vistos como lo que eran para pasar a ser luchadores por los derechos humanos. Lo lograron a fuerza de una coyuntura favorable y muchos contratados que les escribieran los libretos y resoluciones largas y repetitivas. Como muchos, ellos viven de la exhumación y uso de la dictadura y no lo hacen, como Wlasic, por convicción, porque unos fueron abogados de represores o en un caso, socio de alguien que fue juzgado por él mismo, y otros desempeñaron cargos en la dictadura, pero ahora se reinventan enjuiciándola y, de un modo material y simbólico, en gran medida viven de ella.

Vuelta a vuelta tengo alguna comunicación de la Corte Interamericana de Derechos Humanos sobre la petición que hice, yo solo, en 2003. El Estado tuvo que dar explicaciones allí. Lo hizo mal, con generalidades y afirmaciones sin sustento. Otra cosa no se podía esperar. Tampoco tengo fe en eso. No tengo fe en nada.

Traté de bajar una especie de cortina, mirar para adelante y concentrarme en mi trabajo. No se puede convivir con el horror todo el tiempo. Tampoco se lo puede ignorar. Es parte de la historia y en todo caso, como dice Juan José Millás, no se trata de afirmar *"qué te han hecho"*, sino de preguntarse *"qué has hecho con lo que han hecho contigo"*. No se vuelve nunca de lo que han hecho conmigo. Forma parte de mí, tanto como lo que pude hacer a partir de todo lo que hicieron conmigo.

Cayó la venda que muchos siguen teniendo. Ya sé que nada sirve para nada, que todo se reduce a un discurso vacío: el de la igualdad ante la ley, la racionalidad y los derechos humanos. Ahora no tengo fe en nada que no sea yo mismo. Fui pasado debajo de la quilla del poder judicial y sobreviví. Nadie me ayudó y sobreviví. Cuando la cuerda me arrastró por la banda opuesta del buque a la que fui arrojado aún respiraba. Aún respiro. No siempre fue sencillo seguir respirando.

La fábrica penal está en muchas bibliotecas de distintos países. Ha servido como bibliografía en tesis de posgrado y en ponencias. El análisis de la novela *El señor de las moscas*, de William Golding, que forma parte del libro, es una de las mejores cosas que escribí. Me queda al menos esa satisfacción a vivir yo solo y en silencio. Hay gente que usó para sus trabajos eso que escribí en la soledad y la desesperación y no lo saben, no saben que esas ideas y esas palabras son hijas de la desesperación, ese momento en el que aparece una curiosa lucidez y una necesidad de encontrar las respuestas en algo que esté por encima de las contingencias más difíciles.

Cuando intento ver qué trabajos ha escrito Calígula, sólo encuentro en la red referencias a una agencia Toyota que lleva su mismo nombre.

TERCERA PARTE

Cita en Lasal del Varador

De la última parte del viaje,
algo del funcionamiento de Derechos Humanos
Sociedad del Estado y el nudo de un enigma.

"El mundo estaba cambiando... Cicerón era parte de
toda una generación de jóvenes inteligentes y
despiadados. Graco era despiadado, pero dentro de
su falta de piedad había cabida para cierto
reconocimiento de la compasión, un sentido de la
piedad que existía aunque no realizaba actos basados
en esa piedad, ni compasión. Parecían tener una
armadura sin hendidura alguna...
—¿Por qué le gustan tanto a usted las grandes y
pequeñas mentiras de la historia?
—¿Es que son todas mentiras?
—La mayoría —dijo Graco con un rugido—. La
historia es una explicación de engaño y ansiedad.
Mas nunca es una experiencia honesta...".
—Howard Fast, *Espartaco*, Séptima parte,
cap. I, pág. 284/285

I

En el avión impera esa noche falsa en la que se superponen dos viajes: el real y el otro, el interior, ese en el cual las cosas suceden. Una noche que no es noche, sino otra cosa. No se termina ni de dormir ni de estar despierto y a lo lejos se extiende ese mar penumbroso de respaldos de asientos con pantallas donde discurren distintas acciones.

Mi prima nunca parecía haberse tomado nada en serio. Eso podía ser pensado como una ventaja y una desventaja. Una ventaja porque siempre pudo superar la adversidad más grande precisamente por eso, por no tomársela en serio; y una desventaja porque los problemas parecían haberle sucedido porque no medía las consecuencias de nada.

Nosotros éramos chicos y no sabíamos. Ella era "grande" y parecía saberlo todo. Se reía, tenía muchos amigos y cuando estudiaba en el conservatorio tocaba una de las sonatinas de Khulau y yo le pasaba las hojas y ella se burlaba del nombre del compositor.

Estaba tan lejos.

II

Calígula le dio el contrato de secretaria de derechos humanos a Leonor. Luego se lo sacaron para dárselo a un amigo del amigo del camarista, que siguió para adelante sin muchas sutilezas y ella volvió a su cargo original de relatora del emperador.

Leonor no es una persona lo que se dice fácil. Parece siempre enojada y debe seguir siendo ultra kirchnerista. Se dice que cuando era secretaria no trataba bien a la gente y, me consta, justificó a Rozansky, acusado en el consejo por maltratar a los empleados de la cámara donde era juez. Los jueces dicen "mis empleados" en lugar de "los empleados del juzgado o de la cámara". Dejé de tratar a Leonor (si se pudiera decir que la trataba) hace mucho. Estudiaba canto y había estado en el coro una vez que se hizo *Cosi Fan Tutte*. Es alguien pensante, de enfoques interdisciplinarios, de eterno cuestionamiento. Alguien, en suma, de quien poder valerse pero que a la larga no puede prevalecer en un horizonte de intereses, capaz de utilizar el pensamiento de los demás pero donde éste —en parte por ser de los demás— siempre va a estar subordinado a algo que se presenta como el pensamiento pero que no lo es, que es una ecuación de poder. Hay gente muy crítica de todo pero que termina siendo muy conformista con cosas con las cuales nadie debería poder conformarse. A esta línea la llamamos "el circo progre bien pensante".

Fue ella la que trabajó con la causa de la CNU y sus anexos. La persona ideal: militante del concepto de derechos humanos que se instaló y fundamentalista de esa incuestionable idea que, es necesario reconocerlo, vino a hacer cosas que no se habían hecho en casi cuarenta años.

Las resoluciones que proyectó en la causa de la CNU utilizan conceptos y puntos de vista, manejan nombres, circunstancias y una investigación histórica de la cual Calígula, y quienes la firmaron (jueces de la agrupación oficialista Justicia Legítima), son absolutamente incapaces de concebir; pero que tienen fallas que alguien fundamentalista nunca podría ver, así como tampoco lograría ver lo funcional que resulta el discurso de los "operadores vanguardistas", en ese relevamiento del mal, para nombrar a los que instruyen y juzgan esas causas como el bien.

El mundo estaba cambiando: nuevos discursos, nuevos problemas, nuevos vínculos, y espacios de poder a explotar y, como en la novela *1984*, la necesidad de reescribir la historia y ubicarse en esa reescritura, más allá de la historia, como si todo aquello que parecía conocido fuese nuevo y nadie lo hubiera visto y como si jueces como Calígula, De Vito o Cicero no hubieran formado parte de esa historia reformulada y nacieran recién ahora; nacieran a nuevos discursos escritos por aquellos a quienes habían puesto allí para eso, para reescribir los hechos o, más bien, la interpretación de los hechos, y situarlos en el papel incuestionable de los justicieros en lugar de provenir o estar vinculados con la propia dictadura a la que ahora enjuiciaban.

Nuevos discursos pero la misma mentalidad y las mismas palabras.

Luego de la tramitación de los Juicios por el Derecho a la Verdad, el fiscal ante el tribunal oral dictaminó que los delitos cometidos por los miembros de la CNU, si bien eran extremadamente graves, no estaban comprendidos dentro de la categoría de delitos de lesa humanidad porque no formaban parte de una política de Estado y habían sido cometidos durante la gestión de un gobierno democrático que actuaba dentro de la división de poderes que implicaba un contrapeso. Es decir que no se trataba de un Estado totalitario que hubiera practicado, como política, la eliminación sistemática de sus oponentes. Tal eliminación fue informal y operó en una zona difusa. Las ramificaciones informales de organismos estatales y su actuación no configuraban una política de Estado — que hubiera supuesto una estructura más formal y un propósito manifiesto— sino crímenes comunes llevados a cabo bajo su amparo.

No era una postura "políticamente correcta". El tribunal, la cámara y los querellantes discreparon con él y la querella lo recusó, pero nadie pudo rebatir, seriamente, sus argumentos.

Leía sobre el tema todo lo que encontraba en la biblioteca, que no era mucho y buceaba en lo que había estudiado en Derecho Internacional Público, una de las materias que más me gustó durante la carrera. Descubrí que en una de las resoluciones había una cita trunca, esas de las cuales se utiliza nada más que la parte que le conviene a la postura de quien hace la cita. Pensaba que ciertas cosas afectaban las garantías del proceso penal.

Para que los delitos puedan ser considerados como de lesa humanidad el Estatuto de Roma (1998), que regula la competencia de la Corte Penal Internacional requiere —en el artículo 7— *"...que sean cometidos de manera sistemática y generalizada contra una parte de la población civil".*

De este modo, pueden considerarse crímenes de lesa humanidad a *"cualquiera de los actos siguientes cuando se cometa como parte de un ataque sistemático y generalizado contra una población civil y con conocimiento de dicho ataque... a) Por ataque contra una población civil se entenderá una línea de conducta que implique la comisión múltiple de actos mencionados en el párrafo I, contra una población civil, de conformidad con la política de un Estado o de una organización para cometer ese ataque".*

La norma detalla distintos casos: asesinato, exterminio, esclavitud y otros, entre los cuales enumera la persecución por motivos políticos, raciales o religiosos y el genocidio.

En el segundo párrafo prevé que el ataque sistemático y generalizado al que se refiere el primer párrafo contra una población civil debe serlo de conformidad con una política de Estado o de una organización capaz de llevar a cabo ese ataque o promover esa política. Es decir, que las exigencias puestas al concepto para hacerlo operativo son: el *"carácter sistemático y generalizado del ataque a una población civil"* —es decir indefensa, marginada por el poder del Estado— y que ello sea el resultado de una *"política estatal".* Eso supone una decisión deliberada y explícita.

Los ejes que sostuvieron el procesamiento de los miembros de la CNU fueron: 1) La dictadura militar tuvo como política la eliminación de aquellas personas o grupos considerados peligrosos (se trata de un concepto incuestionable, ya que existió una estructura comprobada: campos clandestinos de detención, asesinatos, secuestros, así como registros de esa actividad). Sin embargo, —se sostiene— la eliminación de oponentes políticos se produjo desde antes del golpe militar. Existe una continuidad de los procedimientos represivos anteriores al golpe con los que se llevaron a cabo luego de instaurada la dictadura militar. 2) Esa actividad fue sistemática y generalizada y en su contexto se produjo la eliminación de formas de asociación y pensamiento que se perdieron como actores culturales, sociales y políticos (se trata de conceptos difusos y cuestionables, ya que sólo están avalados por opiniones e inferencias y por hechos verificables en parte, pero sin indicadores objetivos acerca del carácter sistemático y generalizado).

El Estatuto de Roma es preciso y delimita el concepto de los delitos de lesa humanidad. Ya que con respecto a ellos no vale la extinción de la acción penal y pueden ser perseguidos aunque hayan pasado muchos años desde que fueron cometidos; la consideración de hechos criminales como delitos de lesa humanidad debe ser necesariamente restrictiva: no cualquier crimen constituye un delito de lesa humanidad, de otro modo, resultarían violadas garantías esenciales del derecho de fondo y del procesal penal, como la cosa juzgada o la extinción de la acción penal.

Si no fuera así, estaría dándose al Estado la facultad de mantener viva la persecución penal para siempre, sólo se trata de enunciar que se trata de un delito de esa categoría. Si se produce este enunciado debe poder ser verificado.

El artículo 7 enumera las ofensas contra la humanidad que son tales siempre que *"hayan sido cometidas de manera sistemática y generalizada y como parte de una política de Estado o de un grupo capaz de llevarla a cabo".*

Este marco presenta varios aspectos: el primero es el de la definición de los conceptos, es decir que se trata de establecer —clara e indudablemente— cuándo una acción es sistemática y generalizada, cuándo se trata de una política de Estado y cuál es el límite entre las acciones del Estado y la de grupos que actúan en su nombre. El segundo es acerca de qué indicadores podemos tomar para considerar que una acción es sistemática y generalizada y determinar cuándo responde a esos conceptos y cuándo no.

La claridad y delimitación del artículo —delitos excepcionales, por su extensión, repercusión y gravedad— significa que los indicadores que nos hagan subsumir los hechos a esa categoría deban ser también claros, explícitos y, más que nada, comprobables. Es decir, que se trate de una derivación razonada y no de una mera opinión discrecional. De otro modo, se estaría dando a los jueces el poder de nombrar y no la misión de aplicar e interpretar.

Ninguna de las resoluciones dictadas en el proceso ni la sentencia del tribunal que, luego de la celebración de los Juicios por el Derecho a la Verdad y con otros jueces, condenó a los miembros de la CNU, analizan en ninguna parte *exhaustivamente* los términos desde el punto de vista semántico, ni en sí mismos ni en su relación —si los verbos son simultáneos o alternativos, por ejemplo—. Nunca se aclara qué significa "sistemático", "generalizado" ni "política de Estado" desde lo que entiende por tales el Diccionario de la Real Academia Española o el derecho. Se trata de conceptos generales aplicados desde aquel significado que les da el habla cotidiana.

Menos aun se analizan los indicadores: qué se requiere —concretamente— para que un determinado modo de actuar sea sistemático, generalizado o constituya una política de Estado.

III

Falta mucho para que pasen con esos sándwiches de jamón y queso que suele ofrecer el personal de a bordo cuando la oscuridad comienza a girar de la noche incipiente, aquella en que subsisten algunos movimientos, a la noche profunda o la alta noche, cuando todo, menos el pensamiento, ya se encuentra paralizado, como en hibernación, esperando las luces del alba.

No sé en qué momento sucedió sucede ni cómo, pero de pronto Gilda se convirtió convierte en la persona más cercana.

***

Durante años no la había visto. La asociaba a Ullúa, a la buena vida, y mientras él estuvo preso por la "Operación Langostino" no tuvimos ningún trato y luego fue como si esa época se hubiera disipado. De pronto ya no estaba con Ullúa. No era reciente sino de hacía mucho tiempo y ella simplemente sobrevivía. Quizás fue para algunas fiestas de fin de año, cuando decidí visitar a mis primas después de las doce y me encontré que, aun sin vernos, estábamos más cerca que antes, que la vida, a ellas y a mí, nos había pasado por encima.

Aquel departamento de mis tíos, ya vendido, daba a un patio en cuya parte trasera seguía estando la vivienda original que había construido Don Francisco, el padre de mi tío. Allí vivían Gilda y sus hijos. Se dedicaban a lo que podían y con una persistencia desconocida en ella tramitó la doble ciudadanía para todos.

Corrían los noventa. No tenían trabajo y Gilda derivaba de una en otra changa y, mientras, se reía, exhumaba su recuerdo burlón de la familia y de personajes que conocíamos y nos sentábamos en el suelo a ver discos de vinilo y fotos de aquella época tan lejana que parecía sucedida en otra vida, cuando éramos inocentes, no sabíamos y nada nos había pasado por encima.

IV

Bajo a la biblioteca a buscar el Tratado de Derecho Penal Internacional de Werke. Calígula, ensimismado, ojea el Boletín Oficial. Le agrada bromear con la bibliotecaria. Ella es simpática, menuda, una gimnasta con un cuerpo acorde y a él le gusta decirle siempre algo, porque ella, además, es dada con todo el mundo: todos son buenos, simpáticos, hay que buscarles el "lado humano". Se trata de una muestra de su poder: el de descender hacia los demás, permitirse ese "chichoneo" y volver a sus nubes rarefactas, llenas de cosas muy complejas que los demás no conocen.

Nunca termino de encontrar lo que busco, ni en ese libro ni en los demás. Ningún autor parece haber pensado en esto. Tomo el libro, lleno la ficha mientras Calígula, como decía Pelusa Rolón (uno de los miembros de la patota que, después de la fiscalía trabajó en la secretaría 2 en la época de Fiore), "pone cara de intenso", se sumerge en el Boletín Oficial como si buscara allí la clave de una norma que venga a dirimir algo muy difícil y relevante en lo que está trabajando, como si las cosas las hiciera él y no una pléyade de colaboradores que tienen ese sentido de cuerpo de élite que los diferencia del resto. Llego hasta la puerta de entrada sólo para tomar aire y subo. Los notificadores están en la calle, notificando y hay cierta tranquilidad.

Pienso que constituye un serio problema la aplicación retroactiva del Estatuto de Roma a situaciones sucedidas con anterioridad a su existencia. Calígula (Leonor) argumentó según el criterio de la Corte, que sostuvo que las ofensas son al derecho de gentes que ya existía, consagrado por la costumbre (que, en rigor, no es fuente del derecho penal), a la época de cometidos los delitos de lesa humanidad. Quienes cometieron atrocidades son conscientes de ellas porque repugnan la conciencia de la humanidad. O sea que para que no exista una violación al principio de irretroactividad debe tratarse de delitos de lesa humanidad, es decir, aquellos extremadamente graves y cometidos de manera *sistemática y generalizada* (de estos conceptos pende todo). Sin embargo, el problema de la retroactividad de la ley es una de las graves objeciones al uso de esta normativa para enjuiciar los actos de la dictadura militar porque no deja de ser el Estatuto de Roma la norma que regula estos delitos.

Con anterioridad a ese instrumento, el Estatuto del Tribunal Penal Internacional para la ex Yugoeslavia estableció que los delitos de lesa humanidad *"son los cometidos en un conflicto armado, ya sea de carácter internacional o interno y dirigidos en contra de cualquier población civil"*. Las notas que configuran el concepto son más precisas. El Estatuto para el Tribunal Internacional para Ruanda caracteriza a los delitos de lesa humanidad como aquellos que hayan sido cometidos como parte de un ataque generalizado y sistemático contra la población civil por razones de nacionalidad o por razones políticas, étnicas, raciales o religiosas.

La nota característica de los distintos estatutos es asociar los delitos de lesa humanidad a un conflicto armado, el ataque sistemático y generalizado en razón de la etnia o religión.

Claramente se refiere a conflictos como los de Ruanda o los Balcanes, en los cuales miembros de grupos de una etnia asesinan a miembros de otras etnias rivales y poblaciones enteras son diezmadas.

El problema que viene después del de la aplicación de estos estatutos a situaciones que sucedieron antes de que fueran sancionados es si resulta posible y atinente "estirar" el concepto de ataque a una población civil, por motivos religiosos, étnicos o de persecución a un conflicto que, aunque sea violento, no tiene las características de uno armado de grandes dimensiones —una guerra—. En este sentido, la actividad de la Triple A, la CNU y otras asociaciones ilícitas carece de la entidad masiva que requiere un conflicto armado, aunque su actividad haya sido intensa, porque los destinatarios fueron víctimas elegidas por su filiación política o simplemente escogidas por razones subjetivas y no un colectivo significativamente numérico, con cifras de gran envergadura. El poder del Estado —en una concepción republicana— es excepcional y restrictivo, debe ser habilitado no por una opinión ni por hacer extensivo un concepto, sino por una norma expresa y con límites precisos.

Los requisitos centrales son el carácter sistemático y generalizado y el concepto de política de Estado.

Hay una frase de *Soldados de Salamina* que me quedó grabada, cuando Conchi le reprocha al narrador-personaje leer los libros de Sánchez Mazas. Refiriéndose a los "fachas", le dice que «esos tipos arruinan lo que tocan». Una novela escrita sobre ellos, es el mensaje implícito, no puede ser una buena novela. Ellos la arruinarían con su sola presencia en el texto.

Yo conocía a casi todos los miembros de la CNU, recordaba sus caras, sus voces, sabía, en ese entonces, algo de lo que habían hecho y veía cómo la causa caía en manos de jueces no sólo vinculados a delitos, sino que establecieron los hechos y construyeron una interpretación sesgada, interesada y parcial en base a odios, alianzas personales y a lo que era "políticamente correcto".

Primero marginado del tribunal, luego trabajando en la cámara, pese a haber elaborado la jurisprudencia del tribunal en forma sistemática, cada vez más relegado de una oficina propia a un rincón de la biblioteca, pude ver cómo algunas líneas de negocios se adueñaban de un capítulo tan personal y tan irrepetible de la historia y lo reducían a dos o tres muletillas. Palabras que se reiteran, que ponen a las cosas nuevas en moldes viejos, que se repiten hasta convertirse, como dice Marguerite Yourcenar, en billetes sucios de banco o en monedas en las que no se puede leer la inscripción de lo gastadas que están por el uso; ya carecen de significado porque el significado es ese desgaste. Cómo creerles. Cómo creer a las repeticiones, las reiteraciones, la falta de detalle de un discurso lleno de huecos que sobrevuela a una época como si en verdad la reconociera.

Arruinan lo que tocan porque lo hacen marginando a quienes no son como ellos, banalizando aquellos temas que abordan y convirtiendo ámbitos e ideas que podrían significar la expansión del derecho en otros alineados a sus intereses. El poder, dice Foucault, construye y destruye lo que ha institucionalizado, que al dejar de responder a una configuración determinada se diluye como un rastro en la arena.

Qué cierto: ellos crean y consolidan sus espacios. Atravesados por el poder, los espacios se fortalecen, aunque no persigan la función de ahondar jurídicamente, sino la de hacer lo que el poder establece que se deba hacer o que sea conveniente hacer. Despojadas de las líneas del poder cuando ya no las atraviesan, las cosas se diluyen como un dibujo en la arena.

Por aquel entonces escribí un extenso artículo: *La CNU y su actividad delictiva: ¿crímenes o delitos de lesa humanidad?* que el doctor Enrique Manuel Falcón, gran maestro procesalista, aprobó rápidamente para *Rubinzal Culzoni*, donde fue publicado, y comenzaba con esta cita:

"...actuó como si supiera la verdad: que la democracia que estaba contribuyendo a construir era en lo esencial idéntica a la que cuarenta años atrás había contribuido a destruir" (Javier Cercas, *Anatomía de un Instante*, Mondadori, 2009, pág. 110).

Mi artículo se adscribía a una corriente minoritaria en este tema y terminaba así:

"VI - Hay imágenes indelebles: el juzgado durante aquel año 1974/1975; la fiscalía, lugar de reunión partidario; el juzgado de la época de los habeas corpus; aquellos miembros de la CNU, todos juntos en una celebración familiar: crudas postales de una época oscura y violenta que van siendo significadas y consolidadas a lo largo de los años y que una vez y otra regresan.

Sin embargo, algo diferencia al mundo del derecho del mundo de la fuerza y es el asumir que la única posibilidad de entender y juzgar las cosas es a partir de estándares de racionalidad y deliberación tendientes a descubrir la verdad hasta donde sea posible, y no a establecer un discurso como si esa fuera la verdad.

Si lo hacemos, estaremos preservando las reglas del juego democrático que ellos atacaron, si no lo hacemos, estaremos actuando contra ellas y vulnerando la misma democracia que ellos contribuyeron a destruir".

Es sistemático lo que se ajusta a un sistema, que es un conjunto de entidades organizadas vinculadas de modo racional, funcional e interdependiente, concebidas y desarrolladas para producir un resultado de interés común; y generalizar es hacer algo público o común.

Es decir, que los términos son aplicables cuando hay un plan metódico dirigido a una gran cantidad de personas, algo a gran escala. El hecho inhumano debe ser cometido conforme a un plan que consiste en la ejecución repetida de esos actos. Eso deja afuera a los hechos circunstanciales que no responden a un plan amplio dirigido contra un número muy grande de víctimas, es decir, contra un colectivo y produciendo efectos a gran escala.

Entonces, cabe preguntarse si se ensanchan los límites de lo jurídico permitiendo que entren en su campo hechos que habían quedado afuera o, por el contrario, se fuerza la inclusión en ese campo de situaciones pasadas y firmes. En un caso se estaría ante la expansión del derecho y en el otro ante su crisis.

Si la inclusión es forzosa, estamos ante un derecho que obedece no a la racionalidad sino a la ideología.

Dicho de otra manera, el simple enunciado de que se trata de delitos de lesa humanidad no puede basarse en el sentido vulgar de los términos y en una opinión, sino responder a una exigencia racional. Pensaba en que el proceso no puede ser nunca una muestra de poder absoluto, que el Estado no puede tener nunca ese poder de investigar e invadir vidas y que debe saber utilizarlo bien en su momento, cuando dispone de él. Si una situación va más allá de esto debe responder a exigencias muy precisas, muy grandes. Justamente, los iluministas pensaron en un derecho basado en razones y no en la intensidad de los sentimientos. De eso se trata, de que el mundo de las razones se baste a sí mismo y nos proteja de quienes salían a linchar a la gente por motivos diversos, sin ninguna prueba.

Racionalidad significa que las conclusiones no son aquellas que el operador puede elegir libremente, sino las que surgen de una manera tal que no pueda haber otra explicación.

V

Desde la ventanilla circular de la ancha puerta de emergencia sólo se ve la unánime oscuridad de un cielo hostil e indiferente en el que reina aquello que desde la tierra es inconcebible: una temperatura de cuarenta grados bajo cero y un espacio ilimitado por encima del ancho mar. Una nave, una ventanilla, un avance, nos separan de esas condiciones de muerte.

Vuelvo lentamente a mi asiento y exhumo en la memoria las páginas que más recuerdo de *Espartaco* ahora que no puedo leer, pero antes que frases vienen sensaciones, las que experimenté en la lectura y, ya sentado, cierro los ojos tratando de dormir.

***

Gilda iba a una distribuidora mayorista por la calle Alvarado a buscar trabajo. Ahí le daban las cosas más insólitas para tratar de vender en la calle. Una fauna curiosa iba a ese lugar. Otro de los trabajos que consiguió por aquella época fue el de empleada de seguridad en una de las playas del sur, las más caras.

«Me siento en un sillón de mimbre, me pongo los anteojos y tomo sol a la mañana temprano», me contó. «La mayoría son unos grasas: sacan el fiambre, ponen la radio, gritan. La plata no los hace ni finos ni mejores. Uno de los jueces que juzgó a las juntas tiene un garaje con una camioneta que deja para usar acá. A ese nivel. Pero yo estoy tranquila ahí, mirando el mar, sentada en el sillón de mimbre. Es precioso».

De todo eso se reía cuando, estando yo suspendido, salíamos en la Honda 400, íbamos a la escollera sur y allí, entre pescadores o en la confitería que estaba en la punta, tomando café, hablábamos de todo menos de la CNU.

Una noche subió con una larga pollera blanca que se levantó para poder sentarse en el asiento de la moto. No iba a rendirse a un impedimento así.

Antes de todo, fuimos al Aero Club a volar en el PA 11. «Yo te consigo horas de vuelo», me dijo, aludiendo a un instructor que había preguntado por ella.

Sentía que mi vida se había interrumpido o terminado abruptamente. Que me habían hecho algo de lo que nunca iba a poder recuperarme. Pese a ser honesto y no haber hecho nada, me habían elegido y aniquilado. Entonces apliqué para estudiar en Oñati e irme, pero si bien me admitieron en el *Master's programme* del Instituto Internacional de Sociología Jurídica para hacer la maestría, no me adjudicaron la beca. Mientras me decidía por lo otro, buscar un trabajo con mi familia allá, seguía sin embargo luchando, sin ninguna posibilidad no ya de éxito, sino de al menos hacer cambiar el rumbo de las cosas.

Éramos dos náufragos, por distintos motivos y gracias a distintas circunstancias. Ella se reía, era zafada para hablar y seguía sin tomar nada en serio, salvo lo de la doble nacionalidad y a mí me llevaba una fuerza ciega y empecinada, una oscura y más fuerte que yo mismo.

Su vida iría a tomar otro rumbo muy pronto.

VI

Leonor pretendía que como los miembros de la CNU "actuaban" en los sindicatos, la fiscalía y la universidad, esa actuación era una política de Estado. La sanción de la Ley 20.840, con sus tipos penales abiertos, que permitía penalizar toda oposición, era el instrumento legal que avalaba este concepto.

Los decretos de octubre de 1975, que le dieron un mayor poder al Ejército, hicieron que a su vez éste utilizara como mano de obra a miembros de la CNU, con lo cual formarían parte de una política de Estado. Realmente, el hecho de que el Estado pueda acordar con bandas de delincuentes de los peores y hacerlos formar parte de su "política" es un grave indicador de su descomposición.

Cuando mi oficina estaba contigua a los notificadores, solíamos encontrarnos con Leonor en la escalera y hablar de este tema. Los notificadores estaban siempre contentos, o discutiendo o celebrando. Unos jugaban al truco; Melchor, el jefe, a la mañana temprano se afeitaba en su escritorio y a última hora cruzaba a Carrefour y regresaba con las bolsas de las compras. A uno le decía Araucano a modo de insulto y reivindicaba al mayor Barreiro. A alguien le dijo: «Te vi». «¿Dónde?». «En la lista de Schindler», respondió aludiendo al apellido hebreo del interlocutor.

Hacia el otro lado de la escalera, en la mesa de entradas de la Secretaría de Derechos Humanos vi por última vez a Demarchi. Había dejado el Honda Civic estacionado en la diagonal, en el lado de enfrente a la cámara y, levantando la vista del expediente que estaba leyendo con ansiedad, me saludó. Luego de eso escapó a Colombia. Ya no era como cuando llegaba al juzgado en el Corvair convertible 1960 y todas las puertas se le abrían.

Conversar con Leonor era al menos tener un contacto humano, poder hablar y escuchar el idioma castellano —distinto a las interjecciones de los notificadores— e intercambiar algo parecido a lo que puede denominarse ideas. Ella hablaba entonces del genocidio en todas sus variantes. Sostenía que la dictadura se había presentado a sí misma como el "Proceso de Reorganización Nacional" y que una de las variantes del genocidio era esa, el "genocidio reorganizador" y que como consideraba probado que la actividad represiva, sistemática y generalizada había empezado antes del 24 de marzo de 1976, el concepto abarcaba a la época en que la CNU había actuado.

La desarticulación de la Gremial de Abogados y el exilio de docentes de la universidad eran considerados como el "genocidio reorganizador", que significa la supresión de formas de actuación y agrupaciones sociales y la configuración de una estructura autoritaria en su lugar. Algo desaparece porque es suprimido y otro algo surge como si aquello no hubiera existido nunca. Las cosas no van a ser las mismas porque ese algo primero fue suprimido, desapareció y no sabemos cómo hubiera evolucionado la historia de no haber sido así. Era una especie de novela ucrónica, como el *Hombre en el Castillo*: ¿qué hubiera pasado de haber ganado Alemania la Segunda Guerra Mundial? ¿Cómo hubiera evolucionado la vida social si la gremial de abogados hubiese seguido existiendo y los docentes exiliados de la universidad se hubieran quedado?

Los notificadores habían puesto una mesa larga. Brindaban. Calígula estaba con ellos porque uno de sus compañeros de andanzas en las noches se iba, aunque luego, a su regreso, se enojó con él y lo defenestró. Pero mientras, festejaban. Leonor dejó de hablar y yo me quedé pensando en lo que me había dicho.

Pensaba y pensaba.

Los crímenes contra la humanidad significan un sufrimiento a gran escala, en la intensidad y magnitud de la población a la que le son infligidos. Lo de la "política de Estado" era otra cosa por la que me preguntaba. Lo hacía considerando si era necesario que el Estado la enunciara formalmente, por medio de documentos, o simplemente la practicara.

Las carcajadas de al lado crecían.

Si un Estado se propone actuar de manera clandestina, no va a escribir sus directivas, sino que las hará circular por medio de personajes siniestros que darán órdenes cortas, precisas, amenazantes. Si lo que sucede en el territorio de ese Estado es de una gran magnitud, o sea sistemático y generalizado, eso de alguna manera permite inferir que si esa magnitud es tal se debe a que se trata de una política de Estado (no hay espacio para una inferencia que intente formular un enunciado contrario). De otro modo no podría existir. Siempre que hay un concepto, pensaba yo, debe haber una explicación de por qué está y cómo llegó a ser lo que es.

El Estado había contratado a los de la CNU. ¿Cuántos serían? ¿Quince? ¿Veinte? ¿Ese alcance era sistemático? Y si no lo era, ¿se podía afirmar, sin más, que se trataba de una política de Estado? Se trataba además no del Estado Nacional, sino del Provincial, al que pertenecía la universidad antes de su nacionalización: ¿Eso le dará generalidad a la eliminación como si se tratara del Estado Nacional o de una fuerza que ocupa su territorio y ejerce el poder? Y en la fiscalía, ¿cuántos eran? ¿Tres, cuatro si contamos a Pelusa Rolón, el ordenanza? ¿Y si era ordenanza su rol, era significativo en la "política" que llevaban a cabo Demarchi, Ullúa y Justel? ¿Tres personas en una fiscalía eran los instrumentos suficientes de una política de Estado? ¿Cuáles eran, con exactitud, sus roles?

Sin embargo, el allanamiento que hubo en La Plata, el 30 de abril de 1976, en una quinta, donde la CNU guardaba autos, joyas y cosas robadas y armas demuestra —por el volumen y características de ese armamento— que sin un apoyo de las fuerzas de seguridad no hubieran podido reunirlo ni usarlo. Antes del allanamiento, uno de los policías de la provincia fue a ver qué se podría blanquear y qué no. Según un testigo de La Plata —El Flaco Vela—, a la patota de la CNU se le pagaba por cada asesinato, contra la entrega del documento de identidad; la banda, que solía repartirse el botín robado en el bar de copas del testigo en cuestión, operaba en zonas previamente liberadas por personal policial dedicado a esa tarea, con lo cual existía una organización y un vínculo con estructuras del Estado y la policía[10].

No obstante, había varios cabos sueltos.

Tenía la fuerte impresión de que todo en lo que se necesitaba creer se daba por sentado, y que no era necesario pensar mucho las cosas. Bastaba con enunciarlas. Decir la llave mágica "delitos de lesa humanidad", que significa eso otro: que aquellos crímenes tan horrendos al fin encontraban el castigo que nadie les había dado en su momento, porque eso era rigurosamente cierto, esos delitos no fueron investigados cuando hubieran podido serlo. ¿Por qué? De este modo, se operaba sobre la premisa de que si aquellos crímenes, tan alevosos e impunes, produjeron un dolor tan grande, cualquier pregunta acerca de la naturaleza jurídica de su persecución se encontraba fuera de lugar.

Calígula era el encargado de responder a tales interrogantes. ¿Lo era? Dicen que le pegó a la princesa porque ella le metía los cuernos con ese que luego fue abogado de las madres o los hijos. Calígula era un abanderado en la lucha por la memoria, el juicio y castigo de los genocidas y los delitos de lesa humanidad. La mente de Calígula —que había jurado por los Estatutos del Proceso de Reorganización Nacional para ser juez— era Leonor, que pensaba en

---

[10] Daniel Cecchini – Alberto Elizalde Leal, ob.cit. "Fierros al por mayor", pág. 54; "El secuestro de Leonardo Miceli y el triste cabaret del Flaco Vela", pág. 136.

función de sus principios: ya es hora de castigarlos, pero ella me preguntó una vez si él había sido nombrado juez durante la dictadura.

***

Una y media. La fiesta sigue, brindan felices, bajo las escaleras, sigo pensando y pensando.

VII

He dormido. No sé cómo, pero algo dormí. De pronto el mar de asientos parece distinto.

***

Fuimos con Gilda a comer a Valentina una noche. La pasamos bárbaro. Del pasado y de la CNU ni una palabra. Ella se iba. Sus hijos ya estaban en España. Ninguno tenía trabajo acá. Todavía no existía la causa de la CNU y como despedida fuimos a volar. Una capa de nubes avanzó sobre la pista luego del despegue y cuando pensaba estar sobre la ruta 88 en realidad volábamos sobre la autovía 2. Mantuve la calma, cambié el rumbo y cuando concluí que ya debíamos estar encima del Aero Club, fui descendiendo con cuidado, por debajo de los quinientos pies. Allí estaba la pista. En la vida uno está a veces igual de perdido.

Tres años estaría sin volar cuando me suspendieron. Fue de lo más duro. Que mis hijos no tuvieran qué responder a la pregunta «de qué trabaja tu papá» y no poder volar.

Cuando en la novela *Patria* comienzan a aparecer las pintadas contra el Txato, todo el mundo lo deja solo. Sus amigos, sus vecinos, aquellos a los que siempre había ayudado. Lo mismo que a Gary Cooper en *High Noon*. La víctima se avergüenza, no quiere mostrarse, pero el Txato no era así. En lugar de irse a vivir a otra parte se quedó a defender lo suyo y uno de la ETA lo mató por la espalda. También a mí Calígula, a quien tantas sentencias penales le hice, me había matado por la espalda («Calígula y sus puñaladas traperas», me dijo un juez) pero eso, que me avergonzaba a mí como víctima, no lo convertía en asesino. Todo estaba dado vuelta. Lo sigue estando. Eso es lo peor, aquello de monstruoso que hay en los seres que nos rodeaban y que de pronto nos dejan porque no les conviene pensar que aquello que nos están haciendo es monstruoso e inconcebible. Lo más fácil es negarnos a nosotros, el camino más corto.

Entonces Gilda se fue. En la primera suspensión estaba pero en la segunda no. Se instaló como emprendedora, se unió a un exiliado que le juró amor eterno pero que no le hizo los aportes de su pequeña empresa una de las veces que ella volvió, y me llamaba. Lo hacía en los momentos y por los motivos más insólitos.

Sin embargo, cuando la causa contra la CNU se activó, dejó de venir. Casualidad o no, fue así, tanto como que en una de las resoluciones se la mencionaba.

VIII

El presidente de la cámara me llama porque encontró una cita de *La fábrica penal* en un artículo de "La Ley". Escribí ese libro cuando estaba suspendido, cuando ellos me tenían suspendido para salvar a Gambino y a los del tribunal. Cuando salgo, en una oficina contigua está su amante, una a la que luego le consiguió un cargo en la corte. Es alta, fea y muy ordinaria pero tiene un cuerpo impresionante. No saluda.

Atravieso el pasillo al que daba mi primera oficina, la mejor, de donde tuve que salir cuando consiguieron dos contratos para la Secretaría de Derechos Humanos y el presidente de la cámara quería poner ahí a dos de sus relatores, "para tenerlos cerca". Luego puso a su secretaria privada, una gordita que tampoco saluda. Tuve que llevarme todas las cosas yo mismo. Los notificadores me ayudaron.

En aquella época, luego de que volví y traté de bajar una cortina sobre la indiferencia de toda aquella gente, me puse a hacer la jurisprudencia de la cámara y a publicar sus fallos, en parte gracias a que era colaborador del diario desde hacía mucho. En esa época había allí una amante anterior del presidente de la cámara. Ella hablaba todo el tiempo. Aproveché una licencia suya para ponerme a trabajar y dedicarme a esa tarea con toda libertad. La historia de amor había terminado cuando, sorprendidos y perseguidos por la mujer que vivía con el camarista, su amante se había arrojado del auto en movimiento. Para ese entonces yo estaba suspendido.

Llegó a haber cuatro mil sumarios de fallos, sistematizados por voces temáticas, en la página del Poder Judicial de la Nación, hasta que la corte la suprimió sólo porque los resúmenes no permitían el acceso directo a los fallos mediante un vínculo. Eran útiles, habían recibido miles de consultas: es que para luchar había tenido que buscar tanto pero tanto que al concebir esta tarea lo hacía en esos términos: el lugar de quien está desesperado y necesita encontrar el antecedente que podrá ayudarlo, fundar sus razones, hacer evidente la verdad y la justicia, mostrar cómo son las cosas; aquello que puede ayudar a salvarle la vida. Despojaba los criterios de toda la maleza que los rodeaba y los enunciaba de la manera en que fueran más claros y directos. Disfrutaba haciendo eso.

Se trataba de ir de lo particular a lo general, de los hechos a la solución de los hechos y con lo de la CNU era lo mismo. Si se abandonaba la altura del vuelo a ras de tierra, adherido a los hechos, no se podría analizar bien las ideas y las preguntas eran muchas: ¿Podía afirmarse, sin otra explicación plausible, que la actuación de un grupo de choque armado de Mar del Plata y La Plata durante esa época obedeció a un plan a gran escala llevado a cabo con permanencia en el tiempo? ¿Tuvo alcances masivos? ¿En qué otros lugares y por medio de qué otros grupos de choque tuvo lugar la actividad represiva que, originada en el mismo nivel de decisión, importaría un carácter sistemático y generalizado?

Para negarlo se podría decir que los instrumentos internacionales estaban dirigidos a la eliminación de poblaciones enteras en una extensión territorial amplia, a partir de un patrón de ejecución que obedecía a directivas centrales o que, de no ser así, hubiese sido generalizado.

Para afirmarlo, y darle la razón a Leonor, habría que aceptar que el derecho penal puede ser estirado utilizando conceptos que los instrumentos internacionales pensaron para Ruanda o la Guerra de los Balcanes y que la decisión de esos crímenes provino del Estado, aunque fuera ejecutada por una banda de delincuentes de los peores.

Leonor podría decirme que los crímenes de Ullúa, Piatti, Demarchi, Durquet y todos los otros, más allá de la cantidad, fueron espantosos y extremadamente graves: ellos ataron a sus víctimas, las amordazaron, les dispararon decenas de veces, a una de ellas la quemaron y a otra le volaron el cráneo con el tiro de gracia. En La Plata los volaban con explosivos que les hacían sostener. Son crímenes de una crueldad asombrosa y repulsiva, dignos de Himmler y las SS, pero eso no los hace materia del derecho penal internacional. Deben ser, como Leonor misma afirma a cada párrafo, sistemáticos y generalizados.

Algo sistemático implica un grado de organización y planificación y hay que preguntarse si un grupo de asesinos, alentados, tolerados, utilizados por quienes decidían, podrían ejecutar tal sistema o si las víctimas que ellos eligieron, como en el caso del Cinco Por Uno, pueden ser endosadas al Estado argentino sin más.

Según los precedentes y el derecho penal internacional, el carácter generalizado implica un grado de organización y un propósito, que puede ser considerado como política de Estado.

¿Tal ataque puede considerarse sistemático y generalizado si en lugar de ser contra una generalidad de personas, colectivos étnicos o sociales, lo fuera contra sujetos políticos? Para Leonor sí.

Los tiempos estaban cambiando.

De pronto Calígula se ponía en la órbita internacional. No era tan difícil: cada vez que se enumeraba un hecho bastaba agregar *"de manera sistemática y generalizada"*, ni siquiera se necesitaba decir por qué: *"Debemos considerar que la CNU no funcionó como una banda aislada sino como parte de un accionar[11] represivo sistemático y generalizado, a nivel nacional, articulando con la Triple A y otros organismos similares"*.

Sin embargo, el concepto no parecía tan simple como el razonamiento utilizado: si la Triple A, la CNU y otras asociaciones ilícitas lo hacen; si además actúan impunemente en los sindicatos y la universidad, si se cuenta con los decretos de octubre, la ley 20.840 y hay

---

[11] Odio profundamente el verbo transitivo "accionar", utilizado como versión dramática de "actuación", es decir, la acción de actuar: es propio de la policía y sólo resulta pertinente cuando uno pone en marcha algo.

asesinatos, exiliados y amenazas es porque se trata de una política de Estado.

En esa lábil frontera entre el Estado y su desintegración hay otras distinciones que hacer. Una de ellas es que se trata de un límite borroso: el Estado no aparece claramente como autor de una política, sino que se trata de un universo de hechos violentos llevados a cabo por bandas con vínculos con el Estado. Sin embargo, su aquiescencia es evidente porque nada de eso podría suceder si hubiera funcionado como tal.

Para que una política sea de ese Estado se requiere un carácter sistemático y generalizado: eso permite inferir que los hechos obedecen a un poder de decisión central. Puede no ser el Estado en sí mismo el que lleva a cabo esa política de eliminación, pero en ese caso debe tratarse de un grupo armado que tenga control sobre un territorio o pueda moverse en él. ¿Es ese el caso de la CNU? ¿Lo es en todas sus intervenciones? No es fácil responder a eso: durante su actuación en las zonas liberadas por la policía tenían un control, pero de un espacio y no de un territorio; sin embargo, era la autoridad la que liberaba esas zonas. El efecto es el mismo.

Si quienes llevan a cabo los crímenes son miembros de las fuerzas de "seguridad", se trata de actos de corrupción individuales que no necesariamente obedecen a las directivas estatales. Sin embargo existieron, aunque las víctimas no fueran enemigas del Estado sino de ciertos intereses sindicales o políticos.

Calabró aparece sonriente en las páginas grandes y agrisadas del *Diario La Capital* de entonces.

No es tan sencillo decir "es una política de Estado" ya que hay que distinguir entre las acciones de sus miembros y las del propio Estado como tal y el momento en que se produjeron los hechos.

La pregunta es si los decretos de octubre, al facultar a las fuerzas armadas para "aniquilar" el "accionar" subversivo pudieron ser considerados como una política de Estado. La Cámara Federal de La Plata lo entendió así al confirmar el procesamiento de Castillo y Pomares: los decretos ponen a la CNU al servicio de los militares y constituyen una política de Estado, argumenta la cámara, porque además los recursos (armas, liberación de zonas) venían de ese mismo Estado. El problema serían los hechos sucedidos antes de los decretos y si el universo de hechos es recortado, ello hace que pierdan el carácter de sistemáticos y generalizados porque el número se reduce. Los posteriores pueden, eventualmente, ser considerados de ese modo pero no con referencia a la CNU sino al propio Estado represor.

Las dudas, de este modo, se refieren a la magnitud y a la imposibilidad de acudir a los medios legales, ya que se trataba de un Estado democrático y no de una dictadura. De hecho, los diarios de la época informan de personas detenidas y juzgadas. Unos eran juzgados y otros asesinados, o sea que no todos eran asesinados o detenidos sin proceso, como hubiera sido en un Estado absolutamente totalitario, como la dictadura. El hecho de que en Mar del Plata no existiera, desde la justicia federal, una garantía de libertades básicas de los ciudadanos no puede generalizarse al resto del país de una forma que permita acreditar el carácter sistemático y generalizado requerido.

Hay que preguntarse también si la afirmación de que la actividad de la CNU antes de los decretos de octubre era una política de Estado porque uno de sus miembros era fiscal federal, otro oficial segundo, otro auxiliar de la fiscalía y que a su vez se encontraban vinculados a la Universidad Provincial (donde gran parte de los miembros de la CNU figuraban como contratados) y al poder sindical, es correcta.

Visto así es una especie de dilema: no es posible adscribir la actividad criminal de ese período —febrero a octubre de 1975— al Estado, sin más, pero tampoco separarla de él. La situación no era la misma que luego de octubre (período en que, sin embargo, no parece haber existido un carácter sistemático y generalizado) ni de marzo de 1976, en que hubo una infraestructura y un sistema claro, con directrices también claras, sino de una actividad de criminales vinculados a estructuras estatales y utilizando sus medios en hechos criminales cometidos en algunas partes del país, a los fines de eliminar a opositores políticos o simplemente a personas que resultaban molestas, como el diputado Pablo Rojas o Roberto Wilson (su caso sí prueba la relación entre la CNU y el Estado, ya que fue secuestrado por la CNU y se encuentra entre las personas desaparecidas) o los casos sucedidos en La Plata que respondían a intereses del gobernador Calabró.

El Estatuto de Roma no parece pensado para situaciones así. No se trata de un método de decisiones establecido por el Estado en tanto Estado, pero la persecución es evidente. Sujetos como Nicolella, Landín, Coronel, por no mencionar de nuevo a Keiser Söze y Piatti, no estaban allí para conversar ni para convencer sino para otras cosas y actuaban en ámbitos públicos gracias a la omisión de las autoridades.

Como diría Foucault, el poder debe ser ubicado no sólo en las instituciones, sino rastreado allí donde se manifiesta en sus ramificaciones más poderosas y lejanas.

De pronto me imaginé a Calígula en un grueso sillón, bajo la luz de una lámpara leyendo las conferencias de Foucault.

La conformación del poder es reticular, abarcadora de la mayor parte de las esferas de la vida social y, en el caso de la CNU, había que considerarlo más que de la perspectiva de las instituciones, desde la de los resultados.

«El poder es sus resultados», pudo decir Leonor.

Pero entonces aún faltaba algo. Aunque consideráramos que, desde el punto de vista de los resultados, se trataba de una política de Estado porque era imposible llevarla adelante sin la aquiescencia del Estado, aun así faltaba algo.

Ese algo era la dimensión, la masividad, aquellas palabras mágicas: "sistemático y generalizado".

Sucedía en determinados ámbitos, en determinados lugares y a determinadas personas, seleccionadas y captadas por una banda de criminales ante los cuales el Estado hacía la vista gorda, pero sucedía mayormente en La Plata y, en menor medida en Mar del Plata y no en toda la extensión del territorio como parte de un sistema.

Con esa imagen imposible de Calígula sentado en un sillón, leyendo plácidamente bajo una lámpara las brillantes e incitantes páginas de Foucault, en lugar de armando rompecabezas de odio y viendo enemigos en todas partes, enemigos a los cuales él, dentro de sus posibilidades y de sus medios, dentro de su red de informantes, de sus presiones y de la indiferencia de la corte, podía aniquilar, tuve la certeza de aquellas cosas que sí podemos disfrutar aquellos que en un momento lo perdimos todo y que luego vivimos tratando de rearmar la vida, construirla con lo que se salvó del desastre que Calígula y otros como él son capaces de hacer, igual que los de la CNU, en nombre de algo. Los extremos se tocan, aunque, pensándolo bien, no cabe hablar de extremos, de la CNU como el mal y Calígula como el bien sino de ambos como dos grados distintos del mal en estado puro.

IX

La noche dobla esa curva que no se sabe bien dónde está y cuándo se presenta pero que, en un momento inesperado, aparece. Me doy cuenta cuando mi cabeza bruscamente sube de un nuevo sueño.

Algo ha cambiado. No sé bien qué. Rápidamente consulto el progreso del vuelo en la pantalla y veo que resta mucho menos hasta el punto de destino.

Me invade una especie de alegría, la de estar avanzando en una especie de cruzada, una contra el tiempo, para arrebatarle un secreto esencial. Podía triunfar o no y ese era el riesgo: qué sucedería si no pudiera triunfar. En ese caso caería una barrera insalvable y la historia quedaría trunca y ante eso nuestra relación ya no podría ser la misma.

Las figuras entre las sombras de camareras y camareros comienzan a transitar los pasillos.

***

En la casa de mi prima, antes de irse, estaban los discos de vinilo que ella escuchaba en aquella época, como si se hubiesen salvado de algo y toda la memoria estaba así, diseminada, desordenada.

La vida y Calígula se deslizaban entre la memoria incompleta y la otra, la que guardaba cada detalle de cómo otros como él, pero más que nada él, nos destruyeron la vida.

***

Estiro la mano para recibir el sándwich de jamón y queso y luego el vaso que apoyo en la bandeja desplegada, donde le vierten el agua.

La textura del humilde pan de miga me acaricia luego de todas estas horas.

Una animación levemente distinta empieza a circular.

Eduardo Balestena

X

Una vez sucedió lo impensable: Calígula fue expuesto en un programa periodístico por sus vínculos con la prostitución. Mostraban una enorme foto de él en la que sus rasgos parecían todavía afilados y su rostro mismo más terrible. Aquel abanderado de los derechos humanos, aquel a quien todos temían, ante quien bajaban la vista para no despertar sus iras, que había perseguido a empleados durante décadas, mandándoles cartas documentos, marginándolos, forzándolos a pedir licencia por el acoso del que los hacía objeto, aquel a quien, como a Edgar Hoover, nadie parecía capaz de poder detener, era expuesto públicamente por el periodista más famoso de la Argentina, que lo único que sabía de él eran esos vínculos que mostraba, pero nada de todo lo demás. Lo exponía públicamente por algo que significaba menos de un uno por ciento de todo lo que había hecho.

Al principio pareció una catástrofe pero luego, como siempre, todo se encauzó: cuando se vio acorralado le permitieron renunciar en lugar de forzarlo a someterse al proceso de enjuiciamiento cuando no hubieran debido permitírselo para poder desaforarlo para que pudiera ser procesado. Mantuvo así algo de sus privilegios y liberó un espacio para la corporación judicial. De todos modos, fue un final bochornoso para un "adalid" de los derechos humanos. Quizás, como los militares o los de la CNU, pensara que todo eso formaba parte de la lucha y que el equivocado era el mundo y no él.

Hay quienes estudian la opinión general, cómo se forma, cómo cambia y en qué cree. Lo de Calígula fue vivido como una infamia por muchos. Una muestra del poder de la prensa. La simple verdad es inconcebible porque choca contra una jerarquía de cosas y si uno sale de la senda de esa jerarquía puede volverse su víctima. Lo que ellos tienen para perder creyendo las cosas es más que lo que tienen para perder si no las creen y como el espíritu crítico es algo que no existe allí, pronto, en lugar de horrorizarse por lo que había hecho se "solidarizaron" con él por lo que entendían que otros le habían hecho.

Lo que muchos jueces hacen es tan grave e inconcebible que si la gente lo creyera no podría creer más en los jueces y prefieren eso, creerles sin preguntar demasiado y rápidamente pasar la página. Ellos suelen marginar a quienes les conocen la historia y, cómo pasó, los amontonan en lugares a donde nadie quiere ir y ponen a nuevos contratados en su lugar, lo mismo en el tribunal que en la cámara y así la historia, como en la novela *1984*, sencillamente desaparece, deja paso a acontecimientos nuevos, enraizados en el aire y también deja eso otro, la oscura sensación de que quienes fueron testigos y saben fueron a parar a destinos remotos (algo habrán hecho): el juzgado bajo los jueces de "justicia legítima", la secretaria previsional o la biblioteca. Para aquellos a quienes ellos colocaron en su lugar los jueces son los amos, los que pueden disponer de su destino, sus contratos y sus promociones y cuya benevolencia se deben ganar a fuerza de sumisión, admiración y favores y que no pueden ni remotamente imaginar las cosas de las que son capaces. Si esos dueños de su destino cometieron delitos, parte de la supervivencia allí es ignorarlos, no sea que les pase lo mismo que a los que terminaron mandando a la junta médica o que tuvieron que pedirse licencias psiquiátricas.

También los del tribunal habían logrado impunidad en lo de las drogas y llevado adelante la ímproba tarea de exhumar el pasado y castigar a los culpables. Nadie vería lo otro.

Todos ellos necesitaban una materia pensante subordinada, disponible, a la que darle unas relativas alas; alguien que pudiera darles letra, una forma de pensar novedosa y, por lo tanto, ajena a ellos —por lo de pensar y por lo de novedosa, algo en sí diferente a las elucubraciones de siempre— y que pudiera conjugar las viejas realidades con los nuevos discursos, aunque no fuese más que en la superficie porque había cosas que no terminaban de cerrar.

Una de esas cosas era que, según distintos antecedentes —ninguno de ellos estaba citado en las resoluciones ni en la sentencia—, un elemento es la incitación o el apoyo del Gobierno, la organización o grupo y otro los crímenes individuales o aislados cometidos por individuos. La muerte de Coca Maggi, por ejemplo, formaba parte de una actuación que había producido otros crímenes, pero la elección de la víctima fue a nivel individual —en represalia por la bomba en la casa de Cincotta, de hecho la secuestraron una hora y media después—. No había ninguna de estas distinciones. Los hechos no aparecían, con claridad, en una línea de tiempo sino recurrente y desordenadamente a lo largo de las resoluciones de mérito.

Tampoco era posible individualizar quién o quiénes habían sido los autores de los asesinatos. Sólo los dichos de algunos testigos los ubicaban en esa escena. Todos sabíamos que habían sido ellos, pero una cosa es saberlo y otra darlo por probado en un juicio y condenarlos penalmente.

El problema de la autoría fue zanjado por el Tribunal más tarde, en la sentencia definitiva, sosteniendo —con liviandad, en un discurso muchas veces impropio de un pronunciamiento judicial— que se trataba de una asociación ilícita y que su líder era Demarchi, que los aportes para el resultado (es decir qué había hecho cada uno) eran indiferentes porque todos habían sido vistos saliendo del velatorio de Piantoni y, deducían[12], que también intervinieron en el secuestro y muerte de Coca Maggi. De este modo, sin

---

[12] En la inducción es posible obtener una conclusión probable que deriva de un antecedente y valorarla como la explicación más verosímil; en cambio, en la deducción, la conclusión se desprende forzosamente del antecedente. Para afirmar algo y tenerlo por cierto no debe existir otra posibilidad ni otra explicación. Si lo afirmamos como si fuera forzosamente cierto, estamos dándole a una inducción el valor de una deducción. Este es uno de los graves problemas tanto de las resoluciones de mérito como de la sentencia: el trazo grueso, la falta de análisis exhaustivo y el dar por sentadas muchas cosas.

citarlas, sin tratarlas ni ahondar en ellas, hacían uso de las teorías funcionalista-sistémicas que conciben a la actuación de alguien no por lo que hizo específicamente y que debe ser probado, sino por lo que el intérprete establece que su aporte significó, por lo que supone que debió o no debió haber hecho[13] y, en suma, por circunstancias ajenas a la propia dinámica del hecho y que tienen que ver con un proceso lógico-abstracto establecido por ese intérprete. No es necesario haber hecho algo, como lo postula el derecho penal basado en el dolo y en la culpa, sino que basta que el intérprete suponga que el sujeto estuvo ahí, en lugar de haber elegido no estar y también que hubiese podido evitar el resultado. En resumen, si era miembro de la asociación ilícita, también era criminal y había matado, sin que fuera necesario probar si efectivamente estuvo en el escenario del crimen o de los crímenes y llevado a cabo un aporte determinado para la muerte o las muertes. Sin embargo, este enfoque funcionalista-sistémico resultó selectivo ya que el criterio no fue aplicado respecto a Justel, a quien el tribunal absolvió sin un gran desarrollo fáctico y argumental. Los argumentos fueron que no había sido mencionado por testigos en la instancia previa a los asesinatos y que en el informe de la DIPPBA (una siniestra dependencia policial) sólo era aludido como miembro de la CNU.

---

[13] *"No cabe más que concluir que Mario Ernesto Durquet y Fernando Alberto Otero cumplieron con su aporte al colectivo, sea identificando a las víctimas, sea jalando del gatillo o simplemente conduciendo los vehículos que trasladaban a las víctimas mortales"* (TOF sentencia en causa 33013793/2007/TO1, 16/03/2017).

Respecto a las versiones de los testigos, sólo alcanza a los hechos de la madrugada del 21 de febrero y no a los homicidios de Gasparri, Stoppani y Coca Maggi. Por una parte, suprimiendo hipotéticamente a los miembros de la CNU como autores de los crímenes, no había otros autores posibles. Ellos fueron vistos saliendo con armas del velatorio. Hasta ahí, la inferencia funciona. El problema se plantea en saber quiénes fueron a cometer los crímenes y qué sucedió en los otros (Gasparri, Stoppani y Maggi).

El tribunal condenó a Demarchi (rol de liderazgo), Durquet (rol intelectual y operativo) y Otero (rol operativo) por los homicidios de la noche del Cinco Por Uno; por el de Gasparri y Stoppani y por el secuestro y asesinato de Coca Maggi porque fueron aquellos casos incluidos por el Ministerio Público Fiscal en su requerimiento. No los condenó por los otros hechos porque el Ministerio Público Fiscal no había requerido por ellos en su oportunidad.

Elementos ajenos a la cuestión jurídica en sí gravitaron sobre ella: la condena a una persona se basa en que tiene una responsabilidad objetiva sobre la producción de algo que significó un daño, esta responsabilidad descansa en un hecho, algo que efectivamente haya hecho. Ello le significa al Estado el deber de probar lo que el sujeto hizo y encuadrarlo en un delito determinado. Sin embargo, en el horizonte de la vida líquida, en la cual no hay certezas posibles en un mundo que permanentemente fluye, hay otras circunstancias que pasan a ser preponderantes: la impunidad, el dolor, y la existencia de una estructura en funcionamiento puesta a tratar estas temáticas con otros enfoques, que significan desplazar el derecho penal liberal, de base racionalista, pensado, más que nada, como una garantía frente el poder del Estado. En esta temática, el Estado recupera sus prerrogativas más absolutas. O sea, muchas páginas sobre el contexto violento de la época y muy pocas sobre lo más concreto: ¿Quién fue? ¿De dónde surge? ¿Qué hizo concretamente? Además de a Mirta Masid, ¿a quién le consta? ¿Por qué lo que dice Mirta Masid es incuestionable?

De este modo, la exhumación y el castigo del pasado fueron planteados en una ecuación de poder para la cual el derecho, en su forma más pura, era una cuestión secundaria porque la asistía un motivo noble que justificaba la aplicación de criterios funcionalista-sistémicos sin siquiera fundamentarlos.

Aunque tuviéramos por válidas estas circunstanciales construcciones *ad hoc*, lo que seguía faltando, sin embargo, era la dimensión. Supongamos que no se requiere una política formal —como sostuvo el Ministerio Público— pero sí se requiere el carácter masivo, "sistemático y generalizado" que hace que el elemento formal de la política sea secundario (así surgía de fallos del Tribunal Penal Internacional para la ex Yugoeslavia).

No había, en general, citas de precedentes, un análisis de sus elementos ni un trabajo de aguda elaboración jurídica.

Antes de eso, en la prisión preventiva, la gran novedad que introdujo Leonor fue la del genocidio. A nadie se le hubiera ocurrido. Comparaba genocidios y matanzas y había descubierto no sólo el libro de Daniel

Feierstein: *El genocidio como práctica social. Entre el nazismo y la experiencia argentina*, que comparaba a la dictadura con el régimen nazi, sino *Las palabras de los muertos*, de Zaffaroni y los ponía en boca de Calígula.

Se basó íntegramente en Feierstein en su intento de fundar el genocidio. En la sentencia definitiva, sin embargo, el segundo tribunal —que juzgó a los miembros de la CNU sobre la base de la prueba recogida en los Juicios por el Derecho a la Verdad y en la instrucción judicial posterior— no trató ese tema.

Hay ideas y puntos de vista que se ponen de moda, equivale, como dijo Elbert, a *"sacar conejos de la galera"*. Vienen a erosionar saberes establecidos. Eso tiene dos aspectos: uno positivo que cuestiona y uno negativo que banaliza, pone algo de moda y lo reverencia como una verdad revelada en contra de otro saber formal, uno que obedece a la racionalidad y al cual concibe como opinable, como algo que puede ser desplazado.

Con mucha habilidad, y a fuerza de citas de Feierstein, Leonor fue llenando los huecos igual que un dentista coloca una amalgama para suplantar ese pedazo de muela que falta.

El estatuto prevé el genocidio haciendo punible la extinción total o parcial de un grupo nacional, étnico, racial o religioso. Se protege la continuidad social y la dignidad de las víctimas. *"Es una pérdida para la humanidad"*, dice Werkle. Un ejemplo es el genocidio de Camboya, donde, bajo el Khemer Rouge, se perdieron grupos enteros y saberes irrecuperables.

Para considerar que la CNU perpetró un genocidio por haber desmantelado a la gremial de abogados y producido un éxodo de docentes de las universidades —luego del asesinato de Coca Maggi, Roberto Sammartano y las amenazas contra otros docentes— hay al menos tres grandes obstáculos que salvar: uno es que la *Convención sobre la Prevención del Delito de Genocidio* no incluye ni al genocidio cultural ni a los grupos políticos. Era posible colarse y atravesar su texto considerando que lo que importa es la acción en sí —eliminar— más que las características de las víctimas. La adhesión a un grupo es algo subjetivo: tiene que ver con afinidades, objetivos e ideas, no importa quién sea uno ni a qué grupo pertenezca, sino el hecho en sí de la eliminación. La pertenencia al género humano abarca a todos los grupos. El carácter humano es la base del grupal.

El siguiente obstáculo se refiere a si esa eliminación es socialmente definitiva o si algo puede tomar su lugar, recuperar sus ideas y acciones y llevar a cabo un cometido semejante.

El tercero es que sea sistemática y generalizada.

Hay un pasaje de *Il gatopardo* en el cual el príncipe ve cómo don Calógero arremete con las dificultades y pisotea, sin ninguna delicadeza, los difíciles terrenos de los problemas que a don Fabricio le parecían difíciles de resolver, que no detendrían el avance de don Calógero. Acá era algo parecido: las púas de estos tres alambrados no impidieron a Calígula atravesar la línea que igualaba a la CNU con los crímenes de la ex Yugoeslavia.

Como dijo alguien: «también, si te vas a fijar en todo».

La desaparición de la gremial de abogados, si bien significó la ausencia de un actor más que político, jurídico, no equivale a la supresión de un grupo. No fueron eliminadas las personas que pudieran suplantarla, las ideas que la sostenían ni los saberes en los que se basaba. Los alcances del "genocidio reorganizador" (como lo fue el que llevó a cabo la dictadura) fueron sistemáticos y generalizados y esa magnitud significó que la historia avanzara en un sentido y no en otro.

XI

La luz ha comenzado a despuntar bajo las cortinas de las ventanillas hasta prácticamente estallar en esa luminosidad del sol sobre las nubes.

El vuelo comienza su última etapa y el pasaje va despertando.

El progreso del vuelo indica que en tres horas el avión aterrizará en Madrid.

***

Separada de su primera pareja en el exilio —otro marplatense— y disuelto su emprendimiento, Gilda hizo varios trabajos en una España donde ya había muchos trabajadores en paro: cuidó a una enferma de muy mal carácter, en una relación que terminó muy mal, e hizo limpieza en casas, una de ellas fue la de Jaume, quien, en los días previos a su retiro, le propuso vivir juntos. Él también buscaría pasar una página. Así, por primera vez, comenzó a viajar: por España, por el resto de Europa y por lugares, para nosotros, remotos y exóticos, como las pirámides de Egipto.

Daba la impresión de que sus penurias habían terminado y ella parecía haber doblado una nueva página en su historia. Sus hijos habían creado un emprendimiento y ofrecían comidas muy elaboradas en el patio gastronómico de un centro comercial y ella, por primera vez en mucho tiempo, se hallaba libre de los jadeos de la vida perra.

Un par de veces vinieron a Mar del Plata. Luego, algo sucedió.

XII

Me quedó grabada una imagen de la película *Separate but Equal*, en la que Sidney Poitier, un actor fino y a la vez de carácter, encarnaba a Thurgood Marshall, un activista por los derechos de las personas de color que luego fue el primer juez afroamericano de la Corte Suprema de Justicia de Estados Unidos, cuando hablaba del *"desarrollo progresivo del derecho"*. El caso que defendió fue el famoso *Brown vs. Board of Education*, contra la segregación racial en las escuelas primarias. Un concepto hermoso: el derecho vivido como un progreso capaz de llevar justicia a quienes viven situaciones injustas y de expandir las ideas al terreno de los hechos y nutrir las ideas de las enseñanzas que dan los hechos. No era el triunfo de la fuerza sino el empuje de la razón, de la igualdad, de la justicia.

Inspirador. Usé ese concepto en *La fábrica penal*.

Lo confrontaba con las resoluciones que leía y analizaba: constaban en su mayor parte de muletillas, frases hechas, largas citas y muy pocas ideas. Las de la CNU estaban muy lejos de ser una excepción.

El derecho había sido para mí una forma de lucha, algo que servía para tratar de expandir la razón, la justicia, lo que es correcto, aquello que debe ser. Algo cuyo progreso significa cuestionar las prácticas injustas desde las ideas, en lugar de refugiare en el dogmatismo de frases hechas que devalúan las ideas. Unas expanden, otras custodian. Unas ideas abren, otras ideas cierran.

Una cosa era usar el poder para imponer una solución al caso y otra subordinar el poder a la razón.

Como las historias policiales, el caso de la CNU parecía construido de atrás para adelante: no se trataba de analizar hechos y normas y llegar a una conclusión, sino partir de esa conclusión y remontarse a todo lo demás, dando casi por sentados los elementos que hacen que un crimen se convierta en un delito de lesa humanidad.

Un monoteísmo valorativo al cual no le importa más que llegar a lo que quiere llegar, haciendo abstracción de los medios, con una lógica que generaba sus propias razones, eso era lo que hacían Calígula y el tribunal. No se trataba del desarrollo progresivo del derecho, sino su subordinación a la "razón de Estado".

Como antes Calígula, el tribunal basó su fallo en dichos de testigos, que se referían a hechos sucedidos hacía cuarenta años, tomándolos como fiables y sin hacer ciertas salvedades. En el fallo en el que consagró la garantía de la doble instancia la corte también estableció un criterio para reconstruir los hechos. Todo hecho forma parte de la historia y el criterio para reconstruirlo es histórico. El criterio establecido en la sentencia fue el expuesto en

Introducción al Estudio de la Historia, de Wilhem Bauer: es necesario transitar por la *heurística*, o sea, qué fuentes son admisibles y qué otras no lo son; luego por la *crítica externa*, el conocimiento de la autenticidad y después la *síntesis*, que es la conclusión obtenida luego del examen de los pasos anteriores y que da por resultado una afirmación.

No todas las fuentes pueden ser valoradas y creídas de la misma manera. Al aceptar algo se sanea cualquier vicio, cualquier duda.

La sentencia que condenó a los miembros de la CNU, tras un accidentado juicio, citaba a Borges: *"Jorge Luis Borges en uno de sus sabios poemas escribió: 'Solo una cosa no hay. Es el olvido. Dios, que salva/el metal, salva la escoria. Y cifra en Su profética memoria las lunas/que serán y las que han sido' (Poema Everness – De Obra Poética de Jorge Luis Borges – 1977 y 1989 Emecé Editores S.A. y 1996 María Kodama)"*.

Una tesis osada: castigar los delitos porque si algo no existe es el olvido.

Jurídicamente la cuestión era menos sencilla que el rescate de la memoria, que es una de las formas de ese mismo olvido, como también dijo Borges.

La imagen de los jueces leyendo a Borges me parecía casi igual de bizarra que la de Calígula leyendo a Foucault.

XIII

De pronto se siente el ruido de los carros trayendo el desayuno, las persianas se levantan a medias, dejando pasar la intensa luz; todo indica que en una hora más el vuelo terminará.

La tripulación reparte primero los menús especiales y ya estacionados los carros al comienzo del pasillo, comenzó a entregar esas bandejas con una larga caja con la ensalada de fruta, el pan y lo demás.

Con ansias de llegar pero sin hambre a esa hora insólita para mi estómago, fiel a la consigna de tomar y comer todo lo que me dieran porque no sabía cuándo bebería o comería de nuevo, fui saboreando intensamente cada cosa de las que había en la caja y luego me puse a esperar que la retiraran.

Gilda volvía, yo le cocinaba *calzone* en aquella época y me hablaba de su vida allá. Tenía una larga lista de gente para ver en Mar del Plata pero nunca se olvidaba de mí.

Las cosas parecían haberse enderezado para ella.

XIV

Se había tratado de un proceso de brocha gorda, reiterativo, apodíctico, donde se ignoraba que no era lo mismo enumerar una serie de circunstancias que darlas por ciertas. Hubiera sido necesario verificar, hasta donde fuese posible, que lo fueran, valorar de dónde venían y quién las narraba y luego afirmar algo a partir de ellas.

Gran parte de la imputación descansaba en Mirta Masid, que fue la pareja de Flipper y que relataba lo que en aquella oportunidad, al elegir seguir viviendo con él pese a saber todo eso, no había contado. Su testimonio, por ejemplo, puso a Ullúa, Piatti y Piero Asaro en el secuestro de Coca Maggi. ¿Era suficiente algo así y el hecho de que formaran parte de la asociación ilícita para condenarlos por el hecho? ¿Es la suya una fuente fiable?

Primero brindó su testimonio como testigo de identidad reservada y luego *Página 12* y *La Capital* citaron parte de sus relatos. El primero era un extenso reportaje *"La CNU contada desde casa"*, con algunas inexactitudes: dice, por ejemplo, que el padre de Pedro Hooft era un nazi exiliado, cuando en realidad fue un simple trabajador. Acusa a Hooft de no haber tramitado los *habeas corpus* de los abogados secuestrados en "La Noche de las Corbatas", en 1977. Como un narrador desde afuera, Mirta Masid hablaba de todo aquello como de algo que conocía bien porque había estado allí pero respecto de lo cual mantenía una distancia. Hablaba con cierta nostalgia por las peñas, como la de Bossata, en Los Pinos de Anchorena o las conversaciones en los bares hasta las cinco de la mañana. En 1973 comenzó a vivir en pareja con Flipper, con quien tuvo una hija y los miembros del grupo se reunían en su casa a hablar de "la aventura de vivir peligrosamente". Como ese narrador por afuera que se pretendía, mencionaba todos los asesinatos que habían cometido en 1975.

Según lo que establecía la corte para aceptar su testimonio, en todo o en parte, había que seguir los pasos del método del libro de Bauer, que no apareció jamás citado en ninguno de los fallos.

¿Por qué, si conocía todos los hechos, esperó cuarenta años para exponerlos?

La historia es el resultado de las versiones de la historia y, más que nada, de las versiones interesadas de la historia.

Una de las cosas en que pasaba eso era la que se refería a la Triple A, que la cámara tomaba como un grupo creado por López Rega y dependiente del Ministerio de Bienestar Social y el fiscal que actuó en los Juicios por el Derecho a la Verdad como algo difuso que tomó la forma de una serie de células autónomas, cuya denominación no siempre coincidía. Para eso examinaba los diarios de la época y distintas fuentes bibliográficas. El juzgado y el tribunal no citaron nada, se limitaron sólo a mencionarla.

Otra era que López Rega había abandonado el país el 11 de julio de 1975. Si se acepta que la Triple A y su desprendimiento, la CNU, era una agrupación dependiente de López Rega, los hechos atribuidos a la asociación ilícita deberían ser escindidos en dos periodos: antes y después del 11 de julio de 1975. Al hacerlo, considerarlos como sistemáticos y generalizados resulta incluso más difícil porque su número se reduce y con él la fuerza del argumento de que son de tal naturaleza. La identidad y los alcances de la Triple A no son claros: tuvo células, ramificaciones, grupos que se atribuyeron haber actuado en su nombre y su propia denominación cambia: Asociación Anticomunista Argentina, Alianza Anticomunista Argentina, Acción Antiimperialista Argentina. No tiene un carácter homogéneo, uniforme y verificable. No se puede reducirla a algo que simplemente dependía del Ministerio de Bienestar Social y que, por carácter transitivo, también dependían de ese ministerio las restantes células, como la CNU.

¿Cómo se conjugaba esto con el método histórico?

XV

El personal de a bordo va recogiendo las bandejas después del desayuno. «Agua por favor». «Desea usted agua por favor». También reparte los formularios que hay que llenar para migraciones y la voz del capitán informa sobre el clima en Madrid y más tarde una voz impersonal enumera las puertas para los vuelos de conexión.

Pronto los motores reducen la potencia, cambia el sonido y la aptitud del avión, que indica un descenso que luego se convierte en giros y que más tarde, al bajar los *flaps* y utilizar los frenos de la parte superior de las alas, se acentúa. Primero es un declive suave que se advierte en esa línea de los compartimentos superiores de equipaje, más tarde en la sensación física de la pérdida de altura.

Pienso que si en lugar de hacer el curso de piloto cuando trabajaba en el juzgado lo hubiera empezado al terminar el colegio secundario, o antes, podría haberme dedicado a la aviación comercial en lugar de a la civil. Nunca pensé que eso fuera posible. Siempre viví a destiempo, llegué tarde a todas las cosas y estuve en el lugar equivocado, de eso forma parte el que no hubiera concebido otro destino más allá de las paredes de un juzgado y quizás ese fue el mayor error de todos. Pero ahora, en esta etapa, simplemente me dedicaría a disfrutar aquello por lo que tanto había tenido que luchar: recuperar mi trabajo, sobrevivir, mantenerme y mantenerlos pese a todo. Como la rama de Hesse, busqué permanecer un invierno más y otro más.

El avión vira por derecha, por izquierda, desciende, se hace más lento y las referencias cambian y se acercan.

**

Durante mucho tiempo luché por recuperar la jerarquía de la oficina pero en un punto, cuando Calígula fue dos años presidente de la cámara y no lograba que me recibiera para plantear cuestiones funcionales, me di cuenta de que todo estaba perdido, de que a nadie le interesaba ese espacio y luego, cuando nombraron al tercer camarista y fue necesario darle las dependencias que ocupábamos los notificadores, oficiales de justicia y yo —que tenía una oficina grande—, me pasaron a la biblioteca.

Tuve que dejar casi todos los muebles y descolgar todos los cuadros. Sólo mantuve el de las mesas de expositores de la Universidad Michoacana y el de la presentación de *La fábrica penal* en la Universidad de Buenos Aires. No tenía lugar ni para colgarlos y quedaron apoyados entre la base de una biblioteca y los libros. Vivían deslizándose y cayéndose, pero estaban destinados nada más que a mí, porque en el rincón al cual había ido a parar nadie los veía. Creo que nadie los vio nunca.

Luego de haber pasado por todo (ya nadie se acordaba), de haber escrito tantos libros, dictado el seminario en México, participando como expositor en una de las mesas redondas de la Universidad Michoacana, terminaba mi carrera judicial en un rincón perdido de la biblioteca, al lado de un depósito, en un cruce de corrientes de aire, con los notificadores en el subsuelo y un lugar al cual iban todos los que tenían que hablar por teléfono. Como diría Elbert, el más absoluto ninguneo.

A la mañana temprano un grupo de mujeres hacía su tertulia con la bibliotecaria. Contaban cosas, se reían. Otra concepción de la vida imperaba ahora: la invocación al optimismo y la "espiritualidad", la falta de compromiso, el hedonismo, el sentir que la vida se reduce a gozar y que esa actitud es sana y que todo lo demás es "tóxico". Hay que visualizar lo que uno, que forma parte del universo, desea y éste nos lo dará, pero el universo desconoce la palabra "no" porque es positivo y las cosas que hay que pedirle tienen que ser positivas, decían con absoluta seriedad, como quien discute a Max Scheler o Benedetto Croce. Los nuevos venían a buscar libros y no saludaban. Los notificadores hablaban a los gritos, repetían frases televisivas, estallaban en carcajadas y el pasillo anterior a la ventana era el escenario de largas conversaciones telefónicas.

Informatizados todos los trámites de expedientes, me ordenaron subir las sentencias al sistema. Era una tarea subalterna referida al trámite de expedientes de las secretarías, que era posible hacer al personal de esas secretarías mediante un simple cliqueo en una interfase. No se necesitaba ser abogado. No tenía nada que ver con los motivos de la creación de la oficina, en ninguna cámara se hacía así y había muchas otras tareas propias del ámbito de competencia de la oficina por las cuales había pedido ampliar la dotación. Hablé con el nuevo presidente de la cámara, que había dispuesto esa medida y me dijo: «¿En qué te puedo ayudar?». Me recordó a una frase de uno de los artículos de Ximo García Roca: *"La institución relega a alguien a un rincón y luego le pregunta qué está haciendo ahí"*. Alguien nos rebaja y después nos pregunta en qué nos puede ayudar. Expuse los puntos. Me los pidió por escrito. No resolvieron jamás la presentación. Es lo que hacen los jueces cuando uno demuestra su razón: simplemente la ignoran.

Ya no luchaba. Sólo me propuse sobrevivir y seguir trabajando y cuando, luego de quince meses, concluyó de forma repentina mi trámite jubilatorio, me fui.

Volvíamos del Festival de Salzburgo con mi hijo en un viaje que terminamos en Viena, en cuyo cementerio central visitamos las tumbas de Brahms, Schubert y Beethoven, cuando —en la puerta 32— recibimos la noticia («Decíle a papá que le salió la jubilación») y decidí tomarme todos los días de licencia pendientes en lugar de cobrarlos y dejé de trabajar el 16 de septiembre de 2016. Fui el último en retirarme de todos aquellos que estábamos desde la creación del juzgado, pero eso ya no le importaba a nadie.

Durante esos casi cuarenta y dos años vi pasar a todos y vi pasar de todo, asistí al establecimiento y a la sucesión de numerosas y muy distintas mentalidades que se expresaban por nuevos portavoces: cada uno era único y venía a borrar todo lo que habían hecho los otros. Vi cabezas rodar, entre ellas la mía, de gente que no había hecho nada y vi a gente encumbrarse sin tampoco haber hecho nada y a muchos cometer enormes injusticias y delitos y salir siempre impunes. Vi en cargos de responsabilidad a quienes nunca habían indagado a un preso ni permanecido en la trinchera de la primera instancia durante los turnos. Vi reverenciar a déspotas, mediocres y mujeriegos, desfilar a mujeres orgullosas y a hombres todopoderosos y a muchos creyendo que el mundo era una cosa hecha a su medida y que estaban ahí para conquistarlo. Vi todo eso, pero también mucho más, cosas indecibles y ahora ya no lo vería. Ahora era libre. Ahora solo vería cielos, rutas, óperas y conciertos y escribiría no sumarios de jurisprudencia —que bien orgulloso estaba de ellos—, sino críticas musicales, artículos, ensayos y novelas y todo eso dependería nada más que de mí.

Ese último día me fui en una de mis dos motos, la Honda 700, colocadas las maletas laterales para comprar algo para celebrar y llevarlo. Las policías de custodia no me dejaban estacionar la moto. Así discurrió mi último día, el de la liberación, aquella luego de la cual ya no tendría que recomponerme ante todo lo que, día a día, me negaba: la reunión matinal de mujeres, los gritos de los notificadores, las tareas subalternas, las estrellas en ascenso, la gente que se acercaba sin saludar, los que venían a firmar cartas poder e interrumpían el fluir de esa idea, Calígula con su cara de intenso fingiendo que no me veía...

Zenón, el personaje de *Opus Nigrum*, vive en un mundo dividido entre el protestantismo y el catolicismo, donde imperan las sospechas, la hoguera y la persecución y sobrevive haciéndose invisible, callando sus convicciones, sabiendo cuándo alejarse de un lugar, cambiarse el nombre e inventarse un pasado aceptable y en ese mundo de oposiciones —falsas y genuinas—, dividido y brutal, él, que no profesa ninguna de esas religiones, es visto con desconfianza o indiferencia. No tiene un lugar allí que no sea el suyo propio. Como él, siempre estuve en un lugar que no era el mío. Era parecido. El verdadero seguía estando lejos, muy lejos. Había llegado a estar bien en aquel lugar, pensando que trabajaba, que el sistema necesitaba de mí y que era útil, pero ese no era mi mundo, no había terminado de serlo nunca. Los compañeros no eran amigos y, finalmente (aunque alguna vez lo haya creído), el juzgado no fue mi patria interior. Esa era quizás la diferencia: que ese lugar estaba dentro de mí, en lo que me definía y quizás en aquella fuerza que me hizo resistir. La patria interior no es algo a sobrellevar, sino aquello donde nuestra vida sucede y nos hace íntima y genuinamente felices. Todo eso, un mundo dividido entre la verdad y su versión de la verdad, con personajes que no reconocían ese otro mundo del cual yo venía porque carecían de memoria y de interés en la memoria, hasta ahora me había llevado a una vida solitaria, itinerante y descastada, semejante a la de Zenón, eterno peregrino. Él tuvo la oportunidad de huir y continuar su vida como el exilio que había sido hasta que regresó a Brujas pero, a poco de retomar su viaje desistió de él, quedándose. Para mí el final era otro y

decidí no quedarme, sino seguir en busca de la libertad
auténtica. Ahora la única fe era en la verdad
transparente, las ideas, la escritura y mi tiempo, uno no
signado por la resistencia sino por el descubrimiento.

Los demás veían un mundo organizado en
leyes, pronunciamientos, el prestigio de la autoridad,
del saber y el poder que unos tenían y otros anhelaban;
lo creían como si el precio de estar allí hubiese sido el
de abrazar una fe. Ese lugar los reconocía o los
reconocería alguna vez. Ellos participaban de ese
reparto de poderes y realizaban el derecho sobre la
tierra y si las cosas no salían bien ahora, eso era
momentáneo, una simple cuestión de tiempo o
soluciones que en un futuro incierto serían más justas,
oportunas y realistas. Como en la fórmula de la
disolución de la materia, precisamente el *Opus Nigrum*,
en lugar de todo eso yo sólo veía un edificio triangular,
separado del verdadero mundo, donde se traficaban
favores y la inteligencia pura no podía triunfar porque
era desterrada, no la había —no podía haberla porque
lo primero que haría sería cuestionar las bases de ese
mismo mundo— y pasaban por ella un repertorio de
fórmulas que parecían sacadas de un breviario o un
manual, como lo era el *Malleus malleficarum*. El
martillo de las brujas repicaba allí, era bajado sobre los
destinos, sin contemplación. Resultaba tan evidente e
intolerable que nadie lo veía porque nadie puede
suponer que vive en ese punto, en el de la disolución de
la materia. No veía sistemas informáticos y escritorios,
sino espejos de colores y maderas sucias, viejas y
percudidas que formaban parte del escenario donde se
jugaba un juego que consistía en creer en la realidad de

ese mundo como si fuera la materia y no su disolución. Entonces me volvía sobre mí mismo y las ideas que, aunque silenciosas, eran libres. Sólo la libertad es el destino final de las ideas, aunque no hayan sido concebidas en la libertad. El cielo se abriría ahora para siempre y me permitiría ver las cosas no más claramente sino con distancia, con esa que se necesita para conquistar esa libertad de manera definitiva, mientras los demás vivían en el punto de disolución de la materia y lo ignoraban.

***

El avión ya se ubica en el circuito de tránsito, próximo a la vertical de la pista: ya es posible verla y en las pantallas se aprecia la imagen de las cámaras que toman la aproximación en final hacia la cabecera de la pista en uso. Ya se ve claramente el borde, el asfalto y las líneas que lo demarcan y pronto sobreviene ese golpe seco de las ruedas tocando la tierra y esa aceleración franca de las turbinas que, con su flujo invertido, bruscamente producen la desaceleración de la nave, que se transforma en algo torpe y gigante en un medio que no es el suyo pero en el cual necesita estar y al cual necesita, una vez y otra, volver.

Todos somos así, somos de un lugar y no siempre podemos estar ahí porque necesitamos de otros.

Yo ya no necesitaba de otros lugares y vivía en el aire todo el tiempo, como un avión que pudiera volar siempre, o como un ave solitaria con el sentido de encontrar las térmicas que le permitan mantenerse en al aire todo el tiempo, todo el tiempo, todo el tiempo.

"He envejecido tanto que he dejado todo atrás", escribía Saintex en *Piloto de guerra*.

Ha pasado tanto, pero tanto que al alejarme he dejado todo atrás y vuelto a nacer y aunque deba cargar todo ese peso, que forma parte de mi vida, ahora me siento liberado y subo a lo que resta de esa vida sólo para sentirme, como en *Vuelo nocturno*, *"en la profunda meditación del vuelo, en el que se saborea una esperanza inexplicable"* y me siento *"un centinela en el corazón de la noche (y descubro) lo que la noche revela al hombre, esas llamadas, esas luces, esa inquietud. Esa simple estrella en la oscuridad: el aislamiento de una casa. Hay una que se apaga: es una casa que se cierra sobre su amor"*.

De la destrucción de aquella época, lo que más recuerdo son esos viernes en que volvíamos y, solos, nos refugiábamos en casa, esas noches en que nos cerrábamos sobre nuestro amor.

XVI

"Desde siempre y para siempre", ponía Calígula, es decir Leonor, en las resoluciones. El derecho de gentes era algo que había estado siempre allí, antes de los códigos y de las leyes; y perseguir a la asociación ilícita (la de la CNU; la otra era invisible) era invocar esa porción de eternidad y apropiársela.

Sin embargo, la interpretación en el derecho nunca puede ser tan amplia. Más bien está focalizada a algo que se puede inferir: "esto sucedió así porque los indicios a y b indican que es la explicación más probable".

Decir que algo lesiona el derecho de gentes, darlo por sentado y luego afirmar que al tratarse de una ofensa a la humanidad repugna a normas que existieron desde siempre y que existirán para siempre era, al menos, una generalización aventurada.

La interpretación jurídica está muy lejos de ser una libre interpretación y una de las bases del derecho de defensa es poner estos conceptos e interpretaciones a prueba, someterlas a una validación. De otro modo, sería muy fácil para el Estado afirmar cosas, estirarlas y abarcar en ellas a situaciones de cualquier naturaleza.

Desfilan los paradigmas: la ley del Talión —ojo por ojo y diente por diente—; la sublevación de los varones contra Juan Sin Tierras, que produjo el documento que estableció los fundamentos del debido proceso legal; el iluminismo que ordenó el mundo, nos dio herramientas para pensar y resistir; y ahora la vida líquida, una en la que nada sólido queda en pie. Todo es válido. Pese a lo trascendente del concepto, la ofensa a la humanidad, en este caso, no es algo que exija muchas demostraciones ni deba cumplir con demasiados requisitos.

Las víctimas miran, sonrientes, a seres del futuro, en viejas fotos en blanco y negro que fijaron para siempre ese solo gesto, lo que queda de ellos en un mundo que hoy les parecería complejo, ajeno e incomprensible. Aquellas sonrisas, aquellas actitudes ignoraban lo que habría de suceder porque es, desde todo punto de vista, incomprensible, sólo justificable por la banda de asesinos que cometieron esos crímenes típicos de las masacres de los Balcanes o de los nazis, porque eso eran y eso siguen siendo: nazis.

La patota de la CNU entraba armada en casas de familia, con personas indefensas, ellos las amenazaban, amedrentaban, robaban, secuestraban y asesinaban sin que pudieran oponerse. Nunca fueron atacados ni corrieron ningún riesgo, ni Piatti, ni Ullúa, ni sus hermanos. Actuaron alevosamente en grupo y ante gente inerme. Eran absolutamente cobardes además de asesinos: ellos, tan simpáticos, tan apodícticos, tan graciosos, cultores de las armas, eran cobardes asesinos de gente indefensa. Sin embargo, pese a la crueldad, al ensañamiento con el que fueron cometidos y la impunidad que vino después, cuando parte de la propia estructura judicial fue conformada por influencias de la ultraderecha de aquellos años; pese al alto número de hechos, los crímenes de la CNU no constituyen delitos de lesa humanidad por carecer del carácter sistemático y generalizado que exige el Estatuto de Roma; pese a haber sido cometidos por bandas armadas vinculadas a las estructuras de poder y pese a que es posible afirmar que ello, eventualmente, fue una política de Estado.

No es una apreciación discrecional aquella capaz de situar a esos crímenes en un plano que justifique el ejercicio de la penalidad más allá del término de la extinción de la acción penal, lo cual, forzosamente, debe suceder sólo de una manera muy excepcional y bajo determinadas condiciones.

En la lógica de la época los estándares jurídicos, como los culturales, también se hacen lábiles y ya no es necesario subir hacia ellos porque son ellos los que bajan al nivel de la experiencia que se desea abarcar.

Es la conveniencia o la gravedad o el dolor —la colonización del sufrimiento— y no las reglas de la razón lo que guio este proceso, pero se actúa como si se siguiera a las reglas de la razón.

El discurso dice cosas pero también omite y tanto es lo que dice como lo que omite decir. No sólo se condenó a los miembros de la CNU, sino que también se omitió argumentar y analizar exhaustiva e imparcialmente el caso y se estableció un discurso de verdad, tan absoluto como el de ellos.

XVII

Lentamente, el avión se desliza por la calle de rodaje y se encamina hacia la terminal en esas maniobras lentas y ansiosas. Los pasajeros comienzan a impacientarse, a querer sacar cosas de las gavetas superiores, a peinarse, a arreglarse la ropa. De pronto el avión se detiene y todos se ponen de pie y pugnan por invadir los pasillos como si la nave estuviera por hundirse. Otros se inclinan sobre la línea de las gavetas de equipaje y permanecen allí, pero nada pasa hasta que, lentamente, el río humano comienza a fluir como detenido vaya a saber por qué extraños accidentes en su curso.

No falta demasiado para el vuelo de conexión y debo apurarme. Avanzo lentamente. Los miembros de la tripulación están de pie ante la salida y saludan como si la fatiga no les hubiera hecho mella.

Comienza la carrera por los pasillos, comienza la rápida consulta a los paneles de información mientras casi corremos y aparecen personas que a viva voz van informando sobre las puertas que corresponden a los vuelos de conexión. Se suceden pasadizos largos, las escaleras, el tren sobre cuyas puertas todos se abalanzan en esa ansiosa impersonalidad de los aeropuertos, bajadas y subidas hasta los mostradores de migraciones y los controles de seguridad, todo como un purgatorio urgente donde unos quieren pasar por encima de otros y finalmente alcanzo a llegar ya cuando el vuelo a Barcelona está abordando un Airbus 320 y de nuevo me siento.

***

El mundo de Gilda se había dividido y ella vivía ahora en una especie de hemisferio separado del pasado por una cisura insalvable. Los recuerdos de cuando llevaba a sus hijos al Gutemberg en la van Suzuki 1980 con forma de pan lactal, que era su segundo auto, pertenecían a otro mundo del cual ya no se hablaba.

La pregunta es si se puede vivir siempre sin hablar de algo y enterrarlo o si es necesario ponerlo en palabras, contar toda la angustia que se sintió y entonces sí cerrarlo. Eso era al menos lo que yo me figuraba. ¿Sentiría ella igual?

El paisaje de geométricas formas verdosas y amarronadas, hendido de las líneas de ríos y carreteras desfila plácidamente a diez mil pies por debajo del avión.

Al final del viaje, luego de no habernos visto por años, nos encontraremos y esta vez será distinta, ya sin nada que ocultar, sin diferir cosas, sustituidas por comentarios livianos acerca de todo.

El avión aterrizó en Barcelona y de nuevo se sucedieron los interminables pasillos que terminaron, ya sin jadeos, en la recolección del bolso, la salida del aeropuerto, la búsqueda de un taxi y la ida al hotel Lloret, en la zona de las ramblas.

*** *** ***

La ciudad hervía de gente, de turistas, de autos en un trayecto que, como siempre que uno llega a una capital y va desde el aeropuerto al hotel, resultaba impactante.

El paisaje parecía deslizarse detrás de un vidrio. Yo estaba y no estaba allí y no podía postergar mi ansiedad en las alternativas del viaje porque ya había llegado.

Fui al hotel, tomé un baño y antes de salir a comer algo intenté descansar, pero como si se hiciera cada vez más presente, el pasado, dividido en el más remoto y el cercano, se agitaban. Quería profundamente a una persona pero sólo conocía una parte de ella y si necesitaba escribir una novela sobre los hechos de la CNU y lo que los rodeaba, debería poder franquear esa entrada, la que me separaba de todo aquello que desconocía, la intimidad, el día a día, las decisiones, lo que había sucedido las noches de los asesinatos y las siguientes y cómo las habían vivido. Mirta Masid dijo que a Flipper le pesaban tantas muertes en la conciencia, pero yo creo que no, que todos ellos, incluyendo a Flipper, no la tenían (alguien que viaja a San Juan a matar a un hombre que no conoce porque es autor de un proyecto de ley que perjudica los intereses de algunos sindicalistas no puede tener conciencia) y nada les pesaba. y que, simplemente, ahora se trataba de sobrevivir a esto, a lo que les hacían. Antes iban a negar las cosas que tener remordimientos, pero ¿no los tenían verdaderamente o no registraban del todo las atrocidades espantosas que habían hecho?

Era una de mis dudas.

Ella estuvo allí todo el tiempo. ¿Qué sintió entonces? ¿Qué sentiría, si es que sentiría algo, ahora?

Una nueva mentalidad había surgido en mis primas cuarenta años después: la de entenderlo, tolerarlo, aceptarlo y permitirlo todo. Como decía Moria Casán, *"si querés llorar, llorá"*. Era la contracara de aquella intolerancia fascista que dividía al mundo entre judíos, arios, bolches y otros que debían obedecer a una línea cuya desviación era castigada con la muerte, que ahora mudaba en una diversidad donde había lugar para todos. Todo era posible perdonarlo y todo estaba bien, el deseo era el motor de la vida. Quizás fuera porque para sobrevivir Gilda había tenido que hacer lo que viniera y eso le dio otra perspectiva del mundo, una en el cual los contornos de las cosas eran lábiles y las justificaciones se estiraban, perdonaban y borraban los límites entre esto y lo otro.

¿Habían evolucionado a un grado tal que sus convicciones eran las opuestas o realmente nunca las habían tenido?

¿Cómo se puede amar la diversidad y como se puede decir *"si querés llorar, llorá"* luego de haber aceptado asesinatos tan crueles, despiadados e inútiles de estudiantes, docentes, trabajadores y convivido con ellos?, o ¿es que asumían que eran cosas de otros, que no les incumbían porque no los habían ejecutado? Miro para otro lado, no veo los crímenes y aplico la doctrina de la cámara: basta darse vuelta y no ver, porque lo que no se ve no existe.

Todo eso y mucho más me preguntaba en esa soledad espesa de los viajes en que todo es más intenso y no hay nadie con quien hablar y sólo se trata de inscribir nuestras sensaciones en la conciencia así, de una manera tan indeleble como las imágenes de Keyser Söze y Gilda hablando desde una altura mayor a la del resto del mundo, como si todo lo supieran o como, lo que es peor, ni siquiera registraran la inmensidad de cosas que no sabían, que no sabemos, que existen y que no tenemos idea de que existen.

La tolerancia, el intercambio, las vías pacíficas, la honestidad, los autos con trasferencia y título correctos, la ética protestante de Max Weber: el trabajo, el esfuerzo, el ahorro, todo eso no existía y ellos ignoraban lo que significaba, porque habían vivido desconociendo la cara honesta y piadosa del mundo. Ahora Gilda estaba de vuelta de todo eso porque había sido expulsada de un mundo al que no había podido entrar nunca del todo porque los valores que sostuvo en su momento no le abrieron la puerta de la estabilidad: un esfuerzo, una carrera, un título, un trabajo y sus esfuerzos eran otros: sobrevivir, salir a vender cosas, porque en su momento optó por llevar a los hijos a un colegio pago porque era alemán, o es que ni siquiera tenía esas convicciones y un colegio valía por estar en Alem, en un segundo auto y aceptar el bienestar que el comercio de drogas, de influencias, de armas y la tenebrosa red de la comunidad informativa le brindaban, mientras que yo andaba en la AJS destartalada y sobrellevaba la peripecia tribunalicia que me garantizó a la vez la vida y casi la muerte, la pasión y el escarnio.

¿Ella sabía, era consciente de todo o, por el contrario, era tan inconsciente de eso como de todo lo demás? Esa podía ser una alternativa: la inconsciencia a grado tal de no concebir las cosas, la gravedad de las cosas, su crueldad y que todo fuera lo mismo mientras cantaba *"ahí viene Hitler por el callejón, buscando judíos para hacer jabón"* y afiliarse desde esa actitud, liviana e insensible, no a las teorías negacionistas del holocausto sino, lo que era peor, a la ideología que no sólo lo justificaba sino que lo hacía objeto de burla porque se trataba de seres que —como los ultimados por la CNU— podían ser asesinados a esa escala, sin importar, ya que no eran humanos. O, por el contrario, era inimputable y no cabía reprocharle eso porque no tenía idea de eso como no la tenía de nada. Quizás ninguno tuviera idea de nada. Quizás fueran tan brutos e inhumanos que les resultara imposible concebir ideas, suyas y de los otros, y experimentar cualquier clase de sentimiento. En eso se parecían a Calígula, Gambino, De Vito, Cicero y a los suyos. Una diferencia de grado y algunos matices los separaban. Tipos como Calígula son lo que son porque no pueden gobernar un país: si pudieran, se convertirían en alguien como Nixon o Cheney, capaces de ordenar torturas o la destrucción masiva de poblaciones inocentes, porque todo es parte de un oscuro y secreto cálculo.

¿Quién era ella en realidad? ¿Lo sabría ahora? Lo que fuera a averiguar ¿sería lo que yo esperaba? Y si no era así, ¿cómo sería la vida subsiguiente a esa revelación? que, en ese caso, me haría perder a alguien tan importante y significativo para mí y el precio de no perderla era hacer esa transacción que me permitiera seguir queriéndola y a la vez ignorando de ella precisamente todo lo que me interesaba saber. Había algo que siempre me eludía. Ese algo era el centro de las cosas, la verdad, lo que nos define.

Salí del hotel y caminé por la parte vieja vecina a Las Ramblas y, entre puestos de pinturas, de recuerdos y de comida vi unas cabinas telefónicas. La llamé desde una de ellas. El teléfono repiqueteó una vez y otra. Nadie contestó.

Busqué un taxi para ir a Hertz y retirar la moto que había alquilado. Era una Triumph Tiger 800 tricilíndrica nueva, que en Argentina cuesta treinta y un mil dólares y que en Europa y Estados Unidos es una de las motos de alquiler más baratas. Respecto a la mía, con ese perfil de trial, era similar en el tamaño y el formato, pero distinta en todo lo demás. Con el mismo GPS que habíamos usado en Europa y en mis viajes con la NC 700, con los mapas actualizados de Europa me volvió un poco el alma al cuerpo, se me disipó el cansancio y me invadió esa corriente de optimismo que me sobreviene al subir a una moto o a un avión, en la cual no sólo "se saborea una esperanza inexplicable", sino que el mundo se ordena en una simetría nueva, distinta pero a la vez conocida y lejana: la de los deseos de infancia, la certeza de estar cumpliéndolos, satisfaciéndolos; esos deseos que nos definen y de los que estuvimos largamente separados.

Unos momentos después la moto surcaba grácilmente las calles de Barcelona con ese ruido tan distinto, similar a un motor de cuatro cilindros, puesta

Eduardo Balestena

la aceleración en modo de *road* y pronto estuve en la cochera del hotel. Dispondría mi escaso equipaje en las maletas laterales y aseguraría el bolso al asiento trasero con la red y el flexible que me había llevado para eso.

La dejé en la cochera y fui de nuevo a caminar por Las Ramblas, llegué nuevamente a las cabinas telefónicas y con el último repique se levantó un auricular. Era su voz. La voz tan evocada y esperada. Hablamos brevemente. Estaba muy feliz de que fuéramos a vernos de nuevo, luego de tanto tiempo.

Unos años atrás nos habían conducido, ella y Jaume, por los pueblos de la Costa Brava en lo que fue de lo mejor de un viaje en el que habíamos andado con una Citroën C4 Picasso.

En aquel entonces, Jaume andaba en una moto taiwanesa 250 de dos cilindros en V. Ellos iban adelante, guiándonos, el vestido de Gilda flameando y las carreteras nos llevaban por el paisaje catalán, que en aquel año gozaba de un clima cálido y no lo abrumadoramente bochornoso que suele ser. Nuestros padres, los de ella y los míos, no conocieron nada de todo esto y en aquella foto de chicos en que todos los primos estábamos en una playa y Gilda, de unos doce o trece años, llevaba un sombrero de paja y sonreía — con su rostro delgado— a la cámara, una cuyo ojo llegaba hasta ahora, hasta el remoto futuro; ni soñábamos cuando chicos que algún día podríamos estar acá. La diferencia estaba en las razones que nos habían impulsado a cada uno a venir.

Vivíamos fijados a la tierra, al barrio, a la suerte. Para nuestros padres un viaje así era algo totalmente impensable y nosotros lo habíamos hecho, llevados por distintos derroteros y distintas cosas, a través de caminos curiosos e inextricables.

Quedé en ir a verlos en su casa de Mataró el día siguiente y recorrer lugares como la primera vez.

Dediqué el resto del día a caminar y luego de una cena frugal, me fui a descansar. Como diría Borges, la cama fue otro "goce sencillo y agradecido" y leí hasta que me venció el cansancio.

Lentamente desayuné en el hotel y me dispuse a hacer el corto recorrido de algo más de treinta kilómetros hasta Mataró por la hermosa carretera cuyos nombres tanto me recordaban a la novela *Soldados de Salamina*.

Pasé el Ibis que hay a la entrada de Mataró y seguí el camino indicado hasta su calle. Vivían en un primer piso por escalera y luego de dejar la moto toqué el timbre, momentos más tarde un grito jubiloso me saludó desde un primer piso.

La voz resonaba desde el fondo de la historia pero sus palabras eran otras.

Un momento después abrió la puerta de calle y estalló en un: «Hola Eduuuu» y me estrechó en un abrazo muy fuerte y comenzó a hablar y a preguntar a borbotones mientras me conducía hacia la escalera.

Iba con un vestido color natural de una tela resistente y, como siempre, me daba la sensación de una eterna juventud que, bajo ciertas incidencias de la luz, aparecía marcada, hollada, en un tinte más opaco y bajo el tono de despreocupación había algo más. Pero yo estaba separado de ella como por un vidrio y no terminaba de estar presente en ese momento y en ese lugar.

«Oye tío, pero qué moto tan cojonuda te has traído y qué tal Silvina, siempre guapa. Cuándo volverás con ella y los chicos, que ya deben estar muy grandes…».

Iba sin saber cómo seguiría el programa del día, pero Jaume ya parecía tenerlo todo planeado y esa predisposición de anfitriones que, como la vez anterior, dejan todo para atendernos se contraponía con mi visita, que era interesada, que tenía un propósito que ella ignoraba y un desafío que ella también ignoraba. Como decía un amigo, es necesario probar los autos y las motos en condiciones extremas, hacerlo como un experimento, para saber cómo se comportan y qué podemos esperar de ellos, por si algún día es necesario hacer la maniobra extrema en condiciones reales. Esto era lo mismo. Nuestro vínculo, nuestro amor, debía ser probado en condiciones reales, unas que permitieran ir hasta el fondo y saber si sería posible pasar la prueba o no, para decidir si abandonar el vínculo o seguirlo, pero no como el resultado de la ficción de amor, sino del amor.

Jaume comenzó a hablar de motos y la conversación enseguida se convirtió en esas en las que abundan las palabras y que discurren de un tema a otro sin establecerse en ninguno, fluyendo por cosas livianas.

Jaume había pensado en un programa de lugares para recorrer y me preguntaron cuántos días me quedaría, pero antes de poder responder algo que yo mismo no tenía muy decidido (todo dependería de lo que sucediese cuando finalmente habláramos de la CNU), propusieron salir.

Bajamos hasta el lugar donde guardaba la misma moto de la vez anterior. El tanque negro estaba opaco y rayado y toda la moto se veía como una versión más pequeña de la Honda Shadow y a la vista parecía más grande de lo que en verdad era. El volumen del aleteado del motor, guardabarros y la baja altura de una *custom*, así como la posición ante el manillar le daban esa apariencia de mayor porte. La sacó hacia la calle, se pusieron los cascos y luego de unos cuantos preparativos estábamos ya en camino de Lloret de Mar, el más cercano de los pueblos; y paramos a la altura de un castillo que está en la costa y que permite bajar a la playa.

Nos detuvimos en las rocas de la playa y Jaume comenzó la larga explicación que mezclaba sus vivencias, las características del pueblo y de sus visitantes hasta que, calcinados al rayo del sol, propuso dar una vuelta por el pueblo y buscar un lugar para comer que él conocía muy bien. Era una especie de restaurante que funcionaba al fondo de la entrada de una casa de familia. Comenzó a preguntar por los platos del día y pidieron una enorme ensalada y pescado y yo, habituado a almorzar muy frugalmente, más cuando viajo, pedí una ensalada de lechuga y tomate y agua mineral; seguía en la órbita de mi viaje. Aún no había llegado. No estaba allí sino en el largo soliloquio del avión. Estaba conmigo mismo, expectante, fijado en mi intimidad, a lo que sentía y no enteramente con ellos. Gilda hablaba de su vida en Cataluña como quien habla de una épica, —que lo era—, con esa soltura de quien conoce el lugar y a la vez esa viveza criolla del que es más bicho que los demás por una razón de necesidad y supervivencia. Había siempre un fondo frívolo en lo que decía, lleno de minucias, de cosas livianas y al mismo tiempo oscuro y sombrío. Como todos los migrantes, no era de acá ni de allá. En su idiosincrasia era de allá, seguía allá y a la vez había dejado todo atrás y ya no le interesaba. ¿No le interesaba o no podía volver?

La estatua de los inmigrantes es un cuerpo al que le faltan partes: el ser nunca estará entero en ningún lugar. Pero ella parecía muy entera. Yo sabía que extrañaba, que llamaba a la hermana como me llamaba a mí, despertando el hilo de su evocación por cosas a veces mínimas. Si tenía esos sentimientos, entonces debería sentir algo por los Videla, por Coca Maggi o Stoppani, personas que no pudieron tener lo que nosotros sí: una posibilidad, un viaje, una comida, un paseo de domingo a la tarde o un perro que los esperara detrás de la puerta de entrada al volver, haciéndolos sentir eso que nos hacen sentir los perros: que somos únicos, que somos buenos y dignos de su amor, porque sus vidas fueron violentamente destruidas por ellos, o por gente de la cual ella formaba parte. ¿Estaba arrepentida? ¿Tenía un registro verdadero de lo que sucedió, lo justificaba o lo negaba?

La sobremesa se extendió: los viajes, por el sur de España, por Europa, por Egipto. Generaban la impresión de estar viviendo en el mejor de los mundos, pero algo en el relato parecía estar faltando, más que nada en que no hubieran vuelto a la Argentina, circunstancia que atribuían a que Jaume había tenido que aceptar un retiro voluntario y la situación resultante no quedaba del todo clara. Ella parecía no trabajar más. ¿Por qué no volvía sola?

El almuerzo, el calor, la cerveza, no les habían hecho mella alguna, tampoco el sol del cual yo me protegía con los guantes cortos y la ropa liviana de motorista que usaba desde que una vez en que hice el paseo entre Mar del Plata, Balcarce y Miramar, por el camino a Necochea y luego el regreso a Mar del Plata en la BSA 1947, tardé tantas horas que el sol me despellejó el rostro, no cubierto por el casco de tipo antiguo, y la piel de la parte superior de las manos. Desde entonces no salía en ninguna de las motos sin estar bien preparado.

El vestido de ella y su pañuelo otra vez flotaban en la ruta, mientras Jaume iba de bermudas y sandalias. Fluían sobre las curvas como un pájaro blanco y negro que se desplaza en un vuelo rasante, cambiando de dirección, inclinándose en las corrientes, surcando plácidamente ese paisaje. Una de las mejores cosas de salir en moto en grupo es ver a las otras motos: verlas doblar, inclinarse, pasarse unas a otras. Ahora, en este breve trayecto, que sin embargo unía no sólo dos continentes sino también muchas historias, era distinto.

Fuimos a Figueres y mientras esperábamos entrar al Museo Dalí, hicimos la visita guiada a pie y luego de recorrer el museo nos sentamos a tomar, ellos una cerveza y yo un agua mineral; y transcurrió un larguísimo tiempo con esas historias pequeñas llenas de detalles, con multitud de cosas importantísimas y que fluyen, como un río incesante, anegando todas las ideas, cubriendo la profundidad pero conectándonos con el lugar y el momento. Estuvimos una eternidad allí, frente a la tienda del museo hasta que, lentamente, fuimos emprendiendo el regreso a Mataró. Para el día siguiente proponían visitar Barcelona, la Sagrada Familia y el Parque Guell.

Yo quería volver al hotel, darme una ducha, cambiarme, estar en silencio, descansar del día y les propuse volver a Barcelona pero ellos, luego de una larga deliberación, resolvieron que querían cenar en un lugar que les gustaba mucho de Mataró, el Lasal del Varador, un restaurante en la playa y nos citamos directamente para encontrarnos allí, ya que el trayecto desde Barcelona era corto y los días en esta época del año son largos.

El tema de la CNU me hervía por dentro pero todo este contexto no parecía muy favorable para abordarlo. Necesitaba estar solo un rato y pensar en qué momento sacar el tema.

Los casi cien kilómetros entre Figueras y Mataró transcurrieron pausadamente y cuando ellos entraban al pueblo, Gilda levantó el brazo saludándome. Algo más de media hora después estaba en el hotel, me recosté, disfruté el silencio y la quietud.

Una hora más tarde me duché y me puse en camino. Programé el GPS con la dirección y con lentitud salí para Mataró, tratando de olvidarme de todo y disfrutando de la moto y del paseo nocturno, como los que hacemos a Balcarce o Vidal en los veranos, para regresar largamente pasada la medianoche.

Mezcla del zumbido de un tetracilíndrico con la música de un motor *twin,* la moto se deslizaba con suavidad, primero en las encrucijadas y luego en las curvas de la carretera y debía mayormente cuidar la aceleración de su motor poderoso para mantenerme en la marcha lenta que me había propuesto.

Pronto estuve en Mataró, ante la referencia del Ibis de la entrada y llegué a la costa, donde luego de una prolongada vereda nacía la playa y pude ver a la moto de Jaume estacionada y detuve a su lado a la Triumph, dándola vuelta para dejarla lista para la salida luego. Aseguré el casco en el soporte y comencé a caminar.

Todo en la noche parecía haberse detenido y encontrarse bañado por una claridad de luna llena.

Más allá estaba el Lasal del Varador, con su liviano contorno vidriado, sus perfiles metálicos, sus sillas y mesas afuera y la penumbra de sus luces que le daban cierto aire de exclusividad y a la vez de cosa informal.

Allí estaban, ante una mesa, tomando una cerveza, muy ensimismados mirando la carta. Me detuve, respiré profundo y caminé hasta ellos.

—Oye primo, ¿pudiste descansar bien? —me preguntó mientras se levantaba y pasaba su brazo sobre mis hombros y me abrazaba. Le contesté que sí y Jaume comenzó una larga reseña de sus idas a ese lugar, uno de sus favoritos, así como el bar que estaba cerca de su casa y del cual había vuelto una vez con una mancha producida por una patata de un plato de patatas bravas y para mitigarla los otros parroquianos, sus amigos, habían querido pasarle algo que acabó transformándola "en una medalla". Reíamos de la anécdota.

Hay veces, como cuando manejamos, en que ante una circunstancia lo que obra no es la voluntad, sino lo que sentimos que es el momento de hacer: eludir por detrás un auto que se cruza repentinamente, elegir un campo y virar hacia él cuando el instructor reduce de pronto el acelerador del avión y simula una emergencia. No es una deliberación, sino algo hecho de esas frases que, repetidas por el instructor o formuladas por experiencias previas, nos grabamos íntimamente sin saberlo, el brusco impulso que deriva de las enseñanzas que nos dan.

Así, apenas acalladas las risas por la anécdota intrascendente, tratando de mantener la calma y disimular los nervios le disparé a Gilda lo que había venido a preguntarle:

—¿Viste lo que pasó?

—¿Qué pasó? —contestó torciendo la cabeza y mirando la carta como si allí debiera leer un secreto que hacía a su supervivencia.

—Que están todos presos —y les mencioné, uno por uno, a sus amigos. El mundo del que había huido acababa de alcanzarla allí, en un restaurante en una noche de verano, para venir a pedirle cuentas.

—Pues chico, algo creo que me dijo la esposa de… de quién…

Todo eso parecía pasarle muy lejos. Se distrajo enseguida con Jaume (sabría él de su pasado, de la CNU, de Cincotta, Demarchi y Catuogno, del Cinco Por Uno, de Coca Maggi o su interés tornadizo no recaería en un capítulo tan ajeno de la historia y que además quedaba tan lejos en el tiempo).

Enseguida siguió recordando lo que habían comido la semana anterior o la otra. Embestí de nuevo:

—¿Qué podés contarme de todo aquello, de la noche del Cinco Por Uno por ejemplo? ¿Cómo fue?

—Aquí también tienen las patatas bravas, pero son más picantes... ¿La noche del qué?

—Luego de la muerte de Piantoni cuando...

—Ah, Piantoni, los de la cigarrería...

—Ernesto Piantoni, ¿no te acordás de la foto en el casamiento? Cuando...

—Llamemos a la camarera para preguntarle — dijo mientras, con los anteojos en la punta de la nariz, seguía analizando la carta. Luego se volvió hacia atrás buscando a la camarera mientras Jaume decía:

—Pues cojonuda moto te ha *tocao*, yo he visto los vídeos en *yutube* de las pruebas de...

Yo la miraba a ella como el náufrago en el relato de García Márquez miraba al mar esperando ver los aviones. Ella logró captar la frágil atención de una camarera joven y delgada que hizo el amague de alejarse.

—No sé si comer patatas bravas o pescado porque el pescado la verdad no me gusta.

—¿Pero de esa época qué me podés decir?

—Hombre, que la camarera no viene —dijo sumergiendo la mirada en la profundidad del local.

—A mí la que más me gusta es esa que no viene con cadena... joder, qué moto es la que no viene con cadena sino con... cómo se llama...

La camarera llegó con el servicio de mesa y se estacionó ante ella, mirándola con su plástica condescendencia.

—¿Qué es la *taula perni iberic gla*...?

Me perdí la explicación porque miraba fijamente a Gilda.

—Pues no, que no me apetece tanto jamón, a la noche da sed y la cerveza no te saca la sed, la sed sólo te la saca…

Miré el ancho cielo, hendido de estrellas como cuando a la medianoche volvemos por la autovía 2 o la de Balcarce; brillos inaccesibles, lejanos, enigmáticos, estrellas vivas en la matemática regularidad de su aparición y en esa indiferencia y lejanía.

—¿Y la *amanida poma i fortmage*…?

—Es una ensalada con queso de cabra y…

Qué importante era la comida. Podía borrar las huellas de todo. Seguía consultando plato por plato como si aquella fuese su última cena o el menú un texto entrañable y complejo que había que leer con un detenimiento que derivaba de su propia importancia.

—Pues creo que voy a pedir unos; los *calamars mediterrani* ¿qué son?

Las explicaciones eran tan extensas y los platos tantos que cuando recibía el detalle del último ya se había olvidado del primero y volvía a preguntar por él. Me devoraban la impotencia, la desesperación y la vergüenza ajena de estar con alguien que hacía en un restaurante lo que yo jamás haría, ya que sólo son una súbita intuición y dos o tres definiciones lo que uno necesita para pedir un plato de algo.

Ella seguía mirando el menú como si fuera una reproducción de La Gioconda que de pronto le hubiera hablado y la camarera cambiaba de posición, impaciente, mientras su mirada se desviaba hacia otras mesas que se iban poblando.

—Las patatas bravas son un entrante —dijo Jaume y acotó—: Tráeme una cerveza… (Si hay algo que odio son los pedidos en tiempo imperativo, el "dáme" en lugar de "quisiera", el "traéme" en lugar del "por favor").

—Pues yo quiero algo liviano pero abundante y que pudiera acompañar de una ensalada, pero sin lechuga.

—Aguárdeme un momento mientras piensa, ya regreso.

—Espera, espera, chica, ¿los *calamars mediterrani* vienen marinados...? Pero no, creo que te pediré una escalibada pero sin los tomates y una butifarra con mongetes...

—¿Y para beber?

—Déjame ver, ¿tienes un vino blanco que sea dulce pero no demasiado, que luego de paladearlo se ponga seco?

—Tenemos el DO Conca de Barberà...

—No, tráeme una cerveza, pero esa belga de frutos rojos. ¿Y tú, Jaume?

—...

—¿Y tú, tío?

—Un lomo de abadejo grillado con papas al natural y un agua mineral sin gas.

La camarera se marchó rápidamente.

El asilo político en la embajada de la cocina catalana había terminado: como el refugio de Sánchez Mazas, el fundador de La Falange, en la embajada chilena; lo hizo durar todo lo que pudo y ahora debía enfrentarse nuevamente a mí, de quien debería escapar igual que Sánchez Mazas trató de hacerlo a Barcelona.

—Hubo muchos asesinatos luego del de Piantoni, esa noche y todos estuvieron en Sampietro y Eduardo…

—Ah tío, pero yo estoy separada de él…

—Pero eso fue mucho después de la "Operación Langostino" y de que estuviera en la cárcel, yo te estoy hablando de la época de la universidad, de Coca Maggi, de Catuougno… en esa época y en la de La Cueva estaban juntos…

—Me acuerdo de Catougno, El Viejo, el que hablaba del tríptico. —Hizo el gesto con los dedos y se rió. Era divino El Viejo.

—Pero en esa época… en que estaban todos en la universidad y…

—Y tú, ¿qué pasó luego de todo aquello?, porque aquello pasó o sigue…

—Y qué te puedo decir…

—Qué suerte tío…

—¿Y Mirta Masid, la mujer de Flipper…? ¿Ella lo acompañaba, ella le reprochaba o estaba con él? ¿Cómo era Mirta Masid? ¿Qué sentías vos misma?

—¿Flipper…?

—Carlos González, ese con el que nos llevaron una noche a casa… el que fue a San Juan a matar al diputado Rojas pero el diputado terminó matándolo a él… —Miró una rebanada de pan en la panera como si fuera un pichón de hipogrifo, la tomó con enorme cuidado y la untó de una pasta cremosa y mirando aquel prodigio como si estuviera por volarse de la panera, me respondió vagamente.

—San Juan, San Juan… sí, creo que hubo un viaje a San Juan… Qué será esto tan rico.

Hablaba de un viaje a San Juan como si Flipper se hubiera ido a un congreso allá o se hubiese ausentado por un viaje de negocios. En realidad era así. Los negocios de ellos de aquella época.

—Este lugar sí que está majo, majo… ¿Y cuándo vendrás con tu familia…?

—No sé, pero quería venir a verte a vos y hablar… ¿Qué te acordás de todo ese año, en el que mataron a Gasparri, Stoppani, Coca Maggi, los Videla, Elisagaray? ¿Veías a Flipper, a Otero, a Durquet?, ¿qué me podés contar de ellos, de esas noches…? ¿Eduardo levantó a los floristas, como dicen, porque habían visto algo? ¿Sabías cómo mataron a Gasparri y a Stoppani? A Gasparri lo quemaron adentro del auto y a Stoppani lo apuñalaron hasta los huesos y lo destrozaron a balazos ¿Te acordás de Gasparri en el casamiento del hermano de Piatti, donde lo marcaron para matarlo? ¿Cómo fue el día a día de aquella época? ¿Qué sentiste? Para la época de la "Operación Langostino", cuando vivían en San Juan y Libertad, Eduardo tenía a su cargo unas cien personas y traficaba armas además de drogas…

—¿Quiénes? Eduardo… él hace mucho que no vive conmigo… no me quiso más —miraba la rebanada de pan como si estuviera por contarle una historia.

La camarera trajo las cervezas y apenas dejó un largo vaso a Jaume, él lo despachó y le dijo «ponme otra».

—Salud —dijo Gilda— por el encuentro., ¿Y tú cuántas cervezas te tomaste?

—…

Ella era la verdadera testigo de identidad reservada y me sorprendía que no la hubieran citado en algún carácter porque durante todo este tiempo me daba vueltas incesantemente que, de un modo u otro, conocía cada una de esas muertes y que tendría esa versión esperando para contármela, porque (imaginaba en ese entonces) que por algo había seguido llamándome. Una versión que no tenían ni los jueces ni las víctimas; que me daría las "razones" de todo eso, pero acababa de darme cuenta de que ella o era futilidad y vacío y todo le daba lo mismo, ocupada como estaba en disfrutar de cada comida ahora que las hacía regularmente, o no quería hablar de eso y supe que me iba a quedar para siempre con esa duda.

No sentía que debiera confesarse conmigo, no tenía esa confianza o se había olvidado o hacía esfuerzos por sepultar todo aquello. Aunque ese pensamiento de la conciencia que intentaba adormecer enterrando las cosas tampoco me cerraba, más bien me parecía que todas aquellas muertes le resultaban tan indiferentes ahora como hacía cuarenta años.

Me desesperaba más y más. Le clavé los ojos y ella comenzó a hablar con Jaume de los lugares a donde podríamos ir a comer en lo sucesivo.

—Los han enjuiciado y condenado por todo eso —los interrumpí alzando la voz—. Demarchi intentó huir a Colombia y pidió asilo alegando ser un perseguido político, pero se lo negaron y lo extraditaron y hay muchos testigos que los nombran, a Durquet, Otero, Eduardo y José Luis. Eduardo, tu marido, fue detenido luego de casi diez años de estar prófugo. ¿Dónde estuvo? ¿Qué hizo? ¿Cómo pudo eso durar tanto tiempo? ¿Fue la comunidad informativa la que lo protegió durante todo este tiempo y ahora no lo protege más? Aquello fue un baño de sangre... y no sólo eso sino que...

—Eduardo fue el que me dejó, ya no me quiso... salió y... oye, te acuerdas de aquel restaurante donde hacían comidas como las de *La Fiesta de Babette*, que era por Tucumán... fuimos con Pepé Granel y... quién más... Has hablado con Maricarmen, es la Begoña la que más está con Maricarmen, aunque el resto de la familia...

—Yo quise comprarme una de aquellas motos sin cadena pero fue justo cuando en la empresa pasó aquello de...

—Granel, el que estaba en Turismo y echó a una de las docentes que ahora testificó contra él; en su casa guardaban las armas porque una vez Mirta Masid vio a su hijo con una granada en la mano y dijo: «Me sacan esto de acá...». También las guardaron en la de Coronel.

La camarera trajo los entrantes que fueron festejados como las tropas de la liberación.

—Qué bien se ve esto —exclamó con una interjección y se enfrascaron con Jaume en un análisis de gastronomía comparada, algo que parecían dominar a la perfección.

—En *yutube* —dijo él— un tío va con una ve doble u y empieza a sacudirse y...

Era inútil.

Una tristeza invencible cayó sobre mí, que me di cuenta de que fui un verdadero iluso al abrigar la esperanza de que sacaría algo de ella, cuya vida se reducía a la supervivencia y a la futilidad. Si todo eso no le había importado antes, menos le importaría ahora, y si todo eso le había importado, cosa harto improbable, no iba a querer recordarlo. El pasado se alejaba definitivamente, se limitaba a resoluciones de mérito y unas pocas postales de recuerdos en blanco y negro, las mías. Era plano. Faltaba, faltaría siempre, lo más importante. Mi historia sería como cualquier otra. No valía la pena escribirla.

Ellos vivían convencidos de que matar era su deber y se habían convencido de eso porque matar no sólo les gustaba, sino que les gustaba mucho y todas aquellas personas habían muerto en vano; se hundían definitivamente en el pasado del cual no se las podía rescatar y era imposible reivindicarlas como se merecían. Todos los muertos de aquella noche y de aquellos años fueron asesinados por criminales —que además saquearon sus casas— para los cuales matarlos era salvar a la humanidad, pero ahora ella no se acordaba ni de que, por acción, omisión o tolerancia, fue partícipe de sus muertes y menos aún de quiénes eran, mientras que ellos ya no están en el mundo sino muertos desde hace más de cuarenta años.

Ellos no tuvieron la oportunidad de sobrevivir en otro lado, de envejecer, de tener hijos, ser amados, emprender viajes o hacer buñuelos una tarde de lluvia y son esas fotos en blanco y negro de seres muy lejanos de una época inabordable que al momento de la foto ignoraban su destino trágico; un destino que es futuro —uno muy corto— para el rostro de la foto pero que desde hace muchísimo es pasado para todos los que vivimos. Y eso es todo. Sus vidas fueron sólo eso.

Terminaron a los 16, 20, 24, 28 años... porque aquellos a quienes ella conocía íntimamente, sus amigos, su grupo de pares, los que leían a Marechal y a Herman Hesse, habían decidido que eran enemigos: de la patria peronista, del pueblo y de ellos mismos y que no merecían vivir y a cambio ellos tuvieron unas vidas en el mejor de los casos intrascendentes, sin otros logros que no fueran el tratar de sobrevivir y evadir ese pasado, elegir un nuevo restaurante y comparar las patatas bravas de uno con la de otro sitio.

Igual que la del galeote griego del cuento de Kipling, ya nadie podría contar la historia porque la única puerta de acceso a ella había sido cerrada, clausurada y no se podía filtrar ni una luz a través de sus intersticios o, lo que era peor, no había nada para contar. Ella no consideraba que tuviera algo que contar.

No se produjo nada visible luego de llegados los entrantes y los platos principales: ellos seguían hablando de comidas, de lugares, de las alternativas de esa "aventura" cotidiana y anónima donde no sucede más que eso, igual que si la CNU no hubiera sido mencionada. Sin embargo, delante de mí descendió una especie de cortina invisible pero extremadamente gruesa que me separaba de ella, del pasado, de lo que fuimos y pensaba en que ella leyó todos mis libros y los atesoraba como si fueran incunables, que hablamos de cosas muy personales, muy íntimas y que la esperaba como se espera algo de lo que habrá de sobrevenir una revelación, tan íntima como nuestras confidencias. Pensé también en cuánto de aquella comprensión era tributaria de esa postura de *"si querés llorar, llorá"*, mientras las cosas verdaderas se hundían irremisiblemente en el enorme mar que separaba dos continentes y dos edades. Un mar que yo veía oscuro y hondo y cuya navegación por él se debía a la imperiosa necesidad de huir de esa época, salir de ella, dejarla atrás, pasar a otra cosa (como si se pudiera). Pero quizás no, quizás, verdaderamente, todo eso le diera lo mismo. No sabía cuál de las dos cosas era peor.

Terminamos de comer. Pretexté cansancio. Me preguntaron a dónde iríamos al día siguiente y —aunque tenía el hotel reservado por tres noches— les dije que pensaba salir temprano para Leitza y pasar unos días en Navarra con la familia. Dijeron que les gustaría ir, que tratarían de comunicarse y se enfrascaron en una enumeración de cosas que les harían difícil abandonar Mataró. Les dije a todo que sí y antes de que pudieran terminar la sardana que se habían pedido de postre, dejé en la mesa el importe que calculé que alcanzaría la cuenta, me puse de pie y me despedí.

Al girar vi la enorme luna —un fantástico círculo amarillento y muy claro— sobre un mar planchado e infinito y el cielo, silencioso e inacabable... Eso y el súbito silencio eran el canto de muerte de mis esperanzas, las de sellar un vínculo a fondo y, más que nada, las de escribir una novela sobre la CNU, acaso el capítulo más negro de la historia de Mar del Plata. Pero con el silencio vino también ese enorme alivio que experimentamos luego de estar con alguien que habla mucho y que nos demanda el enorme y extenuante esfuerzo de tratar de hallar algo en lo que dice, como —para usar la metáfora de *Il Gattopardo*—buscar pepitas de oro en esa enorme montaña de arena de las palabras intrascendentes. No había podido sacar ni una sola pepita de oro de esa montaña de la *"arena que la vida se llevó"*.

"Trabit suaquemque voluptas", dice Marquerite Yourcenar en *Memorias de Adriano*: Cada uno tiene su camino. El de las víctimas se había atravesado con aquellos asesinos para morir de una manera despiadada e inútil; el mío era entender, cuestionar, dejar constancia, responder mis propias preguntas; el suyo quizás fuera sobrevivir o simplemente mantener a sus muertos bien enterrados y pensar qué deben llevar las patatas bravas o los *calamars mediterrani*.

Había fracasado en mi propósito y algo iba a faltarme para siempre. Mi historia nunca existiría y el error que cometí fue haber imaginado que podía conseguir ese algo, ser el destinatario de una verdad terrible pero tampoco sabía si era así: o la verdad no era terrible y no necesitaba ser contada, o era tan terrible que no se podía hablar de ella.

Me quedaría con la duda para siempre.

Me alejé hacia la moto cuya silueta se recortaba contra el cielo de la noche y la profunda perspectiva del paseo y me di vuelta. Allí seguían, enfrascados en las sardanas y en su charla, ajenos totalmente a aquella Mar del Plata de 1975 y 1976, inmersos en el instante, el solo instante.

Giré, tomé la llave que tenía colgada del cuello con la larga cinta del llavero y caminé hacia la moto.

La noche honda y eterna abrió mis ojos, los hizo escrutar la invariable lejanía y regularidad de las estrellas y supe que los deseos e intereses más íntimos suelen quedar siempre pendientes, sometidos a la indiferencia y al olvido, condenados a nunca asomarse a la claridad suprema y a la satisfacción y que, por un instante, nuestra mente es capaz de imaginar aquella revelación y contemplarla, con los ojos bien abiertos, como deben serlo nuestros interrogantes, antes de resignarnos a seguir sin rumbo, *"navegando, incesantemente contra la corriente y la indiferencia, hacia el pasado"* (como en el final de *El gran Gatsby*).

Mi mente se había silenciado en ese momento en que, mágicamente, atravesaba la noche.

Mar del Plata, 9 de junio de 2017 — 25 de febrero de 2019.

Eduardo Balestena
Mar del Plata, 1955
Ensayista, escritor, trabajador social, abogado, crítico musical.
e-mail: ebalestena@yahoo.com.ar

Libros y algunos artículos:

Lo Institucional, paradigma y transgresión, 1996, ensayo, Espacio Editorial. Buenos Aires, reeditado, 2003 y 2005, con prólogo del Dr. Natalio Kisnerman, profesor emérito de la Universidad del Comahue, Doctor Honoris causa por la Universidad de Cuernavaca, México.

Fiesta y Pinturas en la posmodernidad de la exclusión, Ente Municipal de Cultura, 1997. Mar del Plata

La articulación de los universos simbólicos, en Acción Social Comunitaria I, Recopilación de Alberto José Diéguez. Espacio, 1998.

Migración, estrategia, identidad y construcción cultural, en *Los vascos en la Argentina, presencia y protagonismo*, Fundación Vasco Argentina Juan de Garay, Buenos Aires, 2000.

Ética del saber y las instituciones en *Ética, ¿un discurso o una práctica social*, recopilación de Natalio Kisnerman, Paidós, 2001. Madrid, México, Buenos Aires.

La fábrica penal con prólogo del Dr. Eugenio Raúl Zaffaroni. Editorial B de F, Buenos Aires-Montevideo. Colección memoria criminológica.

El control social en la sociedad desarticulada, Coloquio de homenaje al Dr. Zaffaroni, Universidad Michoacana San Nicolás e Hidalgo, 2006.

También se encuentran publicadas:

Ocurre al otro lado de la noche, novela, Del Castillo, edit., 1987, reedición, Edit. Corregidor, 2010.

Ana, el interior del fuego, novela, Melusina edit., 2000.

Amores de Lejos, Corregidor, 2009.

Ocurre al otro lado de la noche, reedición Corregidor, 2010.

Palabra y utopía, en "Brújulas de lo social. Voces para un futuro solidario. Encuentros con Joaquin García Roca", Edit KhF; Madrid; España, 2013.
Libro en homenaje al Dr. Joaquín García Roca.

Arcos, piedras y puentes, en "Natalio Kisnerman, Maestro y navegante del Trabajo Social" Mg. Víctor Hugo Mamaní, compilador, Ediciones Jakasiña, 2014, San Salvador de Jujuy, Argentina (Compilación en homenaje al Dr. Natalio Kisnerman).

La encrucijada planetaria, en "La Criminología como Critica Social-Sergio Sánchez Rodríguez, compilador" (textos en homenaje al Dr. Carlos Elbert). Editorial Metropolitana, Santiago de Chile, 2014.

La línea del Ecuador, Edit. Mis escritos, Buenos Aires, 2016, obra finalista en el Concurso de Novela Corta Mis escritos, 2015.

El perfume de la madera, Pukiyari Editores, Estados Unidos, 2016, obra finalista en el IV Concurso Internacional de Novela Contacto Latino y destacada entre las diez mejor escritas de las que participaron.

Las formas inaccesibles, ensayos, Huesos de Jibia, Buenos Aires, Barcelona, 2017.

Las puertas del cielo, novela. 2018. Pukiyari Editores, Estados Unidos. Mención de honor en el Concurso Internacional de Novela Breve Mis Escritos, 2018.

Es colaborador del *Diario La Capital*, de Mar del Plata desde 1984 y del *Diario El Tiempo,* de Azul desde 2015 y ha recibido distintos premios. Es miembro de la Asociación de Críticos Musicales de la Argentina.

"Toda literatura necesita una constante renovación. Pues bien: Eduardo Balestena está llamado a ser uno de los renovadores de la literatura argentina. Es un escritor joven y es un escritor hecho y derecho, de extraña y rara originalidad, Le doy mi más calurosa bienvenida, y espero que el público le añada la suya".
—Marco Denevi

"Estimado Eduardo:
En estas lejanías europeas acabo de terminar de leer su libro Ana, el interior del fuego. He quedado admirado por su arte de escribir literatura. Tiene un estilo sabio, descubridor, que nos abre horizontes en cada página. Usted es un maestro. Pocas veces he encontrado tanta profundidad en un trabajo literario. He quedado sorprendido y profundamente admirado. No le exagero en nada, no me gusta hablar al vacío. Me gusta tratar la realidad en que vivo. Muchas gracias, Eduardo. Siga así, constante en el escribir, usted llegará a tocar el cielo con las manos. Otra vez, Gracias, por los buenos momentos que pasé acompañado por su libro. El abrazo fraterno de Osvaldo Bayer".